Éditions Druide
1435, rue Saint-Alexandre, bureau 1040
Montréal (Québec) H3A 2G4

www.editionsdruide.com

RELIEFS

Collection dirigée par
Anne-Marie Villeneuve

Le retour de l'ours, roman, Druide, 2013.
La saison froide, roman, La Presse, 2011.

JUSQU'À LA CHUTE

Catalogage avant publication de Bibliothèque et Archives nationales du Québec et Bibliothèque et Archives Canada

Lafrance, Catherine
Jusqu'à la chute : roman
(Reliefs)
ISBN 978-2-89711-235-6
I. Titre. II. Collection : Reliefs.

PS8623.A367J87 2015   C843'.6   C2015-941922-0
PS9623.A367J87 2015

Direction littéraire : Anne-Marie Villeneuve
Édition : Luc Roberge et Anne-Marie Villeneuve
Révision linguistique : Jocelyne Dorion et Marie Desjardins
Assistance à la révision linguistique : Antidote 8
Maquette intérieure : Anne Tremblay
Mise en pages et versions numériques : Studio C1C4
Conception graphique de la couverture : Anne Tremblay
Œuvres en couverture : calogero, iStock ; Jamesmcq24, iStock.
Diffusion : Druide informatique
Relations de presse : RuGicomm

Les Éditions Druide remercient le Conseil des arts du Canada
et la SODEC de leur soutien.

Gouvernement du Québec — Programme de crédit d'impôt
pour l'édition de livres — Gestion SODEC.

ISBN PAPIER : 978-2-89711-235-6
ISBN EPUB : 978-2-89711-236-3
ISBN PDF : 978-2-89711-237-0

Éditions Druide inc.
1435, rue Saint-Alexandre, bureau 1040
Montréal (Québec) H3A 2G4
Téléphone : 514-484-4998

Dépôt légal : 4ᵉ trimestre 2015
Bibliothèque nationale du Québec
Bibliothèque nationale du Canada

Catherine Lafrance

JUSQU'À LA CHUTE

Roman

Druide

À deux de mes amies :

Isabelle qui a survécu
à un grave accident de la route,

et Renée qui a décidé qu'elle était arrivée
au bout de la sienne.

I

1

Courir ou mourir. Elle n'avait pas d'autre choix, elle le savait bien. Ce ne serait pas de la tarte, par contre. Laura contemplait, des grandes fenêtres de son bureau, le spectacle en contrebas ; la ville baignait dans une telle canicule depuis des semaines, qu'elle en était infecte. Aussi infecte qu'un cadavre en décomposition qui répandrait ses odeurs putrides à la moindre brise. Malgré tout, soir après soir, Laura descendait dans la vallée, suant, soufflant, les poumons en feu, et courait ses dix kilomètres sans se poser de question.

Elle jeta un coup d'œil à sa montre. Il était l'heure. Elle sortit.

— Bon week-end ! lui lança la réceptionniste.

Laura répondit d'un signe de la main, poussa les portes vitrées et se rendit dans le corridor, où elle attendit l'ascenseur, avec d'autres employés. Quand la petite cloche résonna, indiquant qu'il était arrivé, ils s'y engouffrèrent tous, jouant des épaules pour se frayer un chemin, et, après quelques arrêts, les portes s'ouvrirent sur le grand hall du rez-de-chaussée. Laura le traversa d'un coup, ses talons claquant sur le marbre clair, et se retrouva dehors, éblouie par la lumière crue du jour. Elle suivit la horde des travailleurs pressés de fuir le centre-ville, se dirigea comme eux d'un pas alerte vers le métro. La ville suintait l'asphalte et la sueur, et il aurait été difficile de dire qui, du bitume chauffé ou de la foule, dégageait les parfums les plus âcres.

Juste avant qu'elle n'entre dans le métro, elle entendit une voix familière derrière elle.

— Hé, Laura !

Se retournant, intriguée, elle découvrit des collègues qui arrivaient à sa hauteur ; ils avaient dû, sans doute, quitter le bureau en même temps qu'elle.

— Tu viens avec nous, on va prendre un verre ? demanda une des jeunes filles du groupe.

Laura contempla un instant les yeux impatients braqués sur elle ; des cils collés par un maquillage qui fuyait sous la chaleur, des paupières à la peau diaphane qu'aucune ride n'avait encore froissée, des cheveux longs qui retombaient en cascade. Elle se dandinait d'une jambe sur l'autre, une cigarette à la main. Quel âge avait-elle ? Vingt-cinq ans, peut-être moins. Une jeunesse envoyée au visage comme une gifle.

— Pas le temps, désolée, s'entendit répondre Laura.

— Allez, insista la jeune collègue sur un ton plaintif. Tu viens jamais. Dis oui, dis oui, dis oui !

— Une autre fois, O.K. ? répondit Laura, sans doute un peu trop sèchement.

::

Éric poussa un grognement en laissant tomber dans le petit vestibule le lourd porte-documents qu'il avait traîné pendant une bonne trentaine de minutes dans des wagons de métro bondés où s'élevaient des effluves rances de sueur et de moisi. Défaisant le nœud de sa cravate d'un geste brusque comme s'il ne pouvait la supporter une seconde de plus, il se rua vers la chambre avec une seule idée en tête : enlever son costume et enfiler un jean.

Il releva le store, et le soleil de la fin de l'après-midi entra d'un coup dans la pièce, rendant soudainement plus évident le colossal désordre qui y régnait : des serviettes de bain étaient accrochées à la porte, des chaussures finissaient d'accumuler la poussière dans un coin, des journaux s'étalaient par terre. Éric ouvrit les portes-miroirs du placard, ôta son veston et le posa sur un cintre.

C'est à ce moment précis, il ne sut jamais pourquoi, qu'une pile de vêtements, posée depuis des lunes sur la tablette du haut lui tomba dessus comme si la garde-robe la recrachait tout à coup. Il sursauta, recula d'un pas et contempla, abasourdi, le monticule informe gisant à ses pieds. Au milieu, bien en évidence, il reconnut tout de suite, ça ne faisait aucun doute, son vieux short et son vieux maillot : ses vêtements de vélo en nylon portés jusqu'à ce que l'entrejambe soit usé à la corde. Il écarquilla les yeux. Trois ans qu'il les avait mis pour la dernière fois. Trois ans. Et voilà qu'ils atterrissaient là maintenant, comme s'ils tombaient du ciel.

— *Fuck,* marmonna-t-il, hébété.

::

Une grosse bagnole beige arrivait à sa hauteur. Joe Wapachi, le pouce en l'air, pencha la tête pour s'assurer que le conducteur, à l'intérieur, le voyait. L'homme derrière le volant ne sourcilla pas, ne lui jeta même pas un regard. Par contre, une petite fille, assise sur la banquette arrière, le visage couvert de taches de rousseur, planta ses yeux dans les siens, leva un doigt dans la direction de Joe qui se tenait au bord de la route et articula quelque chose. La vitre était baissée. Il put entendre distinctement les mots de la fillette même si la rutilante auto conduite par son papa filait sur l'autoroute déserte.

— Qu'est-ce qu'il fait là, l'Indien, maman ?

Personne, apparemment, ne répondit à sa question. Joe croisa le regard de la maman, assise à l'avant, et, dans ses yeux lourdement maquillés, il eut le temps de voir se dessiner une expression d'étonnement, voire d'effroi. C'est sûr qu'avec ce bandana rouge et blanc, qui recouvrait ses longs cheveux aussi noirs que les plumes d'un corbeau, son vieux pantalon troué et sa chemise fripée, son allure qui trahissait, qui criait sa pauvreté, il n'avait rien de rassurant. Il baissa le bras; l'auto n'allait pas s'arrêter, c'était évident.

Il tenait toujours à la main, réalisa-t-il, une canette de bière vide, une de celles qu'il avait achetées au début de l'après-midi après qu'un automobiliste, le seul de toute la journée qui l'avait fait monter, l'eût déposé au village. Il l'écrasa dans un geste rageur et la lança vers la forêt où il l'entendit cogner contre le tronc d'un arbre avant d'atterrir quelque part sur le sol. Il fouilla dans son sac à dos et découvrit avec surprise qu'il ne restait plus que deux bières. Combien en avait-il acheté, déjà? Une douzaine, s'il avait bonne mémoire. Il en avait vidé deux tout de suite après être sorti du magasin parce qu'il avait drôlement soif, puis il avait repris la route. Il avait dû avaler les autres en chemin. Ça faisait… ça faisait huit. Il n'avait pas eu l'intention de boire autant, il voulait en garder pour plus tard, mais en marchant au bord de l'autoroute, avec cette chaleur, petit à petit il avait vidé ses provisions, sans trop s'en rendre compte, parce que… parce que ça lui semblait être la chose à faire.

::

Éric resta là un moment, la tête penchée, à regarder le short et le maillot qui paraissaient minuscules. Comment avait-il fait pour entrer là-dedans, à l'époque? Au bout d'un moment, toujours abasourdi, il se pencha pour les ramasser, surpris par la légèreté et la douceur de l'étoffe. Ça lui revenait maintenant; ce truc lui faisait comme une deuxième peau quand il le portait autrefois. Son cœur se mit à battre plus vite, ses mains devinrent moites. Presque par réflexe, il fourra son visage dans le tissu et inspira, sachant que les arômes risquaient de ramener le passé, mais ça ne sentait que la poussière et vaguement la boule à mites; les senteurs du placard avaient supplanté celles de la sueur qui, il y avait longtemps, avait imbibé le vêtement.

Comme un automate, il déboutonna sa chemise, la laissa tomber à ses pieds, puis fit la même chose avec son pantalon et, sans qu'il sût vraiment pourquoi, maladroitement, les mains tremblantes, il enfila le short, peut-être par défi, comme s'il voulait voir de quoi il aurait l'air, aujourd'hui, engoncé dans ces vêtements, ou parce qu'il voulait retourner le couteau dans la plaie, question de souffrir encore un peu, de souffrir un bon coup. Il finit par passer le maillot. Dans le miroir, il découvrit un homme aux cheveux en bataille, au visage inexpressif. Il avait les yeux gonflés, déjà. Les yeux… Avant de lui déchirer les tripes, c'était toujours là que se logeait la douleur ; derrière ses paupières, suspendue comme si les larmes refusaient pour un instant le parcours de ses joues. Il aurait dû tout arrêter, laisser tomber cette absurde séance d'essayage, mais il continua à observer, avec une certaine fascination, l'image à la fois étrange et familière qui s'offrait à lui.

::

Sous le soleil de plomb, il faisait chaud à crever. Joe enleva sa chemise à carreaux qu'il noua à sa taille, pour ne garder que son t-shirt. De temps en temps, il jetait un coup d'œil par-dessus son épaule pour observer les autos qui se profilaient au loin. Il tendait le bras, attendait un peu, mais elles finissaient toutes par passer sans même ralentir. Il commençait à croire qu'aucune ne s'arrêterait, se demandant depuis combien de temps il marchait comme ça ; les heures semblaient s'étirer, se distendre ; elles devenaient élastiques aurait-on dit, comme si la journée allait durer toujours. Pourtant, en y regardant bien, Joe remarqua que le soleil était plus bas dans le ciel. L'après-midi avait donc dû finir par passer.

Tout à coup, il entendit une sirène. Quand il vit apparaître le gyrophare rouge et bleu à l'horizon, il comprit que c'étaient les bœufs. «*Fuck.*» Il tenta de marcher en ligne droite, de faire comme si de rien n'était, mais il sentit l'auto arriver à sa hauteur, ralentir. Les pneus crissèrent sur le gravier en bordure de la route, et Joe s'immobilisa. Il était trop tard pour s'enfuir. Il y eut un bruit de portières, puis des pas, et une voix qui sembla s'adresser à lui.

— Bon, bon, bon… Qu'est-ce que tu fais ici?

Le policier l'avait automatiquement tutoyé, comme s'il était un enfant. Joe se tourna pour lui faire face. Il vit alors les deux agents, la casquette enfoncée sur la tête, ce qui leur faisait des ombres jusque sous les yeux, qui le regardaient comme on regarde une bête sauvage, se méfiant de ses réactions.

— Rien, répondit-il, presque par réflexe.

Il était plus grand qu'eux, mais, moulés dans leur uniforme noir, la tête haute, le visage fermé, avec leur façon de le toiser, ils avaient l'air de géants. Ils étaient blonds. Bronzés. Ils s'approchèrent de lui. Leurs gestes avaient la lenteur de ce qui est fait avec assurance, de ce qui va de soi. À ce moment, Joe crut qu'ils allaient le frapper. Il regarda furtivement l'autoroute des deux côtés; il n'y avait pas une voiture, il n'y avait qu'eux trois et la route déserte. Un des deux s'approcha, mastiquant une gomme. On aurait dit une vache qui broute de l'herbe.

— *Dude*… tu sais pas que c'est défendu de faire du pouce ici? C'est illégal, dit-il d'un ton sec.

Illégal. Quelqu'un en avait décidé ainsi. Joe savait bien que c'était illégal de se planter sur l'autoroute, le pouce en l'air, à espérer qu'une auto s'arrêterait, bien sûr qu'il le savait. Il baissa la tête et détourna le regard comme une mauviette qu'il était, un moins que rien qui n'avait pas le cœur à regarder les gens dans les yeux. C'est ce qu'on lui avait toujours dit, et c'était sans doute vrai. «T'es juste un maudit lâche, Joe Wapachi!»

La voix de sa mère. Il avait l'impression de l'entendre à ce moment précis, et il avait honte. Joe connaissait bien la honte. Elle venait de loin et elle avait traversé tous les âges de sa vie, toujours présente, latente. À nouveau, la question surgit.

— Tu sais ce que ça veut dire? Ça veut dire que t'as pas le droit de faire ça.

Pourtant, au chapitre des choses illégales, il avait fait bien pire dans sa vie. S'il avait honte, c'était que, chaque fois qu'il mettait les pieds à l'extérieur de la réserve, et, Dieu merci, c'était rare, il se sentait comme quelqu'un qui se pointe au beau milieu d'une fête sans y avoir été invité. Un intrus parmi les convives. Loin de chez lui et de tout ce qu'il connaissait, Joe n'existait plus; il n'avait plus de statut, il était pire qu'un étranger, pire qu'un sans-papiers. Et devant les flics, c'était encore plus évident.

— Tu viens d'où, premièrement? lui demanda l'autre policier devant son silence.

Il aurait voulu leur dire qu'il n'avait rien fait, qu'il n'était pas un criminel, mais il n'en était plus trop sûr lui-même, alors il ne dit rien. Ça lui semblait être la chose à faire.

::

Un pas à la fois. C'était la meilleure façon d'y arriver, et, au fond, la seule. Voilà ce que se répétait Laura, alors qu'un ruisseau de sueur glissait entre ses omoplates et qu'elle suivait la petite rivière Don, qui, avant de se jeter dans le lac, se tortillait comme une danseuse du ventre ondule des hanches. Dix fois, vingt fois, son corps avait failli lâcher depuis le début. Au moins, ça achevait. Déjà elle arrivait au petit pont, juste en bas de la côte. Après, il ne resterait plus que la dernière montée, la plus abrupte de toutes, c'est vrai, mais la moins longue.

Au moment où elle franchissait le pont en quelques enjambées, une senteur de moisi la prit à la gorge. Sans ralentir, elle étira le cou pour regarder par-dessus la rambarde. Le niveau d'eau de la rivière avait encore baissé. Le débit n'était plus assez fort pour charrier les poissons morts et les algues brunâtres et ils flottaient, gluants, à la surface, rejetant dans l'air ambiant la puanteur de leurs corps en décomposition. La rivière s'évaporait plus rapidement que l'été ne s'écoulait, décidément.

Laura passa, sans y prêter attention, devant l'édifice décrépit de la Todmorden Mills. En longeant les murs de briques où la peinture blanche s'écaillait, elle vit arriver vers elle un homme qui courait, short et t-shirt gris, souffle court, écouteurs sur les oreilles.

— 'soir, lança-t-il d'une voix étouffée.

Elle répondit d'un petit signe de tête. Elle l'avait reconnu tout de suite ; c'était un de ces coureurs qu'elle croisait presque tous les jours. Un vrai de vrai, comme elle. Les autres, les coureurs du dimanche comme elle les appelait, ceux qu'elle ne voyait que de temps en temps, avaient de toute évidence renoncé, ce soir.

:::

Un animal pris au piège, une gazelle dans la mire du lion : voilà comment il se sentait. Tout ça parce qu'un hasard, un putain de hasard avait transformé ce vendredi qui s'annonçait ordinaire, en cauchemar. Tout ça parce qu'une pièce de vêtement était tombée à ses pieds. Il savait qu'il n'y avait qu'une seule chose à faire, maintenant : fuir. Fuir l'intolérable, fuir la douleur. S'il s'abandonnait à elle, elle le terrasserait sans pitié, elle le ferait sangloter comme une fillette jusqu'à ce qu'il se maudisse lui-même de son impuissance, jusqu'à ce qu'il en perde le souffle, qu'il en oublie l'heure, le jour, l'année. Mais avant, bien avant, les images reviendraient et tourneraient en boucle dans sa tête ; la route, les sirènes, les ambulances, les corps, elles referaient surface en vrac, indomptées, inclassables, insensées, et il savait qu'il n'y avait qu'un moyen d'échapper à cette douleur fulgurante : monter sur le toit et en finir une fois pour toutes. Peut-être aujourd'hui réussirait-il.

Il essuya ses mains moites sur son maillot. Son cœur battait à ses tempes, fort et désordonné comme le tambour usé d'une machine à laver qui a fait son temps. Il sortit lentement de la chambre, franchit le corridor, attrapa ses clés en passant, et, conscient de faire un geste parfaitement dérisoire dans les circonstances, il verrouilla la porte après être sorti. Ce n'est pas qu'il se souciait de ces petits vols qui avaient été commis dans le quartier au cours des dernières semaines, mais ces gestes étaient une façon d'arriver à parcourir sans flancher la distance qui le séparait de la rambarde sur le toit. Marcher, ouvrir les portes, appuyer sur les boutons, les interrupteurs ; autant de choses qui repoussaient le moment fatidique où sa tête éclaterait en mille morceaux.

Dans l'ascenseur, il croisa madame Stewart, la voisine du dessus. Elle empestait la poudre pour bébés dont elle avait dû se couvrir généreusement, comme d'habitude, et le parfum bon marché.

— Vous allez admirer la vue, Éric ?

Il n'avait pas le cœur à parler, alors il répondit d'un hochement de tête. Elle lui sourit, dévoilant une rangée de dents où avait débordé un rouge à lèvres coquelicot et Éric pensa furtivement à un champ de fleurs en plein été, en se disant qu'en d'autres circonstances la chose l'aurait fait rire. Arrivée à son étage, le douzième, elle sortit, marchant d'un pas lourd sur la moquette feutrée du corridor. Éric, lui, monta jusqu'au dernier palier de cet immeuble qu'il habitait depuis maintenant dix ans, sortit de la cage d'acier déserte, s'engagea dans l'escalier de ciment, poussa sur la grosse barre de métal qui retenait la porte, et se retrouva sur le toit. Enfin.

::

Avant d'entreprendre la montée au bout de Pottery Road, Laura ralentit et respira à fond. Elle jeta un petit coup d'œil à sa montre ; elle avait fait un bon temps jusqu'ici. Se dépêcher aurait été une erreur. Elle entama la montée. À mi-chemin, elle aperçut les quelques silhouettes fantomatiques des gratte-ciels qui se dressaient au loin. Le smog avait gommé la moitié d'entre eux, et avait étêté la tour CN.

Juste au moment où elle arrivait à la dernière étape, elle crut voir quelque chose sortir entre deux arbustes, tout près. Elle sursauta, fit un pas de côté et aperçut un raton laveur qui s'avançait sans se presser. Elle soupira, continua son chemin. Ce n'était rien. Elle était toujours un peu nerveuse, le soir, dans la vallée. Elle s'était si souvent fait dire que c'était imprudent de courir si tard, qu'on ne savait pas sur qui on pouvait tomber, mais elle n'avait pas vraiment peur. En fait, elle n'avait jamais croisé qui que ce soit qui lui avait paru dangereux.

Le sifflement d'un train se fit entendre quelque part, lugubre comme le cri d'une bête qu'on égorge et le son se répercuta dans toute la vallée. Au même moment, Madonna se mit à chanter. Quel était le titre de cette chanson, déjà ? Laura jeta un coup d'œil à l'écran de son baladeur : *Ray of Light*. Tandis qu'elle s'efforçait de garder la cadence, elle se demanda quand, à quelle occasion, Thomas l'avait enregistrée, et ce à quoi il pensait à cet instant, ce qu'il faisait, ce qu'il disait.

::

En bas, la petite rue Pottery louvoyait autour des collines comme les serpents qu'il avait vus s'enrouler sur des roches plates dans le désert du Nevada autrefois, quand il voyageait encore. C'était le bon moment. Ça ne durerait qu'une seconde. Une nouvelle fois, il ne pouvait s'en empêcher, Éric se demanda quel bruit ferait son corps en heurtant l'asphalte, et comment il finirait quand la chute s'arrêterait. Serait-il complètement désarticulé? Aurait-il le visage tourné vers le ciel? Ce ne serait pas beau à voir, ça, c'était sûr, mais il serait débarrassé des images à jamais. Il respira profondément. Ses mains tremblaient sur la rambarde. Il se pencha lentement. Combien de fois avait-il fait ce geste? Combien de fois s'était-il retrouvé ainsi, la moitié du corps au-dessus du vide, comme si quelque chose en lui avait déjà basculé? Il ne les comptait plus. Cette fois était peut-être la bonne. Il se sentait prêt.

À cet instant, il releva la tête. Il sut tout de suite que c'était une erreur. Il aurait fallu sauter, ne pas regarder, ne pas attendre. Il n'avait hésité qu'une toute petite seconde, une fraction de seconde peut-être même, mais ça avait suffi pour le freiner. Pourquoi? Pourquoi avait-il eu envie, justement à ce moment-là, de poser ses yeux sur la vallée? Pourquoi l'avait-il regardée se dérouler à ses pieds? Pourquoi avait-il pris le temps de noter qu'il n'y avait pas un souffle de vent, que pas une feuille ne bougeait, que l'air était lourd, et que cette immobilité était si belle qu'elle avait quelque chose de surnaturel?

Il ferma les yeux, tenta de se concentrer. Il savait par cœur ce qu'il devait faire : monter sur le toit, ne pas penser, ne pas regarder au loin, passer une jambe par-dessus le garde-fou, puis l'autre, et le lâcher tout simplement. C'était facile, au fond. Il n'aurait qu'à se laisser emporter, le corps libre de toute entrave, l'esprit en apesanteur. Le souffle de l'été, chaud et humide, serait comme une caresse sur sa peau dans la descente, et peut-être sentirait-il même le parfum des fleurs accrochées aux balcons devant lesquels il passerait forcément. Qui sait ce qu'on perçoit dans des moments comme celui-là…

Ces pensées firent revenir en lui de petites doses de courage, peu à peu. Il rouvrit les yeux, se projeta vers l'avant, mais juste au moment où il sentit l'élan monter en lui, il perçut un mouvement, en bas. Cherchant du regard, il vit une ombre dans la rue; quelqu'un arrivait. La frêle silhouette était celle d'une femme. Elle avançait rapidement. Elle courait, en fait. Quand elle passa sous un lampadaire, Éric comprit qu'il s'agissait d'une joggeuse. Elle fonçait, regardant droit devant elle, ses écouteurs sur les oreilles. «Merde», se dit-il, contrarié. Pas question de sauter tant qu'elle se trouvait là.

:::

Assis sur la banquette arrière de l'auto de police, Joe Wapachi rageait en silence. Dire qu'il avait fallu qu'elle passe à cet instant précis, alors qu'il marchait au bord de l'autoroute, dire qu'il avait fallu que la seule voiture qui s'arrête, la seule de toutes, soit celle-là, avec son gyrophare rouge et bleu.

Les deux policiers n'avaient pas levé la main sur lui, finalement, mais ils l'avaient fait monter à bord sans ménagement, et avaient fait claquer derrière lui une portière qui s'était aussitôt verrouillée. Ensuite, ils avaient commencé à rouler vers le nord. Le nord : il en revenait. Ce qui voulait dire que plus ils avançaient, plus Joe reculait. S'ils continuaient comme ça, ils allaient le ramener pile où il était parti le matin même, et il aurait donc perdu toute une journée. Il y avait de quoi hurler. Tandis qu'ils roulaient, Joe ruminait. Il n'avait rien d'autre à faire de toute façon.

:::

La coureuse n'avait presque pas ralenti en attaquant l'abrupte côte de la rue Pottery. Garder la cadence dans la côte, par cette chaleur, il fallait le faire. Même si elle l'avait stoppé net dans son élan, il admirait cet entêtement un peu fou dont font preuve certains coureurs : se fixer un but, s'y tenir, s'entraîner quel que soit le temps, quel que soit le jour. Il avait été comme ça, à une autre époque. Une époque qui paraissait si lointaine qu'elle semblait complètement étrangère. Lui-même était devenu si différent qu'on aurait dit une autre personne. Pourrait-il encore être cet homme? Tout seul sur le toit, il ricana tout à coup à cette pensée. « Tu parles. À ce moment-là, t'étais solide, mon vieux. Solide comme un roc. » Depuis, il avait perdu ses ancrages. Et il dérivait. Trois ans qu'il dérivait.

Les mains posées sur le métal froid, le cœur battant, Éric se tenait toujours devant le garde-fou, incapable de rester, incapable de partir, à un pas de la mort. Un tout petit pas. En bas, la coureuse ne pouvait pas soupçonner qu'il la regardait du toit. Il pouvait deviner son souffle court. C'était tellement silencieux dans la vallée à cet instant qu'Éric avait l'impression d'entendre les notes jaillir du baladeur qu'elle tenait à la main.

::

Elle essuya de la paume de la main la sueur qui dégoulinait dans ses yeux et l'aveuglait. En haut de la côte, Laura ralentit et finit par s'arrêter au carrefour. Quand le feu passa au vert, elle traversa et franchit en marchant la distance qui la séparait de la maison. Arrivée à la porte rouge, elle tourna la clé dans la serrure, qui fit entendre son habituel déclic. Laura remarqua tout à coup de petites traces noires juste sous la poignée, se pencha pour mieux voir; c'était sans doute de l'huile qui avait fui du mécanisme de la serrure ou un truc du genre. Bref, c'était sale. Il faudrait penser à laver ça.

En entrant, elle fut accueillie par la fraîcheur. Le climatiseur tournait à fond depuis plusieurs jours. C'était bon d'être de retour. Dans le vestibule, elle enleva ses chaussues de course et les déposa soigneusement à leur place habituelle, sur la tablette basse prévue à cet effet, puis, sans même avoir repris son souffle, traversa le salon aux murs d'un blanc immaculé et se dirigea vers la cuisine. Tout son corps criait sa soif.

::

En bas, les lumières qui bordaient la route s'embrouillaient dans un halo blanchâtre qui semblait monter du sol. On aurait dit que l'asphalte se désagrégeait sous l'effet de la chaleur. Le centre-ville avait presque entièrement disparu derrière un mur de smog. Un train siffla. Éric sursauta et sortit de sa rêverie, réalisant, du coup, qu'il y avait longtemps que la coureuse s'était évanouie dans la grisaille. Il aurait eu le temps de sauter dix fois depuis, mais il ne l'avait pas fait. Au fond, il avait compris à la seconde où il avait posé les yeux sur la vallée que tout avait foiré et qu'il n'y arriverait pas. Pas aujourd'hui. Pas plus que les autres fois, d'ailleurs.

Il poussa un long soupir. Maintenant, les images s'estompaient. La crise était passée. Il jeta un dernier regard sur la ville et s'éloigna de la rambarde. Ses pas étaient lents. Lourds. Il faisait tout à coup vingt ans, trente ans, cinquante ans de plus que son âge. Il se sentait vieux. La vie s'étirait pour rien et il s'en voulait, comme d'habitude, de n'être toujours pas arrivé à y mettre un terme.

::

Les deux flics ne disaient rien. Joe, tête baissée, contemplait ses vieux *running shoes*. Il venait de découvrir qu'il y avait un trou dans une des semelles. « *Shit* », marmonna-t-il. À la moindre ondée, ou même simplement quand l'herbe serait humide, sa chaussette s'imbiberait jusqu'à être à tordre et il marinerait dans un condensé de jus qui deviendrait vite infect. Il fallait qu'il arrive dans la grande ville le plus tôt possible, il n'avait plus le choix, maintenant. Déjà qu'il ne lui restait plus qu'une quarantaine de dollars pour manger… Il savait bien qu'il n'aurait pas dû acheter les bières, mais il était trop tard, ça ne servait à rien de regretter.

Il secoua la tête. Maintenant, il fallait trouver un moyen de se rendre à destination. C'était ça, l'essentiel. Comment allait-il y arriver, s'il ne pouvait plus faire du pouce sur l'autoroute ? N'importe quel autre moyen de transport était hors de prix et rester dans le coin… il n'en était pas question. Il s'était enfin décidé à faire le voyage, il n'allait pas changer d'idée. « *Fuck* », marmonnat-il encore ; s'il n'allait pas maintenant dans la grande ville, il n'irait jamais, il le savait bien. S'il attendait, s'il remettait ça à plus tard, il ne ferait jamais ce voyage, il ne tenterait jamais sa chance, c'était aussi simple que ça. Il lui avait fallu du courage pour partir. Dire adieu à tout ce qu'il connaissait et prendre la route, ça n'avait pas été facile, mais ça ne serait pas mieux plus tard. Ça ne serait jamais aisé et, il fallait bien l'admettre, il n'aurait jamais plus d'argent pour faire le trajet. L'argent, il le savait, fuyait de ses poches comme si elles étaient trouées. Cette pensée tout à coup le mit en colère. Pourquoi tout, tout le temps, était aussi difficile ? Il donna un coup de poing dans la portière, c'était plus fort que lui. Puis un autre. Puis un troisième. La colère ; elle était toujours là, au fond de lui. Tapie dans l'ombre. Elle surgissait sans avertir. Contenir la colère. Un des deux flics se retourna pour le regarder, sourcils froncés, puis il se pencha vers son partenaire et lui murmura quelque chose à l'oreille. L'autre fit un signe de tête et actionna un bouton sur le tableau de bord. Les sirènes se mirent à hurler immédiatement, et l'auto à rouler plus vite. Joe jeta un coup d'œil au paysage qui défilait maintenant à toute allure. Il savait ce qui venait de se passer. Les bœufs l'arrêtaient, cette fois, ils ne faisaient pas que l'emmener sur une autre route. Pourquoi l'arrêtaient-ils ?

— Hé…, lança-t-il.

Ils ne répondirent pas. Joe haussa les épaules et secoua la tête. Ça ne valait même pas le coup de demander. Ils fouilleraient dans leurs livres de lois, et ils inventeraient une raison, ils dénicheraient quelque chose pour l'accuser. Ils allaient l'emmener au poste de police, voilà ce qu'ils allaient faire, et lui, il se retrouverait dans la merde jusqu'au cou. Encore une fois. « Bon sang, est-ce que c'est inévitable ? » se demanda-t-il.

Comme pour se rassurer, il glissa une main dans sa poche. Ouf !, le bout de papier était là, c'était au moins ça. Ce bout de papier, il s'y accrochait de toutes ses forces, parce qu'il représentait la seule chance qu'il aurait jamais dans la vie, parce que c'était une chance inouïe et qu'il fallait la saisir.

::

Éric finit par rentrer. Chez lui, il refit en sens inverse les gestes qu'il avait déjà accomplis un peu plus tôt. Il passa la porte, parcourut le corridor, se dirigea vers la chambre et se posta de nouveau devant le placard, contemplant dans le miroir une image affligeante, celle d'un homme en désordre, en déroute, aux yeux injectés de sang. Pourquoi avoir enfilé le maillot, aussi ? C'était ridicule. Il enleva le t-shirt trop étroit, tirant de toutes ses forces pour faire passer les épaules, après quoi il se débarrassa du short et lança le tout sur le vieux fauteuil dans le coin de la pièce, puis enfila son jean et sortit en ayant tout à coup le sentiment de mieux respirer.

Au salon, il ouvrit les portes de la grande armoire en bois qui renfermait ses bouteilles de scotch. Il opta pour un Glen Torness âgé de cinq ans. Ce n'était pas le meilleur, mais ça ferait l'affaire ; il n'y avait rien à fêter, après tout. Il versa le liquide ambré lentement, question de faire durer le plaisir. Le son des glaçons qui frappent le cristal lui procurait toujours cet indescriptible sentiment de réconfort. Il fit rouler la première gorgée sous son palais avant de la laisser glisser dans sa gorge. C'était chaud et fort.

Il se rendit ensuite dans le vestibule, pour récupérer ses dossiers dans son attaché-case, détourna le regard en passant devant la cuisine, pour ne pas voir la montagne d'assiettes et de chaudrons sales posés sur le comptoir, puis revint sur ses pas. Il s'installa dans son fauteuil en cuir, son verre à la main, ses documents sur ses genoux, souffla sur la table en bois à côté de lui avant d'y poser son verre. Un nuage de poussière grise virevolta dans les airs. Il se cala et avala une autre gorgée. « Au travail, maintenant », s'encouragea-t-il. Il passerait la soirée à remplir de la paperasse et ne s'arrêterait probablement que quand il serait épuisé ou soûl. Ou les deux.

Ce serait un vendredi soir tout ce qu'il y avait de plus ordinaire, finalement.

::

Un verre d'eau à la main, Laura monta une à une les marches en bois vernis et, à l'étage, se rua vers la salle de bain. Elle était à tordre et n'avait qu'une idée en tête : passer sous la douche au plus vite. C'est en tournant les robinets qu'elle aperçut tout à coup du coin de l'œil quelque chose d'informe et de blanchâtre sur le sol luisant. Elle fronça les sourcils, intriguée, contempla l'objet une seconde avant comprendre enfin de quoi il s'agissait. Qu'est-ce que ça faisait là ? Elle étira le bras, ramassa du bout des doigts le condom usagé et le laissa tomber dans les toilettes. Comment avait-elle pu ne pas le remarquer avant ? Le visage de Sylvain s'imprima dans sa tête. Elle l'avait croisé dans le métro après le travail, la veille, et, pour une fois, ils s'étaient parlé.

— Vous voulez prendre un verre chez moi ? lui avait-elle demandé alors qu'ils arrivaient à la station où elle descendait.

Il avait simplement hoché la tête. En chemin, ils ricanaient pour tout et pour rien, nerveux comme des adolescents. Quand ils étaient arrivés, tandis qu'elle ouvrait la porte, il avait placé ses deux mains sur sa taille et Laura avait senti un arc électrique traverser tout son corps. Ils n'avaient rien dit, n'avaient pas pris la peine de fermer les rideaux dans la chambre, et ils s'étaient glissés entre les draps lavande.

Elle entra sous la douche et ferma les yeux de contentement sous les jets. L'eau ruisselait sur son corps et rebondissait sur le carrelage On aurait dit une chute qui cascade à flanc de montagne. Laura pensa aux draps qu'il faudrait changer, comme ça, plus rien ne pourrait témoigner du passage de Sylvain. Elle se demanda ce qu'elle lui dirait quand elle le croiserait de nouveau dans l'ascenseur. Rien en fait. Elle lui sourirait, polie mais froide, et il comprendrait. Il sortirait en la saluant d'un signe de tête sans se retourner. Ils ne reparleraient plus jamais de tout ça et ils ne se reverraient plus. Facile. Simple.

Le week-end s'annonçait banal.

2

Un cliquetis fit sursauter Joe et une petite fenêtre s'ouvrit dans le grillage pour laisser passer d'abord une main, puis un bras recouvert de poils châtains drus. Un gardien en chemise, manches roulées jusqu'au coude, déposa un plateau sur le lit et tout de suite une odeur de viande emplit la cellule. Joe posa les yeux sur l'assiette en plastique qui contenait, à en juger par la forme parfaite des pommes de terre en purée et la texture gélatineuse de la sauce brune, un repas surgelé réchauffé qui faisait penser à ces « dinners Swanson » qu'on lui servait souvent quand il était petit. La fenêtre se referma dans un bruit métallique. Ce n'est qu'à ce moment que Joe réalisa qu'il n'avait pas mangé depuis longtemps. Il n'avait pas pris de douche, non plus. On l'avait enfermé dans la cellule de dégrisement sans explication et sans lui dire quand, au juste, il en ressortirait. Joe n'avait posé aucune question, s'était étendu sur le lit tout habillé, chaussures aux pieds, et avait fini par s'endormir à force de n'avoir rien à faire. Pendant la nuit, il avait été réveillé en sursaut par des cris. Tout près, dans le corridor, un homme vociférait et hurlait, se débattant tandis qu'un flic qui, Joe l'imaginait bien, devait l'empoigner de toutes ses forces jurait comme un charretier. Le policier, après quelques minutes d'efforts infructueux, avait demandé des renforts dans son walkie-talkie et, en une seconde, quatre ou cinq bœufs, à en juger par le bruit des pas, avaient déboulé pour lui prêter main-forte et maîtriser l'homme agité. Finalement, ils avaient réussi à l'enfermer dans la cellule voisine, mais l'homme avait continué à gueuler pendant une bonne heure et Joe n'avait pas réussi à se rendormir. Maintenant, il n'entendait plus rien, à côté. L'homme devait dormir ou cuver son vin. Ou les deux.

Quatre murs, un lit, des chiottes, et un rouleau de papier de toilette posé à même le sol : voilà en quoi consistait son décor depuis plus de douze heures. Combien de fois s'était-il déjà retrouvé entre des murs comme ceux-là, dans son existence ? se demandat-il tout à coup. Il ne les comptait plus. Les policiers qui l'avaient arrêté devaient déjà savoir, eux. Ils avaient dû fouiller son dossier aussitôt la porte de la cellule refermée. Ils fouillaient toujours son dossier. Quelques clics et toute sa vie se déroulait sur un écran : vol, violence conjugale, bagarre, dommage à la propriété, trouble à l'ordre public, possession de stupéfiants, etc. Tout ce dont on l'avait accusé au fil des ans. Quand ils voyaient ça, d'habitude, les policiers hochaient la tête d'un air entendu. Ceux-là avaient dû faire la même chose, parce que ça confirmait tout ce qu'ils pensaient déjà de Joe, avant même qu'ils ne le poussent sur la banquette, qu'ils ne mettent en marche leur gyrophare et qu'ils ne déclenchent la sirène de l'auto qui l'avait emmené ici à la vitesse grand V.

Joe avait mal aux pieds. Il baissa la tête et contempla ses chaussures, réalisant seulement maintenant qu'il ne les avait pas enlevées depuis un sacré bout de temps. Il tira d'abord doucement sur les lacets qui s'étaient emmêlés avec le temps et qui formaient des nœuds, mais, sous ses doigts maladroits, ils refusèrent d'obéir et rien ne se passa. Joe soupira bruyamment et recommença à tirer, cette fois franchement. Il tritura, étira, enroula autour de ses jointures noueuses les lacets devenus noirs à force de traîner partout, mais ils résistèrent.

— *Fuck!*

Le mot lui avait échappé. Aussitôt, il mit la main devant la bouche, les yeux arrondis par la surprise, comme si quelqu'un d'autre que lui l'avait prononcé. Il ne fallait pas s'énerver, surtout pas ici. Ici, il était observé. Tout ce qu'il faisait ou disait serait rapporté au juge, il le savait bien. Il fallait garder son calme. Joe poussa de nouveau un long soupir. Ce n'était pas facile ; les nœuds ne voulaient toujours pas se défaire malgré ses efforts, et il sentait la colère monter en lui. De ses mains tremblantes, il essaya d'enlever les chaussures de course sans dénouer les lacets, tirant de toutes ses forces sur une semelle, puis sur l'autre, grimaçant, soufflant.

— *Fuck! Fuck, fuck, fuck!* dit-il encore plus fort, trop fort, cette fois.

Les mots, décidément, se précipitaient hors de lui comme s'il n'avait aucun contrôle sur eux. Il posa les mains à plat de chaque côté de ses cuisses sur la couverture de laine grise et resta comme ça, sans bouger. Il pouvait sentir son cœur battre à ses tempes. Plus loin dans le corridor, il entendit des pas se rapprocher. Le gardien, alerté par les cris, venait jeter un coup d'œil, sans doute. Garder son calme, ne pas se faire entendre, ne pas se faire voir, passer « sous le radar » ; c'est ce que son père lui avait appris quand ils allaient à la chasse ensemble : faire le mort, disparaître, c'était la meilleure façon d'attraper le gibier et sans doute aussi de fonctionner dans ce monde que Joe ne comprenait pas toujours.

Son père : Joe n'y avait pas pensé depuis longtemps. Il se cala sur le lit, s'appuya au mur. Ça lui donnait toujours cette impression de vertige quand il repensait à cette époque enfouie loin dans sa tête. Il ferma les yeux et respira à pleins poumons. Les souvenirs faisaient ressurgir les odeurs comme si elles étaient là, tout près, comme s'il pouvait s'en imprégner, humer encore et encore le parfum boisé des troncs humides et de la gomme de sapin mélangé à celui, plus frais et plus vif de l'herbe mouillée, le parfum légèrement âcre du tabac que dégageait la grosse chemise de chasse à carreaux de son père, et celui, délicat, émanant des lits de champignons sur lesquels ils tombaient par hasard en marchant hors des sentiers. Les souvenirs faisaient ressurgir les sons aussi, tous ceux qui avaient bercé son enfance comme monte dans la nuit noire celui des tambours les soirs de fête, et même enfermé entre les murs de sa prison, il croyait entendre les sons étouffés des pas sur les lits d'aiguilles de pin, les branches qui craquent, les oiseaux qui hululent, les corbeaux qui poussent des cris perçants en déployant leurs ailes pour s'envoler dans un bruit d'étoffe froissée. Mais le plus caractéristique de cette époque, celui qu'il reconnaîtrait entre tous s'il pouvait l'entendre encore aujourd'hui, c'était celui des portières de la camionnette que son père avait eue pendant des années, un vieux *pick-up* tellement rouillé qu'on ne pouvait plus dire de quelle couleur il était. Les portières grinçaient quand on les ouvrait et grinçaient encore quand on les refermait. Ce bruit, Joe était si habitué de l'entendre, qu'il avait quelque chose de rassurant. Le soir, quand sa mère était tellement soûle qu'elle s'était endormie sur la chaise en bois, à la table de la cuisine, une cigarette encore fichée entre les doigts, après avoir pleuré et parlé toute seule à voix haute une partie de la soirée, Joe, dans son lit, attendait son père et, quand la portière grinçait, il soupirait de soulagement. Il savait que son père était arrivé et que tout irait bien. Alors il s'endormait enfin à son tour.

C'était à bord de ce véhicule déglingué qu'ils partaient tous les deux à la chasse plusieurs fois par année. Pour se rendre au cœur de la forêt, ils commençaient par rouler sur des sentiers boueux, si boueux que parfois ils s'y enfonçaient. Le père de Joe faisait alors marche arrière, appuyait de toutes ses forces sur l'accélérateur. Les roues se mettaient à tourner dans le vide en produisant un sifflement strident. Il arrêtait, attendait un moment avant de recommencer, faisant siffler les roues de nouveau. Après plusieurs tentatives, la camionnette finissait par bouger enfin, et le père de Joe enfonçait l'accélérateur au plancher, alors que des giclées de boue projetées par les pneus venaient se coller jusque dans les vitres. Après, la forêt devenait de plus en plus dense et ils continuaient à avancer tant qu'ils le pouvaient sur des routes, des sentiers de plus en plus étroits, et Joe, bercé par le mouvement du véhicule, en profitait pour s'endormir et rattraper un peu du sommeil perdu.

— Joe, réveille, le soleil va se lever.

C'est qu'ils devaient se lever tôt, certains matins, quand son père décidait que c'était le temps de partir à la chasse. Il entrait dans la chambre de son fils sans avertir et le secouait jusqu'à ce qu'il ouvre les yeux.

— Debout, Joe.

Encore à moitié endormi, la bouche pâteuse, les paupières gonflées de sommeil, Joe sautait sur ses pieds, avalait en deux ou trois bouchées les céréales que son père avait versées dans un bol et arrosées de lait et de sucre, et ils partaient dès que les premiers rayons de soleil commençaient à teinter le ciel de lueurs jaunâtres. Joe suivait son père qui portait son fusil en bandoulière, un sac à dos à moitié vide accroché négligemment à l'autre épaule. Cigarette au coin des lèvres, il ouvrait la portière du camion d'un geste brusque, ce qui faisait tout un boucan dans le village endormi, et lançait son bazar sur la banquette arrière. Ensuite, il s'installait derrière le volant, et tournait la clé deux ou trois fois, jusqu'à ce que le moteur finisse par toussoter et se mettre en marche.

— C'est pas barré, chuchotait-il, en montrant du doigt la portière côté passager.

Joe ouvrait à son tour, se calait sur le siège froid, où l'on avait collé de larges bandes de *duct tape* là où le tissu s'était déchiré au fil des ans, et, regardant par la fenêtre de côté, souriait sans que son père le voie, parce qu'il était simplement heureux d'être là, seul avec son père, heureux de manquer l'école, d'échapper à l'ennuyeux quotidien du village, heureux d'être libre comme l'air. Il savait qu'ils pouvaient partir deux ou trois jours, même plus, que personne ne se soucierait d'eux et qu'ils ne reviendraient dans la réserve qu'après avoir trouvé du gibier digne de ce nom, que, tant que le gibier se ferait attendre, ils attendraient aussi.

Quand finalement ils se retrouvaient enfoncés dans la forêt, là où personne n'allait, là où les arbres étaient si proches les uns des autres que pas une auto ne pouvait passer, alors le père de Joe arrêtait la camionnette, et coupait le moteur. Ils descendaient et, en entendant le grincement des portières, les oiseaux apeurés s'envolaient sans demander leur reste. Le père de Joe poussait toujours un grognement en se posant sur ses jambes, et en dépliant son corps élancé, puis il s'étirait, son fusil à la main. Des gestes rituels, cent fois répétés. Ensuite, la longue marche commençait. C'est qu'il fallait repérer le «bon *spot*» comme il disait, l'endroit propice à la chasse. Ça pouvait durer des heures. Quand ils finissaient par trouver, la plupart du temps le soleil se couchait, et Joe, épuisé, affamé, et trop content de s'arrêter, se laissait tomber sur la première pierre plate qu'ils trouvaient. Son père faisait de même, sortait son tabac et du papier de la poche intérieure de sa veste, et, agile, roulait en moins de deux une cigarette qu'il allumait aussitôt avant de secouer l'allumette au bout de ses doigts. La voix altérée par la fumée, faisant un mouvement du menton vers son fils, il disait:

— Va chercher du bois, on va dormir ici, cette nuit.

— O.K., répondait simplement le garçon.

Le père de Joe parlait, bougeait lentement. Chacun de ses gestes semblait étudié. C'était comme s'il s'épargnait, comme s'il se ménageait. Il avait toujours été comme ça. Quand Joe revenait les bras pleins de branches mortes, il les déposait en tas et son père allumait un feu. En moins d'une minute, des flammes orangées s'élevaient dans le ciel et des crépitements s'échappaient du brasier. Ils s'installaient alors tous les deux devant, et mangeaient une bouchée en écoutant les bruits de la forêt. Si un animal faisait craquer des branches trop près d'eux, ils tressautaient et le père de Joe mettait la main sur son fusil, prêt à tirer.

Joe finissait infailliblement par cogner des clous et il se laissait aller au sommeil, confiant, parce qu'il savait que rien ne pouvait leur arriver, que son père guettait, silencieux. Au cœur de la forêt, là où le moindre mouvement brise le silence, où même les battements de cœur s'entendent, les mots ne sont pas les bienvenus. La dernière image que Joe voyait avant de s'endormir, c'était celle de son père, assis jambes croisées, des flammes qui dansaient dans ses yeux, calme, bière à la main, cigarette au bec, qui veillait au grain.

Au matin quand il se réveillait, Joe était seul, la plupart du temps. Ça ne l'inquiétait pas ; il savait que son père allait revenir. Il se soulevait sur ses coudes, se frottait les yeux et attendait. Ça ne prenait pas plus de deux ou trois minutes, généralement, avant qu'il n'aperçoive la silhouette familière qui marchait vers lui, devinant que Joe était réveillé sans même qu'il ait eu à dire quoi que ce soit. Son père se pointait de sa démarche nonchalante, avec, à la main, les deux tasses émaillées qui constituaient, à part les armes et les munitions, l'essentiel de leur équipement. Il les avait remplies d'eau fraîche et Joe réalisait seulement alors qu'ils avaient dormi tout près d'un lac ou d'une rivière. S'il y avait un point d'eau dans le coin, Joe pouvait être sûr que son père le trouvait.

Il savait aussi repérer les meilleurs endroits pour se cacher et guetter les proies. À peine réveillé, il s'installait dans un de ces endroits, et la longue attente commençait. Ça pouvait durer des heures. Quand un orignal ou un ours finissait par approcher, le père de Joe levait son fusil, visait et tirait sans hésiter, sans trembler. Joe ne se souvenait pas d'être revenu de la chasse sans gibier et il se rappelait avec précision à quel point il était fier de rentrer au village, aux côtés de son père.

Après, Joe retournait à l'école sans savoir à quel moment ils repartiraient. Il pouvait se passer des semaines sans que son père l'emmène de nouveau, puis, un beau soir, installé à la table de la cuisine, il commençait à nettoyer son fusil et, tout à coup, jetant un regard de côté à son fils, il laissait simplement tomber :

— On va partir demain.

Et alors, le cœur de Joe bondissait dans sa poitrine. Ces nuits-là, il mettait du temps à s'endormir, énervé en pensant au lendemain. Il avait peur aussi que son père change d'idée et qu'il parte sans lui, parce que quelquefois, il partait seul. Il sortait de la maison sans dire un mot tandis que Joe le regardait par la fenêtre et prenait la direction de la forêt. On ne le voyait plus pendant un certain temps, des jours et même des semaines parfois, mais il revenait toujours. Une année, il avait pris la direction de la forêt dès la neige fondue, au mois de mai. À son habitude, il n'avait dit à personne où il allait, puis, vers le milieu de l'été, les gens au village avaient commencé à laisser entendre qu'il ne reviendrait pas, cette fois. Joe ne voulait pas le croire.

— C'est même pas vrai ! criait-il, hargneux, du haut de ses treize ans, à ceux qui répandaient ces rumeurs.

Chaque soir quand il se couchait, Joe guettait, s'imaginant qu'il entendait le bruit grinçant de la portière du camion, se disant, au bout de sa fatigue, qu'il se laisserait aller au sommeil et que son père serait là, au matin, ou alors que, revenant à la maison, il le trouverait tout simplement, assis dans la cuisine, en jean et chemise à carreaux, en train de nettoyer son fusil de chasse, une cigarette pendouillant au coin de la bouche, grimaçant parce que la fumée lui remontait dans les yeux, qu'il ne donnerait aucune explication, mais qu'il serait là et que c'était tout ce qui comptait. Chaque matin, Joe se ruait hors du lit, et chaque soir, plein d'espoir, il revenait de l'école en courant. Pendant des semaines, il avait guetté, espéré, attendu, croyant à tout instant le voir se pointer au bout du chemin, sifflotant, transportant des perdrix mortes sur l'épaule ou quelque animal tombé au combat, fusil à la main, cigarette au bec. Mais le père de Joe n'était jamais revenu. Personne ne sut jamais où il était allé.

Presque sans s'en rendre compte, tout à ses pensées, Joe avait continué à tripoter ses lacets et, tout à coup, un des nœuds se défit. Il put enlever une chaussure. Excédé, il l'envoya valser contre le mur, en étouffant un cri de rage. L'agent ouvrit la petite fenêtre par laquelle il avait passé le plateau un peu plus tôt et jeta un coup d'œil à l'intérieur.

— Hé… on se calme, O.K. ?

Joe baissa la tête. Il s'en voulait de ne pas s'être dominé. Il s'en voulait toujours, après. Il arriva à ôter l'autre chaussure et poussa un soupir de soulagement. Une odeur rance monta dans l'air. Joe haussa les épaules ; s'il sentait trop mauvais on l'enverrait aux douches, ça n'était pas plus mal. Installé confortablement sur le lit, il attrapa le plateau, qu'il posa sur ses genoux. Il planta d'abord sa fourchette en plastique dans la purée de pommes de terre, et prit une bouchée. Ça avait un goût indéfinissable, mais ce n'était pas mauvais. Joe avala tout le reste d'une traite, après quoi il déposa le plateau par terre et s'étendit. Il se sentait fatigué. Il ferait peut-être une sieste. Après tout, qu'est-ce qu'il y avait d'autre à faire ? C'était encore la meilleure façon de passer le temps. Il ne savait pas jusqu'à quand on le garderait ici avant de l'emmener voir le juge. C'est ce qui était prévu, ça il le savait. Le juge lui poserait des questions, puis le sermonnerait. Joe jurerait, la main sur le cœur et les yeux dans l'eau qu'il serait gentil et qu'il ne causerait pas de problème. Il montrerait au juge le petit bout de papier.

— Voyez, dirait-il, voyez c'est l'adresse de mon oncle, à Toronto. Il m'a invité à venir vivre avec lui. Il a du travail pour moi, un bon boulot. Une chance inouïe. Ma vie va changer, monsieur le juge.

Voilà ce qu'il dirait.

::

Laura écarta les pans des lourds rideaux, et tandis que le soleil éclaboussait la pièce, ouvrit la fenêtre, étonnée de sentir une brise fraîche. Les orages de la nuit avaient changé le temps.

— Enfin, murmura-t-elle.

Le tonnerre et les éclairs l'avaient réveillée à plusieurs reprises. Il y avait eu aussi de sacrées rafales de vent. À un moment donné, une poubelle vide laissée sur le trottoir d'en face avait été emportée et Laura l'avait entendue racler le ciment jusqu'à ce qu'elle bute contre un obstacle et s'arrête. La pluie avait laissé quelques flaques sur l'asphalte qui achevait de sécher. Les coudes appuyés au rebord du châssis, elle observa un instant les maisons cossues qui s'alignaient dans la rue, fenêtres fermées comme les yeux d'un dormeur paisible. Pas un bruit n'émanait du quartier tranquille.

Elle se retourna, se dirigea vers l'escalier. En passant devant son grand miroir en bois, elle aperçut son reflet. Debout, en slip et en camisole, elle ne pouvait rien cacher. Elle avait encore perdu du poids, ça se voyait. Tous ses muscles étaient saillants, maintenant. Elle souleva la camisole. Ses abdos étaient bien dessinés. Ce n'était pas encore parfait, mais c'était mieux qu'avant. Bien mieux. Pendant une demi-seconde, une image s'imprima dans sa tête : elle, quatre ans auparavant, ici même devant ce miroir le soir de son arrivée dans la maison, avec tous ses kilos en plus, cette graisse qui débordait de partout. C'était Ian qui avait accroché le miroir.

— Comme ça, ça va ? C'est pas trop haut ?

— C'est parfait, avait-elle répondu.

Ce miroir l'avait suivie, ainsi que sa collection de bouteilles — que des grands crus —, un fauteuil vert en velours, ses livres, et sa musique : la musique de Thomas. Tout le reste était resté derrière.

Lyne était entrée dans la pièce, ses cheveux blonds ondulés, son parfum fruité la précédant, souriante comme toujours.

— Si t'as besoin de quoi que ce soit ma chérie, tu sais qu'on est là. O.K.?

Laura ne se souvenait plus trop de ce qu'elle avait répondu à ce moment. Elle avait dû hocher la tête, et ils étaient repartis en la laissant seule devant son miroir. Elle avait oublié. Ce qu'elle avait fait ensuite, comme tant de choses survenues au cours de ces mois et de ces années-là, avait été gommé de sa mémoire. Elle avait sans doute contemplé avec dégoût son image dans le grand miroir et ouvert une bouteille qu'elle avait vidée en quelques lampées. Un grand trou noir, voilà ce qu'avait été cette période. Un trou noir qui l'avalait petit à petit.

La veille de son déménagement, Laura était allée au cimetière. C'était la dernière fois qu'elle y avait mis les pieds. Elle savait déjà, marchant dans le sentier de gravier, puis dans l'herbe humide, qu'elle ne tiendrait pas le coup. Elle s'était retrouvée devant la pierre tombale comme on se retrouve devant un corps à identifier; abasourdie, anéantie, vidée, l'impression que toute vie s'était retirée d'elle aussi. Elle était tombée sur les genoux, avait senti qu'elle craquait, les larmes inondant son visage sans qu'elle fasse quoi que ce soit pour les retenir. Elle avait pleuré jusqu'à ne plus avoir de forces, les épaules secouées de sanglots, la douleur logée dans sa gorge s'échappant parfois en cris sourds. Les sanglots avaient monté du fond de ses tripes, bruyants, longs, rythmés comme un crescendo. Il faisait une journée magnifique et les ombres qui s'allongeaient entre les pierres de granit annonçaient bien avant qu'elles n'apparaissent les silhouettes silencieuses qui déambulaient, puis qui s'arrêtaient un moment, le temps de déposer des fleurs, d'épousseter une pierre tombale d'un geste délicat, de s'agenouiller, ou de contempler un instant des inscriptions gravées à jamais dans la pierre — un nom, une date —, avant de repartir d'un pas hésitant, les mains dans les poches. Elle n'était pas seule, cens gens avaient souffert eux aussi, ils avaient survécu. Comment avaient-ils fait? Certains d'entre eux l'avaient regardée, puis avaient baissé la tête. Dans leurs yeux, Laura avait vu passer de la pitié, de la gêne. Elle s'en foutait. Éperdument. Ça n'avait pas d'importance.

C'était sans doute la dernière fois qu'elle avait pleuré.

— T'es sûre que tu veux faire ça? Déménager, je veux dire, avait demandé Michel, dans une ultime et désespérante tentative pour la retenir, à son retour.

— On va pas recommencer, Michel. On a parlé de ça des dizaines de fois, avait-elle répliqué en soupirant.

Il avait baissé la tête sans ajouter un mot. «Curieux, s'était-elle dit à cet instant, cet homme avec qui j'ai passé toutes ces années, cet homme que j'ai aimé jusqu'à en avoir mal, cet homme que j'ai caressé, embrassé, ce corps que j'ai parcouru tout entier, encore et encore, jusqu'à le connaître par cœur, cet homme avec qui j'ai eu un fils, me laisse maintenant indifférente. Rien de ce qu'il pourrait dire ou faire ne m'empêcherait de partir.»

Il se tenait alors debout dans la chambre, contemplant, consterné, la collection de chaussures qui trônait dans leur immense *walk-in*.

— Qu'est-ce que tu fais de ça? avait-il demandé tout d'un coup.

— Vends-les, donne-les, garde-les pour ta prochaine femme, fais ce que tu veux avec, avait-elle répondu.

Il avait haussé les épaules.

— C'est ridicule. C'est toi ma femme.

À ce moment, les mots ne voulaient déjà plus rien dire pour Laura, et les chaussures, tout comme les vêtements griffés, les toiles sur les murs, les sculptures, la vaisselle en porcelaine, les armoires en bois d'ébène, les tapis tissés à la main, les colliers de perles, et la BMW étaient devenus des objets ridicules, obsolètes. Elle les avait tous laissés derrière sans éprouver le moindre regret. Elle était bel et bien partie, le lendemain, et s'était installée dans cette maison, une bicoque à l'époque.

Laura se secoua. Elle se rendit à la cuisine, ouvrit machinalement la porte du garde-manger, contempla les étagères une seconde, passa un doigt sur une des tablettes, regarda la trace pâle qu'elle venait de dessiner et fit la moue. Il lui semblait tout à coup qu'il y avait de la poussière partout. Elle se haussa sur la pointe des pieds, attrapa une petite serviette propre et remplit un seau d'eau et de détergent. Frotter, nettoyer. Tout à coup, elle avait besoin de sentir l'odeur des produits de nettoyage, besoin de laver chaque recoin de l'armoire, besoin que tout reluise comme un sou neuf, besoin de faire place nette, de tout vider, de débarrasser chaque étagère de cette poussière qui s'accumule inexorablement au fil des jours.

Elle sortit un escabeau, le déplia, y monta, et se retrouva à la hauteur de l'étagère la plus haute. D'abord, elle enleva tout ce qui s'y trouvait : pot à café, épices, contenants de toutes sortes dont elle avait même oublié l'existence. Après avoir lavé toutes les surfaces, étagère par étagère, elle tria le contenu de l'armoire : ce qu'elle gardait d'un côté, ce dont elle se débarrassait, à la poubelle. Puis elle termina par le plancher, qu'elle frotta, à quatre pattes. Quand elle se releva, Laura avait la tête qui tournait. Mains sur les hanches, elle scruta, inspecta, huma l'odeur des produits nettoyants. Tout était nickel. Parfait. Elle se sentit apaisée, tout à coup. Maintenant, elle pouvait mieux respirer.

Le jour où elle avait emménagé dans la maison, il y avait encore des restes de nourriture sur ces étagères, qui avaient de toute évidence reçu la visite de souris, à en juger par les traces qu'elles avaient laissées. À travers les brumes de l'alcool, elle avait contemplé le tout avec dégoût et elle était tout simplement allée se coucher. De cette journée, elle gardait le souvenir écœurant d'une odeur de moisissure et de poussière. Tout ça semblait si loin maintenant : le déménagement, l'achat de la maison. Elle avait l'impression que ça faisait un siècle et que tant de choses s'étaient passées depuis, mais, en fait, il ne s'était rien passé. Le temps s'était écoulé et elle avait traîné sa douleur, se demandant parfois si elle était bel et bien vivante.

Réalisant qu'elle était en sueur, elle fit glisser la porte-fenêtre à l'arrière, et les rideaux se gonflèrent du souffle léger de la brise. Elle s'appuya au cadre de métal pour examiner un instant le petit jardin et repensa à l'état dans lequel il était quand elle avait emménagé. Guère mieux que la maison. Laura s'était lancée tête baissée dans les rénovations, traçant les plans, embauchant les ouvriers, mettant la main à la pâte elle-même. Elle buvait encore, à l'époque. Les rénovations avaient eu raison de la bouteille. Rendue au bout de sa collection de bouteilles de vin et les travaux terminés, elle s'était demandé ce qu'elle allait faire. C'est en observant une voisine qui sortait courir tous les jours qu'elle avait découvert le jogging. Et le jogging lui avait sauvé la vie.

Son téléphone sonna, ce qui la tira de ses rêveries.

— J'espère que j'appelle pas trop tôt ?

Laura reconnut tout de suite la voix de Lyne.

— Dis donc, tu fais quelque chose, ce soir ?

Laura se retint de répondre qu'elle n'avait pas plus de plans pour ce samedi soir qu'elle n'en avait pour aucun samedi soir, ni aucun vendredi soir, ni aucun soir de la semaine, à part courir. De toute façon, Lyne n'attendit pas sa réponse pour continuer.

— On pourrait aller souper, se changer les idées. Qu'est-ce que t'en penses ?

Sans lâcher le téléphone, Laura ouvrit la porte de devant et se pencha pour cueillir le journal qui, comme tous les jours, l'attendait.

— Pourquoi pas ?

— À plus.

Elle raccrocha au moment où le voisin d'en face passait, tenant son chien en laisse, comme tous les matins. Il lui fit un signe de la main. Le chant strident d'une cigale s'éleva quelque part. Des enfants couraient dans la rue et Laura les suivit des yeux. Certains jours, les souvenirs se réveillaient et une douleur géante, béante, lui ouvrait le ventre. Ces jours-là, Thomas était partout : un petit garçon croisé dans la rue qui apprenait à monter à vélo avait le visage de Thomas, un bébé qui faisait ses premiers pas aussi, des jeunes hommes qui marchaient sur le trottoir avaient l'allure de Thomas, sa démarche tranquille, ils avaient ses gestes, sa voix, ses cheveux, son odeur, et son rire surtout, le rire de Thomas quand il faisait la course avec ses amis, quand il comptait un but dans un aréna bondé, quand il jouait au soccer, quand il regardait une des comédies « pur Hollywood » comme il disait, quand son chien s'ébrouait devant lui, quand il ouvrait ses cadeaux de Noël, quand son père s'amusait à le chatouiller, quand les vacances commençaient, quand il s'élançait du bout d'un quai pour plonger dans le soleil et l'eau froide.

C'était peut-être l'une des choses qui lui manquaient le plus : le rire de Thomas. Elle avait parfois l'impression de l'entendre, et plus elle entendait ce rire éclatant dans sa tête, plus sa peine était grande. Les jours de douleur, Laura ne trouvait de répit que dans la course. Elle courait à fond de train, recherchant une autre douleur : des muscles qui brûlent, des poumons qui s'enflamment.

Les mauvaises journées se faisaient moins nombreuses, mais il y en avait encore. Et ces journées-là étaient tout aussi difficiles que l'avait été cette fameuse nuit au cours de laquelle des policiers étaient venus frapper à sa porte pour raconter une histoire qui semblait invraisemblable, le genre d'histoire qui ne peut pas vous arriver, s'était-elle dit, incrédule, assommée. Les deux policiers en uniforme se dandinaient d'une jambe sur l'autre, tête baissée, triturant leur casquette. Ils prononçaient des mots incompréhensibles, des mots qui n'avaient aucun sens, qui parlaient de mort.

Cinq ans plus tard, la douleur était toujours là, mais Laura ne pleurait plus. Elle ne pleurait plus depuis longtemps, mais elle ne riait pas non plus. Autrefois, un rien la rendait heureuse : des fleurs coupées, un coucher de soleil, une crème glacée à la vanille.

Tout était si différent maintenant. Maintenant, il y avait des mauvais jours, et les jours supportables. Quant au bonheur... Laura ne savait plus ce que c'était.

::

— T'as l'air en forme, fit remarquer Jennifer, souriante.

Éric haussa les épaules. Jennifer ne pensait pas un mot de ce qu'elle disait, c'était évident. Il ne pouvait pas avoir l'air en forme. Ce n'était certainement pas la bouteille de scotch qu'il se tapait chaque semaine, ni son mode de vie pour le moins sédentaire, ni les dix kilos qu'il avait en trop qui le rendaient *top shape*.

— Bof.

Ce besoin qu'avait Jennifer d'être gentille à tout prix l'avait toujours énervé. Par contre, elle était toujours aussi belle. Il la contempla un instant. Elle n'avait pas changé, avec ses cheveux bouclés qui encadraient un visage à la peau lisse, diaphane. Quand elle souriait, ses yeux s'éclairaient et deux pommettes rondes qu'on avait envie de pincer naissaient juste en dessous. C'était comme si aucune ride n'était venue se poser sur ce visage, malgré le temps.

Il la connaissait depuis, quoi?, une quinzaine d'années? Il se souvenait encore du jour où il l'avait rencontrée. Elle venait d'avoir vingt-cinq ans, mais on lui en aurait donné à peine dix-huit; elle avait l'air d'une gamine. Lui était déjà avec Nathalie à ce moment-là, mais il l'avait trouvée magnifique, et au cours des années qui avaient suivi, il lui était arrivé de fantasmer sur elle. Il n'en avait jamais parlé à qui que ce soit.

— Non, je te dis, vraiment, Éric.

Il posa ses mains sur son ventre, qu'il tapota dans un geste qu'il savait grotesque.

— Tu vois? J'ai encore pris du poids depuis la dernière fois qu'on s'est vus.

— Ça veut dire que ça fait trop longtemps, répliqua-t-elle du tac au tac, en penchant la tête de côté, amusée.

Éric réfléchit, calcula mentalement. Il y avait bien un an qu'il avait vu Jennifer. Elle l'avait souvent invité, mais il n'avait jamais eu le courage de dire oui avant aujourd'hui.

— La dernière fois, c'était chez tes parents, tu te souviens?

Ils gardèrent le silence un instant, se remémorant cette journée, tous les deux.

— Alors, quoi de neuf?

Il haussa les épaules. Rien. Il n'y avait rien de neuf.

— Bof. Métro, boulot, dodo, comme d'habitude.

— Le travail, ça va?

Il fit la moue.

— Oui… oui, oui.

— Des vacances bientôt?

— *Nope.*

— Des projets?

Tout à coup, Éric se sentit terriblement agacé par les questions de Jennifer. Il avala une longue gorgée de bière et prit le temps de la laisser descendre le long de son œsophage. C'était frais.

— Tu veux vraiment savoir? J'ai absolument rien à dire, Jen. Il se passe rien, dans ma vie. Tout est mort, si tu veux savoir. J'ai pas de projet, pas de vacances, rien de nouveau, finalement.

Jennifer se recula sur sa chaise et secoua la tête.

— Je sais c'est quoi, ton problème, toi. Tu travailles trop.

Elle prit une cuillère, la fit passer d'une main à l'autre, ses doigts essuyant des taches imaginaires sur le manche qui brillait au soleil. La terrasse du resto était ombragée, mais, entre les jardinières et les pots de fleurs, entre les arbres de la rue et le lierre grimpant aux murs, le soleil arrivait, par moments, à se frayer un chemin, et à se poser sur le coin d'une table, sur les cuisses d'une cliente, contre la joue d'une autre, sous une porte. Jennifer fronça les sourcils, les yeux rivés sur les couverts en argent comme si elle les détaillait un par un.

— J'ai fait ça, moi aussi, mais... Je vais te dire un truc super simple : ça rend pas les chose plus faciles. Se jeter tête première dans...

Elle marqua une pause, poussa un léger soupir, secoua de nouveau la tête, continua sans regarder Éric :

— Se jeter tête première dans le travail, ça marche pas, c'est tout.

— Je me jette pas tête première dans le travail. C'est pas ça, c'est...

Il s'interrompit. Qu'est-ce qu'elle voulait lui faire dire ? Il ne savait pas, mais il savait qu'il avait envie de changer de sujet. Il mit les mains à plat sur la table.

— *Never mind.*

Elle esquissa un sourire qui avait quelque chose de triste, déposa la cuillère et lissa la nappe blanche devant elle. Du coup, leurs doigts se touchèrent presque. Ils restèrent un moment silencieux. Éric pensa qu'il fallait trouver quelque chose à dire, n'importe quoi pour changer de sujet.

— Oh, tu sais quoi ? lança-t-il. Mon maillot de vélo m'est tombé dessus, hier, crois-le ou non. J'ouvrais la porte du placard, et pouf, il est tombé à mes pieds. Littéralement.

Elle leva la tête vers lui et le regarda. Une lueur amusée éclairait tout à coup ses yeux.

— C'est un signe, Éric.

Il ne répondit pas. Elle s'avança sur sa chaise sans le quitter des yeux. Comme ça, alors qu'elle était si proche, il pouvait sentir son parfum : un mélange de lavande et de rose, lui sembla-t-il. Ça avait quelque chose de frais, en tout cas, quelque chose qui faisait penser à l'été quand le soleil est sur le point de se coucher, qu'il étend un dernier rayon sur les fleurs dans les champs et fait monter leurs odeurs délicates, mêlées les unes aux autres. Il était plus près d'elle en ce moment qu'il ne l'avait été d'aucune femme depuis… depuis trop longtemps.

— Tu devrais peut-être t'y remettre.

Il se rendit compte qu'il était en train de se mordre la lèvre inférieure.

— Ça me ferait perdre du poids en tout cas, ça, c'est sûr.

Jennifer tapa dans ses mains, enthousiaste, comme si elle était redevenue une enfant.

— C'est vrai? Tu y penses? Sérieux, Éric. Tu devrais t'y remettre. Tellement. Je pourrais y aller avec toi, tiens. Ça serait super. Pourquoi pas?

Quand elle agitait les bras, ses bracelets faisaient un cliquetis. Un serveur discret glissa deux petites assiettes devant eux. Éric sourit, plus par politesse que parce qu'il en avait envie. C'était comme s'il respirait moins bien soudainement. Même la terrasse de ce restaurant lui paraissait étouffante tout à coup. Il n'aimait pas parler vélo. Surtout pas avec Jennifer. Pourquoi avait-il raconté cette histoire de maillot? Quelle erreur! Maintenant, les images revenaient, Éric le sentait bien, elles se frayaient un chemin dans sa tête, elles se pointaient, encore floues, mais elles allaient se préciser, ce n'était qu'une question de temps. Il tenterait de les repousser, mais ça ne serait pas facile.

— Les enfants s'ennuient de toi, tu sais, laissa tomber Jennifer, à brûle-pourpoint, en plongeant sa fourchette au milieu des feuilles de laitue.

Éric faillit dire quelque chose, mais le serveur apporta des verres remplis d'eau, et ils interrompirent leur discussion.

— J'imagine qu'ils ont encore grandi.

Elle esquissa un sourire.

— Tellement. Ils sont… ils sont super.

— Ils vont bien? Tu… je veux dire, tu te débrouilles?

Parler des enfants, ça aussi, c'était difficile.

— J'essaie de… j'essaie de garder le cap, disons.

Elle se rembrunit, continua :

— C'est pas toujours facile, tu sais.

Il savait ce qu'elle ressentait en ce moment même : une douleur sourde qui monte des tripes et qui vous emporte comme une vague de fond emporte le nageur, le pousse, le tire, en fait son jouet. Il entendit Jennifer déglutir, vit les muscles de sa gorge se crisper, alors que se formait sur son visage un sourire timide, sans doute forcé.

— Je suis pas venue pour parler de ça, lança-t-elle en agitant la main devant elle comme si elle chassait une mouche.

Les yeux dans l'eau, elle leva son verre.

— Si on portait plutôt un toast ?

— Un toast à quoi ?

— Je sais pas. À toi. Je suis tellement contente de te voir, Éric.

Il leva son verre, alors qu'elle plongeait son regard dans le sien. Après quelques secondes il détourna les yeux, embarrassé. Il se forçait à boire lentement parce qu'en fait, il avait envie d'avaler sa bière d'un coup, en une longue gorgée, puis d'en demander une autre immédiatement. Revoir Jennifer ravivait les souvenirs, c'était chaque fois pareil. Et c'était la même chose pour elle, il le voyait bien. Les images revenaient de plus en plus claires, de plus en plus nettes. Il savait que le moment viendrait où il ne pourrait plus les repousser.

C'est le poids qui l'avait surpris, d'abord, quand il avait soulevé la tête de Sam. Elle était beaucoup plus lourde qu'il ne l'aurait cru ; on ne s'imagine pas. Trop grande pour sa paume, elle avait basculé, et était retombée sur le bitume en faisant le même bruit qu'une boule qui frappe le plancher verni d'une allée de quilles. Éric avait retiré sa main devenue rouge, dégoulinante du sang de Samuel. C'était fini, il le savait.

Ensuite, il avait cherché Nat des yeux, et l'avait aperçue, plus loin, dans le fossé. Son corps désarticulé reposait à côté de son vélo dont le cadre tordu ne laissait aucun doute quant à la force de l'impact. Éric s'était précipité vers elle. Quelque chose en lui espérait encore. Quelque chose de fou, d'irraisonné voulait croire qu'elle était vivante malgré tout. En s'approchant, il avait vu son visage, et immédiatement son estomac s'était retourné, ses jambes se dérobant sous lui. Il était tombé dans l'herbe à côté d'elle, une envie de vomir lui tordant les entrailles. Nathalie était méconnaissable : un de ses yeux, sorti de son orbite, reposait sur sa joue, son nez, brisé probablement à plusieurs endroits, suintait, et sur le côté du visage, sa peau arrachée où le sang commençait même à sécher, laissait voir une partie de l'os de la mâchoire. Elle ne respirait plus.

La longue stridulation d'une cigale avait monté dans l'air quelque part, et Éric avait pensé, comme si ça avait de l'importance, que c'était le seul son qu'on pouvait entendre aux alentours. Alors qu'il était à genoux, étourdi, un goût de métal dans la bouche, il avait découvert le corps de Pierre qui reposait tout près de celui de Nathalie. À la façon dont il était placé, Éric s'était imaginé une seconde, sans savoir pourquoi, que Pierre avait peut-être tenté de protéger Nathalie, de s'interposer entre elle et le camion. Il avait fini face contre terre, baignant dans une mare de sang.

C'est à ce moment que l'homme était descendu du véhicule. Il titubait, tenait son portable à la main. Il avait marché, hésitant, dans sa direction.

— J'ai appelé les secours… j'ai…, avait-il commencé.

Il s'était penché à son tour, tremblant, sur le corps de Nathalie, incapable de terminer sa phrase, le visage cramoisi, la bouche ouverte. Son haleine empestait l'alcool. Des sirènes s'étaient mises à hurler, se rapprochant à toute vitesse ; les ambulances arrivaient. Éric s'était dit qu'il n'y avait pas de quoi se presser, qu'ils étaient morts. Ils étaient tous morts. Il savait sans l'ombre d'un doute qu'il venait de perdre sa femme, son frère et son meilleur ami dans cet accident et que, s'il n'avait pas eu à changer un pneu en bas de la côte, il aurait été fauché, lui aussi, par ce chauffard, et il aurait sans doute fini allongé là, inerte, à côté d'eux, avec eux.

— Ne m'attendez pas, leur avait-il crié avant de s'arrêter et de les voir amorcer la montée. Ne m'attendez pas, je vous rejoins.

Plus tard ce jour-là, beaucoup plus tard, après avoir répondu aux questions des policiers, après avoir raconté qu'il avait entendu le bruit de l'impact du bas de la côte, qu'il avait couru comme un fou en appelant en vain, que non, il n'avait pas remarqué de traces de freinage, et que le silence l'avait accueilli en haut de la côte, il avait signé tous les papiers qu'on lui demandait de signer, sans trop savoir de quoi il s'agissait. Sur chaque feuille, il y avait un en-tête avec le logo de la Sûreté du Québec. Alors qu'il remettait les documents, il avait aperçu du coin de l'œil un policier qui mettait son vélo dans le coffre d'une voiture, avant de le refermer. C'était comme si tout se déroulait au ralenti.

— Qui va aviser tout le monde ?

— On va le faire, monsieur.

À ce moment, deux ambulances repartaient, silencieuses. Sans raison, Éric se demanda qui était dans quelle ambulance. Il regarda autour de lui ; il n'y avait plus que deux ou trois autos de police, avec leurs feux rouges et bleus qui tournaient, et lui, au milieu de la route fermée à la circulation.

— Non, je vais le faire.

— Vous êtes sûr que vous voulez faire ça, monsieur ? On vous le conseille pas.

Il n'avait pas hésité une seconde.

— Sûr.

Il voulait apprendre lui-même la nouvelle à Jennifer, puis à ses parents. Personne d'autre que lui ne devait faire ça, et surtout pas des étrangers, même s'ils portaient un uniforme. Les policiers l'avaient fait monter à l'arrière. Éric avait réalisé que c'était la première fois qu'il montait dans une voiture de police. Plus loin, dans les champs, un petit groupe d'enfants qui se tenaient là depuis au moins une heure à regarder la scène, à la fois fascinés et horrifiés, les avaient suivis des yeux.

Éric s'était demandé à ce moment pourquoi il ne ressentait presque rien, comme quand on est engourdi par le froid. Au milieu des autos de police, des ambulances, près des corps ensanglantés, il réalisait ce qui s'était passé et surtout il comprenait que sa vie ne serait plus jamais la même, qu'elle avait changé du tout au tout en un instant, mais maintenant, alors que le paysage défilait, au fur et à mesure qu'ils croisaient des routes où les autos circulaient, conduites par des automobilistes inconscients du drame qui s'était joué non loin d'eux, alors que la lumière déclinait comme chaque jour à cette heure, que la brise continuait à faire onduler les derniers épis de la saison et les feuilles qui viraient au jaune, tout semblait si normal que l'accident paraissait tout à coup complètement irréel. Peut-être l'était-il, s'était dit Éric, peut-être avait-il rêvé tout ça, peut-être que rien n'était arrivé, au fond.

De temps en temps, le policier qui était au volant se retournait pour jeter un coup d'œil au passager silencieux. Éric s'était dit qu'il devait avoir une tête à faire peur, qu'il devait être livide, qu'il devait sentir la sueur après sa journée de vélo, et que la poussière de la route avait dû lui coller dessus, et il s'était demandé pourquoi les policiers roulaient si vite. Après tout, plus rien ne pressait. Ils avaient fini par quitter les chemins de campagne et entrer en ville. Puis, ils étaient arrivés chez Samuel et Jennifer.

Debout devant la porte d'entrée, flanqué des deux policiers en uniforme, Éric avait hésité. D'habitude, il entrait sans frapper, mais là, ce n'était pas pareil. Il avait enfoncé le bouton de sonnette, étonné d'entendre le bruit résonner dans toute la maison, et avait attendu. C'est seulement à ce moment qu'il s'était demandé comment il allait annoncer à Jennifer que Sam était mort.

Il ne se souvenait plus de ce qu'il avait dit. Il avait probablement simplement raconté la vérité, la brutale vérité : un camionneur soûl les avait fauchés tous les trois alors qu'ils roulaient, insouciants, heureux, suant et soufflant sur leur vélo dans cette dernière longue montée, admirant le Saint-Laurent qui se déployait à leurs pieds, le long d'une route de campagne. Il lui avait sûrement dit qu'ils avaient fait un meilleur temps qu'ils pensaient, qu'ils tenaient la forme, que le temps était idéal et qu'ils prévoyaient arrêter au prochain village pour manger avant de repartir. Ce jour-là, le ciel était d'un bleu outremer. Dans les champs, il ne restait plus rien des récoltes de maïs, et les verges d'or, la dernière floraison de l'été, s'étendaient, dorées, à perte de vue. Tous les quatre, ils s'étaient dit que c'était une journée parfaite pour pédaler.

Il avait dû prendre son temps, expliquer clairement pour qu'elle comprenne bien, parce que tout ça semblait si irréel que c'était difficile à assimiler, que son mari était mort, qu'il ne reviendrait plus, que c'était fini. Il avait sans doute omis les détails sordides, ce n'était pas nécessaire d'ajouter à sa peine avec ça. Ce dont il se souvenait très bien, par contre, c'était d'avoir assisté, impuissant, à la réaction que cette nouvelle avait provoquée chez Jennifer, la douleur qui était montée en elle, son visage se décomposant sous ses yeux au fur et à mesure qu'elle prenait conscience de ce qui s'était passé sur cette route. Il se souvenait aussi qu'il avait commencé à comprendre lui-même à ce moment-là, qu'il regrettait d'être en vie. Ce qu'il ne savait pas encore, c'est que ce sentiment ne le quitterait plus jamais.

Ne pas pleurer, ne pas s'effondrer. Éric ne voulait pas craquer devant Jennifer, il voulait être fort. Il leva la tête vers elle. À l'expression de son visage, il sut qu'elle pensait à l'accident elle aussi. Comment faire autrement? Elle s'essuya les yeux d'un mouvement furtif.

— Je m'étais promis de ne pas…, commença-t-elle.

Il posa la main sur la sienne.

— Je sais, je sais.

Puis ses yeux se remplirent de larmes et ses joues devinrent écarlates. C'était trop, Éric ne pouvait pas supporter de la voir pleurer. Si elle ne tenait pas le coup, il ne pourrait pas non plus, et le barrage allait céder. Paniqué, il se leva et se dirigea précipitamment vers l'intérieur du restaurant. Il aurait dû rester avec Jennifer, il le savait bien; il aurait dû la réconforter, la consoler, l'écouter, mais il ne pouvait pas, il ne pouvait tout simplement pas. Il repéra une petite affiche qui indiquait les toilettes et suivit la flèche. Il se retrouva devant une porte noire, qu'il poussa en espérant qu'il n'y aurait personne à l'intérieur. Il entra et referma derrière lui, s'appuyant sur le battant. Il était hors d'haleine, ses jambes tremblaient. Il se laissa glisser sur le carrelage froid où il tenta encore, désespérément, de se calmer, de se raisonner, de penser à autre chose. En vain. La douleur éclata dans sa tête et il sut qu'il n'arriverait pas à contenir la crise. Les larmes montèrent et restèrent là, accrochées au bord de ses yeux, sa bouche se tordit. Les images se bousculaient. Il avait envie de crier à tue-tête. Quelqu'un frappa à la porte.

— Un instant, dit Éric d'une voix altérée par les sanglots.

Les pas s'éloignèrent après quelques instants. Éric, la tête entre les genoux, pleura longtemps, les mains plaquées sur sa bouche pour ne pas faire trop de bruit, pour ne pas qu'on l'entende. Ensuite, peu à peu, il se calma, les larmes se tarirent et les images s'estompèrent petit à petit. Il se demanda comment il avait passé au travers, comme chaque fois, comment il pouvait avoir si mal et survivre. Il releva la tête, renifla et remarqua que son pantalon était humide, mouillé par ses larmes. Prenant appui sur le rebord du lavabo, il se releva et exhala un profond soupir. Il contempla l'image que le miroir lui renvoyait : il avait le visage rouge, les yeux gonflés. Il n'était pas question que Jennifer le voie comme ça, il resterait dans cette pièce le temps qu'il fallait. Elle croyait probablement qu'il allait mieux, maintenant. Comment lui dire que non? Comment lui dire que tout lui pesait, que tout était encore si difficile? Comment lui dire que vivre n'était plus possible?

Vivre n'était plus possible.

Mourir était difficile.

Avec des gestes lents, Éric tourna les robinets jusqu'à ce qu'ils laissent couler un jet d'eau tiède. Un bruit de tuyau résonna quelque part. Il se rinça le visage, mouilla sa nuque, poussa un soupir qui se termina en un gémissement étouffé et tremblant, secoua la tête; il s'était pourtant juré de tenir le coup, de ne pas céder à la douleur.

— Tu veux pas qu'on se voie chez toi, plutôt? avait demandé Jennifer quand elle l'avait invité.

— Non non, ça va aller, avait-il répondu, sincère.

Il croyait vraiment qu'il allait y arriver, qu'il allait tenir le coup. «C'est raté, se dit-il, merde, ça fait deux crises en deux jours.» On cogna de nouveau à la porte.

— Un instant, lança Éric.

— Ça va, monsieur? demanda une voix dans laquelle on pouvait deviner une pointe d'inquiétude.

— Oui, oui.

Il arracha une feuille de papier brun râpeux au distributeur, essuya son visage d'un geste brusque et sortit. L'homme qui entra, le regarda de l'air de ceux qui viennent de voir un fantôme. Éric traversa de nouveau le restaurant bondé, et quand il revint sur la terrasse, quelques têtes se retournèrent. Il devait avoir encore une gueule d'enterrement. Jennifer le laissa s'asseoir sans rien dire.

— Désolé, dit-il simplement.

Elle mit sa main sur la sienne, en chuchotant d'une voix cassée:

— T'en fais pas.

Il lui sourit poliment.

— Je vais aller voir les enfants, Jen. Je te le promets. Je te le promets.

Au début, Éric était allé les voir souvent, puis il avait espacé ses visites. Les voir lui faisait penser à Samuel et chaque fois les vannes se rouvraient.

— Ce serait bien, dit Jennifer. Leur père leur manque tellement, tu sais. Ça va leur faire plaisir de te revoir.

Il hocha la tête. Un serveur apporta des assiettes.

— Bon appétit, lança Jennifer.

Pendant tout le reste du souper, Éric eut l'impression qu'ils marchaient, Jennifer et lui, sur la pointe des pieds, pour ne pas réveiller les souvenirs. À la fin, après avoir payé, après s'être retrouvés dans la rue, quand vint le temps de se quitter, maladroitement, ils s'embrassèrent sur les joues. Éric prit Jennifer dans ses bras.

— On se dit à bientôt, hein ? lui murmura-t-elle à l'oreille.

Un son étouffé, des mots pleins d'espoir. Elle resta blottie là longtemps, jusqu'à ce que quelque chose bascule, qu'une certaine innocence dans leurs gestes disparaisse et qu'ils se rendent compte qu'ils étaient enlacés, leurs corps soudainement étrangement soudés. Éric se défit de l'étreinte et recula d'un pas.

— Bonne nuit, Jen, laissa-t-il tomber.

Elle monta dans son auto sans le regarder. Il repartit à pied. C'était une magnifique soirée, avec quelque chose de léger dans l'air, ni trop froide ni trop chaude. Il avait si souvent roulé, autrefois, quand il faisait un temps comme ça, juste pour faire un dernier tour avant d'aller se coucher, pendant que Nathalie l'attendait et qu'il l'imaginait dans leur grand lit, sous la couette, un livre à la main. Il se souvenait du souffle tiède du vent sur ses joues, des odeurs de feuilles et d'herbe mouillée qui émanaient de la terre. Il se souvenait du bruit discret du pédalier, de la sueur sous son maillot, de ses muscles sollicités qui se gonflaient, de l'envie d'aller plus loin, plus vite.

Il repensa aux paroles de Jennifer. « C'est un signe, Éric. » Et s'il remontait sur son vélo ? « T'es pas sérieux, mon vieux », se dit-il. Puis il chassa cette idée, comme il chassa l'image de Jennifer qui naissait dans son esprit, ses boucles blondes, son sourire, et ce moment indéfinissable qui avait clos cette soirée.

::

Danforth. Laura aimait bien cette rue bigarrée. On y trouvait de tout, des étals de produits importés de Chine, aux restaurants grecs, en passant par les boutiques de livres et de disques d'occasion.

— Grands dieux, qu'est-ce que c'est bondé, ce soir! s'exclama Lyne en butant contre un groupe de passants.

Tous les trois, Lyne, Ian, et Laura, s'arrêtèrent devant le menu d'un restaurant affiché derrière une petite vitrine. Un homme leur sourit. Ils continuèrent. Lyne remonta son châle sur ses épaules dénudées. Il faisait nettement plus frais, ce soir. Ian la prit par la taille, l'attira vers lui, Laura derrière eux. Depuis combien de temps est-ce qu'elle les connaissait? se demanda-t-elle, curieusement, tout à coup. Elle avait rencontré Lyne d'abord à l'université, ensuite Lyne avait rencontré Ian, puis Laura avait rencontré Michel, qui était un ami d'Ian. Dès leurs études terminées, ils étaient tous entrés dans leur vie d'adulte. Lyne et Ian avaient eu Emma et Loïc, puis Michel et Laura avaient eu Thomas. Tout semblait terriblement normal à l'époque, la vie allait de soi. Ensemble, tous les sept, ils avaient formé une véritable famille; les fêtes, les vacances, les week-ends, ils les avaient passés ensemble. Tous les sept. Soudés. Pendant des années. Jusqu'à la mort de Thomas.

La mort de Thomas avait fait éclater la bulle dans laquelle ils se croyaient tous à l'abri du malheur et avait mis fin aux années de bonheur: rien de ce qu'ils avaient connu ou de ce qu'ils avaient été n'avait survécu. En plus, l'année suivante, Lyne et Ian étaient partis pour Toronto où Ian avait obtenu un emploi à la banque.

À l'époque, à la banque, ils cherchaient une directrice des ressources humaines. L'emploi rêvé pour Laura. Et l'occasion de quitter Montréal, où tant de choses lui rappelaient son fils; ce n'était plus vivable. Elle avait donc quitté cette ville, se jurant de ne plus y remettre les pieds, et quitté Michel.

— Ici, ça vous va?

Ian s'était arrêté devant une autre terrasse. Laura haussa les épaules.

— Comme vous voulez.

Ils se faufilèrent tous les trois jusqu'à une table, au fond, qu'un serveur leur avait indiquée d'un geste de la main, avant de les laisser passer et de disparaître discrètement. Ils s'installèrent sur d'inconfortables chaises en fer forgé. Laura ressentit une douleur dans les cuisses et grimaça, puis sourit. Lyne fronça les sourcils.

— Toi, tu as encore poussé la machine, lui dit-elle.

— Deux kilomètres de plus que d'habitude, c'est pas ça qui va me tuer.

Un autre serveur à la démarche féline apparut, et déposa les menus sur la table. Lyne se mit à regarder attentivement la longue liste de plats.

— Tu veux aller jusqu'à combien, grands dieux?

— Sais pas. Quinze, peut-être. Plus si je peux. Pourquoi?

— Rien, ma chérie, mais j'ai lu quelque part que trop c'est comme pas assez. Pour le sport, je veux dire. Faut pas exagérer.

Lyne leva les yeux et regarda Ian qui sirotait son apéro, silencieux, le regarda dans le vague.

— Où est-ce que j'ai lu ça, déjà, Ian? Tu te souviens?

Il tourna la tête vers elle.

— Hein?

Lyne poussa un petit soupir, l'air contrarié.

— Dans quel magazine j'ai lu ça, déjà?

— Lu quoi?

— *Never mind,* dit-elle en secouant la tête.

Le serveur revient.

— Vous pouvez nous donner une minute ou deux ? lui lança Lyne.

En repartant, il faillit buter contre un enfant qui venait d'échapper à la vigilance de ses parents et qui s'était mis à courir sur la terrasse. Laura l'observa un instant. Il ne devait pas avoir plus de trois ans. Il avait les cheveux blonds, les yeux bruns, costaud pour son âge. Sa mère le rattrapa, l'agrippa sous les bras, ce qui déclencha chez lui des rires en cascade. Thomas faisait la même chose. Des fois, Laura se cachait derrière une porte et quand Thomas l'apercevait, il poussait un cri et se mettait à rire, à rire à tue-tête, comme ce petit garçon. Sa mère le souleva et, amusée, déposa sur sa joue un baiser sonore, puis le ramena à sa table. Laura avait fait ces gestes. Elle avait été cette femme.

La voix d'Ian la fit sursauter.

— Écoute, Laura, il faut que je te dise quelque chose, et je sais que tu seras pas contente.

Il s'arrêta un instant, hésita comme s'il faisait un effort pour mettre de l'ordre dans ses idées avant de poursuivre.

— Il va falloir que tu ailles à Montréal.

Le premier réflexe de Laura fut de croiser les bras sans rien dire, et de baisser la tête, l'impression de se recroqueviller sur elle-même. Son cœur s'emballait pendant qu'Ian continuait :

— Il va y avoir des compressions, t'as sûrement dû en entendre parler.

— Je pensais que c'étaient des rumeurs, comme les autres fois.

Il secoua la tête.

— *Nope*. Cette fois c'est vrai, et on a besoin de toi à Montréal pour organiser tout ça. Quelques jours seulement, tu sais.

Il passa une main dans sa tignasse brune.

— Désolé de t'annoncer ça comme ça.

Laura sentait son cœur battre à ses tempes comme un tambour. Sa tête tournait. Montréal… tant de souvenirs… des parcs, des rues, des ruelles, des lieux… un fauteuil vert dans une vitrine. C'était en juillet et il pleuvait à boire debout. Malgré tout, les rues grouillaient de touristes et, au milieu d'une mer de parapluies, Thomas tirait Laura par la main.

— Viens, maman, viens, on va être en retard.

Ils allaient au cinéma Imax. Thomas en rêvait depuis long-temps, des étoiles dans les yeux, mais Laura avait aperçu le fauteuil dans la vitrine d'une boutique et pensé qu'il ferait bien dans la maison.

— Un instant, mon poussin, je veux juste entrer ici une seconde.

Thomas avait protesté du mieux qu'il pouvait.

— Tu dis toujours ça, mais ça dure tellement longtemps !

Elle ne l'avait pas écouté et l'avait traîné à l'intérieur. Une petite cloche avait sonné quand ils étaient entrés et Thomas avait sursauté. À l'intérieur, il faisait sombre, les murs de pierre déga-geaient une légère odeur de moisissure. Thomas faisait la moue, insistait.

— Maman, viens…

L'antiquaire était apparu, sourire aux lèvres.

— Je peux vous aider ?

Laura avait acheté le fauteuil, payé, donné son adresse pour la livraison. Le vendeur avait sorti son grand livre de notes sans se presser, exaspérant à force de lenteur. Thomas en avait des larmes aux yeux. En sortant, ils avaient couru, mais ils étaient arrivés au guichet comme le film commençait, et le temps de trouver des sièges et de s'asseoir, ils avaient manqué les premières minutes. Laura s'en était voulu. Elle s'en voulait encore.

— Ce serait dans deux semaines, peut-être trois, continua Ian.

La simple idée d'y retourner lui donnait le vertige. Elle sentit la main osseuse de Lyne se poser sur la sienne.

— Qu'est-ce qui est arrivé avec l'entente ? demanda Laura, un peu plus brusquement qu'elle ne l'aurait souhaité.

— Quelle entente ?

— Tu sais… j'avais une entente avec l'ancienne direction… je ne devais pas retourner à Montréal.

Il esquissa une moue.

— C'était avec l'ancienne direction, justement. Il ne reste plus personne qui se souvient de ça, Laura. Les gens partent, les choses changent. *That's life.*

Le serveur arriva à leur table.

— On est prêts, ici?

Le serveur nota leur commande sur un petit calepin blanc, après quoi il glissa son crayon derrière son oreille et repartit, menus sous le bras. Ils restèrent tous les trois silencieux, chacun se demandant ce qu'il convenait de dire pour passer à autre chose. Laura remarqua que Lyne se dandinait sur sa chaise.

— Quoi encore? demanda-t-elle.

Lyne jeta un coup d'œil rapide à Ian.

— On voulait te parler d'autre chose, répondit-elle.

Laura attendit, stoïque.

— Écoute… dis pas non tout de suite, O.K.? Pas avant de nous avoir écoutés jusqu'à la fin.

Lyne baissa les yeux vers la table et ajouta :

— On aurait… on pourrait te présenter quelqu'un.

— Non, jeta Laura.

C'était sans appel.

— Dis-lui, toi, Ian, continua Lyne.

Ian leva deux paumes ouvertes devant lui, une façon de dire qu'il ne se mêlait pas de cette conversation. Lyne reprit :

— Laura, tu sais… il est, comment dire?

Laura poussa un soupir.

— O.K., arrêtez tout de suite, tous les deux. C'est non. Non. C'est tout.

Le serveur revint à ce moment avec les entrées, qu'il déposa sur la table avant de repartir, discret. Lyne se tourna sur sa chaise pour faire face à Laura.

— Tu veux rester toute seule jusqu'à la fin de ta vie ?

— Pourquoi pas ? J'ai pas envie de me trouver quelqu'un juste pour me trouver quelqu'un.

— C'est pas ça, dit Ian. Prends Michel, par exemple. Il est très heureux, maintenant.

— Tant mieux pour lui.

Lyne saisit sa fourchette et son couteau de ses doigts fins et lança, distraitement :

— T'es au courant, j'imagine, pour Michel ?

Laura fronça les sourcils. Il y eut un long silence, puis Ian laissa tomber sa fourchette, qui heurta bruyamment son assiette.

— Merde, je peux pas croire qu'il t'a rien dit !, s'exclama-t-il.

Laura resta muette. Elle attendait la suite. Lyne lui prit la main, la regarda dans les yeux, se racla la gorge, visiblement mal à l'aise, et annonça :

— Michel…

— … va se marier ?

Laura était allée au-devant des mots, pour lui faciliter la tâche. Ce n'était pas difficile à comprendre, de toute façon. Lyne secoua la tête.

— … s'est marié. Le mois dernier. On l'a appris cette semaine seulement.

Michel. Marié. Mois dernier. On aurait dit que les mots flottaient dans l'air, sans trouver à se poser. Ils ne voulaient pas dire grand-chose, en fait, et même si, à en juger par le ton de Lyne, ils étaient lourds de conséquences, Laura se dit qu'ils n'étaient pas importants. Elle les entendit, en comprit le sens, mais ne ressentit rien de ce qu'elle aurait dû ressentir. Michel était marié, et alors ? Marié avec Mélissa, qui avait vingt ans de moins que lui. Michel avait rencontré Mélissa à peine un an après la mort de Thomas. Laura avait imaginé que c'était sa façon de tourner la page. De se tourner vers l'avenir. De recommencer.

— C'est très bien comme ça, dit Laura.

Devant le silence de ses amis, elle continua.

— Quoi, vous auriez aimé mieux que je m'effondre?

Ian baissa la tête et passa la main dans ses cheveux. Il enleva ses lunettes. Lyne planta ses yeux dans ceux de Laura.

— Écoute, ma chérie, je te dis pas ça méchamment, mais peut-être, oui. C'est tellement… tellement définitif, un mariage.

Laura haussa les épaules.

— Il y a longtemps que je ne pleure plus, vous devriez le savoir.

::

— Monsieur Wapachi, je vous laisse encore une chance, mais c'est la dernière. Je mets une note à votre dossier; vous paierez cher vos prochains écarts de conduite. Je ne veux plus vous revoir ici, ni dans aucune de nos cours de justice, est-ce bien clair?

— Oui.

— Pardon? Je ne vous ai pas entendu, tonna le juge en plaçant une longue main aux doigts noueux derrière son oreille droite.

Joe leva les yeux vers lui. Le matin, on lui avait ordonné de prendre une douche. Ensuite, il s'était habillé et avait attaché ses longs cheveux derrière la tête, pour l'occasion, gardant son bandana dans sa poche. Il savait que c'était la chose à faire pour bien paraître devant le juge.

— Oui monsieur le juge, claironna-t-il.

L'homme le regarda un instant, comme s'il étudiait chaque trait, chaque détail de son visage, et se mit à ranger les dossiers qui reposaient, épars, sur son bureau. Joe ne pouvait s'empêcher de se dandiner : il était nerveux. Et si le juge lui imposait des conditions? Et s'il lui demandait de revenir en cour, dans cette ville du Nord dont Joe voulait s'éloigner le plus possible? Finirait-il jamais par arriver là où il voulait arriver?

Il l'entendit se racler la gorge et le son se répercuta sur les murs de la salle à moitié vide. Deux ou trois autres détenus, assis sagement sur un banc, attendaient leur tour, les yeux rivés sur l'homme maigre, aux yeux cernés, à la toge noire, qui déciderait de leur sort dans quelques minutes.

— Très bien, vous êtes un homme libre. Vous pouvez y aller.

Joe ouvrit la bouche pour dire quelque chose, mais les mots ne vinrent pas. Dans sa poitrine, il avait l'impression que son cœur faisait des bonds. Il était libre ! Sans conditions ! C'était la meilleure nouvelle qu'il avait eue depuis bien longtemps. Il salua de la tête, mais le juge ne le regardait déjà plus ; il avait ouvert un autre dossier, et un homme s'avançait vers lui d'un pas hésitant. Joe sortit de la salle en éprouvant une sensation de légèreté. Tout ça, finalement, son arrestation, sa nuit derrière les barreaux, n'avait été qu'un incident sur sa route. Maintenant, il pouvait continuer.

Quand il franchit les portes du palais de justice, un soleil aveuglant régnait, au zénith de la journée. Joe cligna des yeux et avança timidement sur le parvis de l'édifice, évitant de peu un homme en costume foncé qui marchait d'un pas rapide vers l'entrée, sa cravate flottant dans les airs d'une drôle de façon. Une femme vêtue elle aussi d'une toge noire se faufila derrière Joe, tirant une valise sur des roues. Peu importe où il regardait, Joe pouvait voir des gens aller et venir, marcher, courir, se presser, téléphone à la main ou collé à l'oreille. Il traversa la place un peu étourdi par ce mouvement constant de la foule. Il descendit un escalier en ciment, butant à chaque marche, contre des gens qui montaient, pour se rendre compte seulement en arrivant en bas, qu'il y avait un côté pour descendre, et un autre pour monter.

Alors qu'il se demandait quelle direction il allait prendre, il remarqua une voiture de police garée en bordure de la rue. À l'intérieur, vitres baissées, deux policiers achevaient leur hamburger en silence, jetant un coup d'oeil distrait sur la ville, grouillante d'activités à l'heure où les travailleurs sortent pour aller manger. Joe se gratta le front. Il n'allait pas se mettre à faire de l'auto-stop devant eux, ils l'embarqueraient aussitôt. Le juge avait bien dit qu'il ne voulait pas le revoir, sinon il serait plus sévère. Le mieux était encore de se fondre dans la foule, de passer sous le radar, de ne pas se faire voir. Joe emboîta donc le pas aux passants puisqu'ils avaient l'air d'aller quelque part, et se mit à les suivre sans savoir où ça le mènerait. Il pouvait presque sentir le regard des policiers sur lui jusqu'à ce qu'il tourne le coin d'une rue et qu'il soit hors de vue.

Dans la rue principale, il y avait des commerces partout. Il était déjà venu dans cette ville, autrefois, mais elle avait bien changé depuis. Il y avait plus d'édifices, et plus de monde, aussi. Nanny, quand elle parlait de la ville, secouait toujours la tête: «Les Blancs… toujours en train de construire quelque chose», disait-elle, invariablement. Les gens qu'il croisait lui jetaient un regard furtif, de côté, puis détournaient les yeux. Il s'arrêta devant la vitrine d'une boutique et observa son reflet. Il détonnait, avec son jean informe, son vieux t-shirt, sa chemise à carreaux trouée et ses chaussures recouvertes de boue séchée. Autour de lui, les hommes qui traversaient les rues d'un pas pressé portaient des chaussures vernies, des pantalons bien repassés. Joe haussa les épaules: cet endroit n'était pas pour lui et il n'avait pas l'intention de s'y éterniser de toute façon. Il se remit en mouvement, sans savoir où il aboutirait.

Il marcha encore une minute ou deux et se retrouva devant un petit commerce dont la porte était ouverte, et d'où provenaient des odeurs de friture. Le soleil se réfléchissait sur les vitres, au point où il était difficile de déchiffrer ce qui y était écrit en lettres blanches. Joe plaça sa main en visière, et arriva à lire: Tommy's snack-bar. Du coup, il se rendit compte qu'il avait faim, fouilla dans ses poches pour s'assurer qu'il avait encore ses quarante dollars, et entra. À l'intérieur, il faisait plus sombre qu'à l'extérieur, ce qui le força à cligner des yeux. Deux ou trois clients, assis sur des tabourets et accoudés au comptoir mangeaient tranquillement en feuilletant un journal. À une table, un couple installé sur des banquettes rouges attendait, visiblement, d'être servi. Joe s'avança vers la caisse. Le silence se fit. La serveuse s'arrêta au beau milieu de la pièce, des assiettes vides à la main, un regard ahuri. Derrière le comptoir, un homme aux cheveux gras et clair-semés le dévisagea. Joe s'éclaircit la voix.

— Un *cheeseburger*.

L'homme le regarda encore un instant et pianota sur l'écran de la caisse.

— Ça va faire six dollars trente-cinq, dit-il sur un ton bourru, tendant vers Joe une main potelée.

Tandis qu'il comptait sa monnaie avant de la donner à l'homme, Joe vit la serveuse se glisser derrière le comptoir et déposer la vaisselle dans un grand évier en *stainless steel*, en lui lançant un regard chargé de méfiance. Petit à petit, les clients recommencèrent à manger ou à tourner les pages de leur journal, sans plus s'occuper de lui. Il paya et s'assit sur un des tabourets. La porte s'ouvrit et une femme entra, tenant un très jeune enfant par la main. Probablement sans même s'en rendre compte, elle accéléra le pas quand elle vit Joe, et se dirigea vers une table au fond.

Ce regard que les gens lui jetaient... c'était toujours le même, partout où il allait. Ce regard, Joe le voyait, posé sur lui, depuis qu'il était en âge de le remarquer. Il contempla un instant son image dans le miroir derrière le comptoir jaune en formica. Il voyait très bien ce qui faisait fuir les gens. D'abord, Joe avait toujours eu l'impression d'être disproportionné. Sa tête était volumineuse, comme si elle était trop grosse pour son corps, et il y avait son torse, immense, surmontant des jambes beaucoup trop maigres, et se terminant par d'épaisses mains à la forme carrée. Brunie par le soleil, sa peau normalement cuivrée était mainte-nant presque noire et il lui semblait que les marques que l'acné avait laissées après le passage de l'adolescence, des années aupa-ravant, se voyaient davantage en ce moment. Peut-être était-ce l'éclairage? Rien dans son visage n'inspirait confiance, il devait bien l'admettre, à commencer par ses yeux noirs et ronds comme des billes.

— Ton regard est fuyant, Joe Wapachi, ça n'est pas bon.

La voix de sa mère tonnait toujours dans sa tête, même des décennies après sa mort. Sa mère: avait-elle jamais existé autrement que pour lui crier dessus?

— Hé, tu le veux ton *cheese,* oui ou non?

Joe sursauta. L'homme lui tendait un sac de papier brun maculé de taches de graisse. Joe le prit délicatement, remercia d'un signe de la tête et tourna les talons; il n'avait pas envie de rester dans ce restaurant. Dans la rue, il avala goulûment sa première bouchée et un filet de graisse coula aussitôt sur son menton. Il l'essuya d'un geste lent, sans cesser de marcher. Il prit à gauche sans savoir trop pourquoi; il lui semblait que c'était la chose à faire.

Ce que Joe aimait des villes du Nord, c'était qu'en moins de trente minutes vous en étiez sorti et vous vous retrouviez dans des forêts si denses que vous ne pouviez vous imaginer qu'il y avait des villes dans les parages. Il savait que bientôt il arriverait dans une de ces forêts. Il ne se trouvait déjà plus dans la rue principale. Là où il avait abouti, on ne voyait pas de commerces, ni d'édifices. Que des maisons. Il s'arrêta près d'une grosse poubelle en grillage, acheva de manger sous le regard avide de quelques corneilles, jeta le sac brun et continua. Dans la rue, les passants aussi se faisaient plus rares. Seuls quelques femmes tenant de très jeunes enfants par la main, ou poussant des voiturettes de bébé, ou des hommes pressés, mallette à la main, arpentaient encore ce quartier tranquille. De temps en temps, quand il passait devant une maison, il entendait un chien aboyer. Il croisa un facteur en uniforme et le regarda un instant. Il ralentissait presque à chaque maison, montait les quelques marches qui le séparaient de la porte d'entrée, déposait des enveloppes dans la boîte aux lettres, puis repartait. Joe s'amusa à s'imaginer une seconde comment devait se dérouler la journée de travail de cet homme, à refaire les mêmes gestes continuellement, pendant des heures, tous les jours de sa vie, et ce, sans doute depuis des années. Joe se dit qu'il serait devenu fou, qu'il ne serait jamais capable de faire ça. Il secoua la tête et poursuivit son chemin, tandis que des odeurs de gazon fraîchement coupé lui parvenaient.

Devant un parc, il bifurqua. Il avait soif, et dans les parcs il y avait toujours de quoi boire, il le savait. De fait, après avoir passé le terrain de baseball, il découvrit une espèce d'enclos avec des jeux pour les enfants, et, devant un des grillages, une fontaine reposant sur un socle en ciment. Joe s'approcha, appuya sur une petite manette et un filet d'eau jaillit, brillant au soleil. Il avala tout ce qu'il put, s'en voulut de ne pas avoir une bouteille qu'il aurait pu remplir et passa la tête sous le jet, avant de glisser la main dans sa poche pour récupérer son bandana et s'en couvrir; comme ça, il resterait au frais un certain temps. Dans les bois, il ferait moins chaud, mais pour l'instant, Joe suait sous sa chemise. Puis il se remit en route et, cette fois, ne s'arrêta pas. Tandis qu'il marchait, de l'eau dégoulinait sur sa chemise et sur son jean, et ça faisait du bien.

Le soleil était toujours au zénith et semblait infaillible à force de plomber. Joe, au bout d'un moment, nota qu'on n'entendait plus le bruit de moteur des autos et se fit la réflexion qu'il était bel et bien sorti de la ville. D'ailleurs, la route pavée avait fait place à un sentier de terre. Plus tard, la lumière se mit à décliner et la température, à baisser, et Joe Wapachi réalisa qu'il était même déjà bien enfoncé dans la forêt. C'est alors qu'il s'arrêta et s'assit sur une petite roche plate au milieu d'une clairière pour se reposer un peu, remarquant au passage qu'il n'y avait autour de lui, maintenant, que des bruits familiers, rassurants, et plus personne pour le regarder de travers. Il en profita pour examiner la semelle de sa chaussure : le trou s'était considérablement agrandi et laissait voir sa chaussette grise. Heureusement, le sol était sec.

Il respira un bon coup. Toute la forêt sentait la gomme de sapin, l'odeur si caractéristique de son enfance.

Quand sa mère lui criait dessus, les sons stridents et les mots entraient dans la tête de Joe comme la lame d'un couteau dans la chair. Il se sauvait alors dans la forêt pour retrouver cette odeur, et retrouver le silence. Après le départ de son père, les choses s'étaient compliquées pour Joe. Sa mère s'était mise à crier davantage. Sa colère n'avait plus de fin. Quand Joe se sauvait dans la forêt, il respirait à s'en enivrer et l'odeur de la gomme de sapin ramenait en images dans sa tête toutes ces journées où il était allé à la chasse avec son père.

C'était à la fin de cet été-là que la mère de Joe était morte, après avoir ingurgité tous ses médicaments d'un coup. Un beau matin, elle ne se réveilla pas, tout simplement. Joe se leva, et comprit tout de suite qu'il se passait quelque chose parce que la maison était calme et silencieuse. Il se rendit à la chambre de sa mère, en marchant sur la pointe des pieds. Quand il ouvrit la porte et qu'elle fit entendre son grincement habituel, sa mère, étendue sur son lit dans la pénombre, ne broncha pas. Il s'approcha. Elle était couchée sur le dos, une couverture rabattue sur elle. Au bout du lit, ses pieds aux ongles rouges dépassaient. Joe chuchota : « Maman. » Elle ne bougea pas. Quand il toucha son front glacial, il sut que c'était fini. Il resta une seconde à contempler le corps immobile. Elle ne criait plus. On ne voyait plus, dans son visage, la hargne habituelle. Il comprit que quelque chose venait de se terminer : son enfance. Il avait eu le sentiment de devenir, brusquement et trop tôt, un adulte. C'était en septembre, Joe s'en souvenait parfaitement parce que c'était le premier matin d'école après les vacances d'été. Ce jour-là, il n'était pas allé en classe. Ni le jour suivant. Joe n'y était pas allé de toute la semaine et tout le monde avait compris. « Après ce qu'il vient de vivre, pauvre enfant », chuchotaient les enseignants. Puis, le reste de l'année, il n'y était allé que quand il en avait envie et il n'en avait pas eu envie souvent. La directrice de l'école avait téléphoné deux ou trois fois, mais comme il n'y avait jamais personne pour répondre, elle avait abandonné. Finalement, Joe avait quitté l'école avant d'avoir quatorze ans.

Il était allé vivre chez Nanny, sa grand-mère à moitié aveugle, et avait commencé à faire de petits boulots, à gauche et à droite ; il allait livrer la bière pour des clients qui étaient trop soûls pour se déplacer. Il en profitait pour leur en piquer deux ou trois et ils ne s'en apercevaient même pas. Des fois, on l'embauchait à l'extérieur de la réserve, au village le plus proche, pour repeindre des clôtures ou tondre le gazon, mais c'était compliqué ; il fallait arriver tôt le matin et repartir tard le soir et il y avait toujours quelque chose qui clochait avec ce qu'il avait fait, et les clients finissaient par se mettre en colère pour un oui ou pour un non. Finalement, travailler, ce n'était pas plus agréable que d'aller à l'école, Joe s'en était rendu compte assez vite, alors il s'arrangeait pour travailler le moins possible : juste assez pour rapporter de l'argent à Nanny. Avec cet argent, elle achetait ce qu'il fallait pour eux, et, de temps en temps, il rapportait du gibier ou une bonne grosse truite. Nanny poussait alors un genre de grognement de plaisir.

Il avait grandi et à partir de ses dix-huit ans, le gouvernement s'était mis à lui envoyer un chèque chaque mois quand il ne travaillait pas, alors il avait compris rapidement que ça ne servait pas à grand-chose de travailler, finalement. À cette époque, il avait toujours de l'argent dans les poches ; il achetait de la bière et, avec les amis, ils allaient dans la forêt, faisaient un feu et buvaient. Joe aimait bien ces soirées, c'était drôle et il y avait des filles. Au fil du temps, sans qu'il sache trop pourquoi, les amis s'étaient faits plus rares et l'argent aussi comme s'il filait entre les doigts. Quelques femmes étaient arrivées dans sa vie, mais aucune n'était restée. Nanny aussi, avait vieilli. Son visage s'était mis à ressembler à une pomme séchée, et, à la fin de sa vie, ses yeux ne servaient plus à grand-chose.

Ce que Joe ne savait pas, c'est que pendant toutes ces années, chaque semaine, elle prenait une partie de l'argent qu'il lui rapportait, et après avoir fait ses courses, cachait quelques billets dans une jarre à biscuits. À sa mort, Joe avait trouvé plus de cinq mille dollars sur un lit de miettes séchées. Le lendemain, il s'était rendu à la ville, dans un de ces bars où des femmes s'enroulent autour de poteaux en acier ; les poches remplies, il avait payé la tournée, s'était fait des amis avec qui il avait bu toute la soirée, puis ils étaient allés dans d'autres bars, où ils avaient bu encore. Joe avait oublié ce qui s'était passé ensuite, mais il s'était réveillé à moitié nu, couché sur un lit étroit dans un poste de police. Son pantalon, qui empestait l'urine, gisait par terre et, dans ses poches, il ne restait plus un sou.

Joe plissa les yeux. La lumière baissait. Il devrait vraisemblablement passer la nuit dans la forêt. Le mieux, c'était encore de marcher un peu et de trouver un endroit propice où faire un feu, et s'installer pour la nuit. Au matin, il continuerait à marcher jusqu'à ce qu'il rejoigne l'autoroute, et puisse recommencer son périple vers le sud. Avec un peu de chance, il ne verrait pas de policiers. Il se leva et eut à peine le temps de faire quelques pas qu'il sursauta, remarquant une forme noire, un peu plus loin, entre les arbres. Est-ce que c'était une cache de chasse ? Un campement ? Il resta immobile, dans l'attente d'un mouvement, d'un danger, de quelque chose qui l'obligerait à s'enfuir à toutes jambes, mais rien ne se passa. Les yeux plissés, le corps tendu comme la corde d'un arc, il essayait de distinguer les détails de cette chose qu'il avait devant lui. Là où il était, avec la lumière qui déclinait, Joe pouvait difficilement juger de la taille de ce qu'il voyait, d'autant plus que la forêt était dense. Alors il s'approcha. Il lui semblait que c'était la chose à faire.

Il marcha lentement, ses pieds se posant silencieusement sur la terre compacte. Il ne pouvait s'empêcher de se demander si on cherchait à l'attirer dans un piège, si quelque fou n'allait pas apparaître, fusil à la main, mais il chassa cette pensée : il n'y avait personne dans les parages. Plus il approchait, plus la forme grandissait. Il fit craquer une branche tout à coup et s'immobilisa, le cœur battant, mais rien ne bougea autour de lui. Au loin, un corbeau cria. Le son strident se perdit, et Joe continua à marcher. Il n'y avait toujours aucun mouvement. Il sentit son corps se détendre un peu et fit encore quelque pas, avant de s'immobiliser. Le jour semblait avoir encore cédé de sa lumière au cours des dernières minutes ; il faisait presque complètement noir, maintenant, dans la forêt. Joe leva la tête, mais n'arriva pas à voir la lune d'où il était. Les étoiles brillaient, par contre. Joe accéléra. À quelques pas de la chose à la forme rectangulaire, il comprit que ce qu'il avait devant lui était sans doute une cabane de pêcheurs ou de chasseurs. Maintenant, il pouvait distinguer clairement les murs de bois, le toit en bardeaux, et même la cheminée. On ne voyait pas de lumière à l'intérieur ; l'endroit devait être désert. Joe s'approcha encore, sur la pointe des pieds. Il n'y avait pas d'auto dans le petit sentier qui menait à la cabane, ce qui était bon signe.

Joe prêta l'oreille de nouveau et remarqua un clapotis pas très loin ; un ruisseau sans doute, ou peut-être même un lac, avec un peu de chance. C'était logique qu'il y ait un point d'eau dans les environs, sinon pourquoi venir planter cette cabane ici ? Joe fit encore quelques enjambées et s'appuya contre un des murs, l'oreille tendue. On n'entendait rien. En tout cas, la cabane semblait solide. Il en fit le tour. Elle était assez grande pour y loger au moins quatre personnes, à première vue. Il y avait une fenêtre de chaque côté. Joe étira le cou pour regarder. C'était noir à l'intérieur, et rien ne semblait bouger.

Il revint devant l'entrée, et attendit un instant avant de se décider à tourner la poignée. La porte s'ouvrit en grinçant. Joe ne fut pas surpris. Personne qui a une cabane dans le fond des bois ne fermerait une porte à clé, ça ne servirait à rien. En tout cas, si quelqu'un se trouvait dans les parages il aurait déjà réagi, se dit Joe. N'empêche, il sentait son cœur battre. À tout rompre. Il savait qu'il n'aurait pas dû être là, que ce n'était pas sa place. Il n'était pas chez lui. Sauf qu'il avait faim. Et froid. Joe ressentit à ce moment une immense fatigue, mais la perspective de dormir au chaud et au sec avec un toit sur sa tête lui donna le courage d'avancer. Il entra. Le plancher de bois grinça aussitôt sous ses pieds. Au milieu de la pièce trônait un énorme poêle en fonte. Joe s'en approcha et trouva des allumettes sur le dessus. Nanny aussi laissait des allumettes sur le poêle à bois. Il en craqua une, la jeta sur le tas de bois et de papier journal qui était déjà à l'intérieur ; tout était prêt pour faire du feu, comme si les gens prévoyaient arriver à la noirceur. En un instant, la pièce s'éclaira d'une lueur vacillante. Joe regarda autour de lui.

L'endroit était meublé très sommairement : d'un côté deux sofas bruns, et, de l'autre, une table et quatre chaises. Un peu plus loin, il y avait une petite cuisine. Les murs en bois blond et le plafond blanc rappelaient à Joe la maison de Nanny. Il fit quelques pas et, lentement, avec précaution, ouvrit une autre porte. Elle donnait sur une chambre où deux lits superposés recouverts de grosses couvertures de laine composaient l'essentiel du décor. Il retourna dans la pièce principale et remarqua un petit réduit, caché derrière un rideau à fleurs. Joe regarda derrière le rideau et émit un léger sifflement ; il y avait là tout le matériel qu'un pêcheur pouvait désirer : cannes à pêche, filets, appâts, lignes. Il tira vers lui une des cannes. Elle était magnifique, à la fois souple et résistante, comme celles qu'on fabriquait maintenant, comme celles qu'il avait si souvent rêvé de posséder.

Dans la cuisine, il trouva des boîtes de conserve en quantité industrielle, de quoi se nourrir pendant plusieurs jours. C'est à ce moment, presque comme si quelqu'un avait choisi pour lui, qu'il décida de rester pour la nuit. Il avait besoin de se refaire des forces. Il se reposerait et, à l'aube, il reprendrait la route. Qui s'en rendrait compte ? Dans la pièce, la chaleur commençait à se répandre. Il ferait peut-être même trop chaud, mais Joe s'en foutait.

Il ouvrit une boîte de ragoût de bœuf, en versa le contenu dans un chaudron qu'il posa sur le poêle à bois, après quoi il enleva ses vêtements lourds, humides et sales. Là, nu comme un ver dans cette petite maison en bois qui commençait à se remplir d'arômes réconfortants de viande et de légumes, il sourit en regardant par la fenêtre. Dehors, il faisait noir et les bruits de la nuit emplissaient la forêt. Dans son abri providentiel, Joe se dit que c'était la première fois depuis longtemps qu'il avait envie de sourire.

II

3

Si la douleur avait une odeur, elle serait fétide, se dit-elle, allongée dans la pénombre. Fétide comme le cadavre de quelque animal qui achève de se décomposer au soleil. Laura se frotta le visage comme pour chasser ces images. Elle fit la grimace : on aurait dit que ses mains puaient, qu'elles sentaient la mort, qu'elles avaient touché ce cadavre putréfié. L'odeur était partout, non seulement sur ses mains, mais sur tout son corps. Cette abomination suintait par les pores de sa peau, elle venait de ses entrailles, de ses viscères. Laura s'assit sur le lit, tenta de se calmer.

Puis, le cœur au bord des lèvres, elle se leva d'un bond et se rua vers la salle de bain avec une urgente envie de se laver, de frotter sa peau de toutes ses forces, quitte à avoir mal. Pieds nus sur le sol glacial, elle tourna les robinets et attendit, impatiente, que l'eau gicle. Un bruit de tuyau se fit entendre, un gargarisme, puis un jet apparut. Laura se débarrassa de ses vêtements de nuit et se jeta sous l'eau tiède. Elle attrapa le savon parfumé et se mit à récurer chaque partie de son corps, jusqu'à ce que sa peau devienne rouge. Ensuite, elle s'arrêta, essoufflée, et reposa le savon tandis que l'eau ruisselait toujours sur ses épaules nues et qu'une odeur de rose envahissait la pièce. C'est seulement à ce moment qu'elle se souvint d'avoir rêvé à Thomas.

Elle n'avait trouvé le sommeil que tard au milieu de la nuit, et, à peine endormie, elle avait fait ce rêve absurde et beau à la fois : Thomas volait à bord d'une montgolfière dans un ciel bleu acier, lui envoyant la main depuis la nacelle. Son visage ovale était fendu d'un sourire et ses cheveux brillaient dans la lumière. Il avait l'air d'un ange. Laura, étourdie tout à coup, s'appuya sur les carreaux blancs du mur. Les images qui lui revenaient en tête étaient si claires, si vives, qu'elle n'aurait pas été plus surprise de voir Thomas entrer dans la chambre, défiant la mort, l'air parfaitement normal, que de voir la lumière du jour s'immiscer sous les rideaux au lever du soleil.

Tétanisée, elle resta là sans bouger, de l'eau qui dégoulinait sur ses épaules, son dos, ses jambes, à tenter d'oublier le rêve et en même temps à le rejouer dans sa tête, en boucle. Lentement, sans ouvrir les yeux, elle tendit la main et réussit à trouver à tâtons les robinets. Elle ferma. Le jet s'arrêta. Elle laissa retomber son bras lourdement. Dans la pièce, on n'entendait plus que le clapotis de l'eau qui s'égouttait par le trou de la baignoire. Laura leva un pied, puis l'autre, puis se retrouva debout devant le miroir embué, silhouette floue. Elle attrapa une serviette et se mit machinalement à se sécher. Sa peau était froide, ses mains tremblaient. Elle enfila ensuite un peignoir, puis essuya le miroir pour mieux regarder son visage. Est-ce qu'on pouvait y lire la douleur ? Peut-être. Ses lèvres étaient blanches, elles avaient un goût de sel, ce goût familier ; celui que les larmes refoulées laissaient toujours sur elle.

Elle savait très bien pourquoi elle avait rêvé à Thomas : c'était la perspective de ce voyage à Montréal, tous les souvenirs qu'il ferait naître. Il y avait longtemps que ça ne lui était arrivé. Les premiers temps, elle rêvait à lui toutes les nuits, au point où elle avait peur de se coucher, le soir. L'alcool était venu à bout des nuits blanches. Avec l'alcool, tout était flou, même les rêves. Alors elle s'était mise à boire tous les soirs comme on se raccroche à une bouée, parce qu'à jeun, les rêves la mettaient K.O., qu'elle finissait au plancher après une lutte inégale avec un adversaire dix fois, cent fois plus fort qu'elle, se demandant chaque matin au réveil comment elle allait passer au travers de la journée, se rendre à midi, puis au soir, comment elle allait survivre aux longues heures de l'après-midi.

Elle fit quelques pas et se posta devant le placard. Il faudrait bien qu'elle trouve la force de s'habiller, puis, tôt ou tard, de manger quelque chose. Il faudrait boire, respirer, mettre un pied devant l'autre. Au bout d'un moment, elle se secoua, comme si elle se réveillait. Combien de temps était-elle restée là, les yeux dans le vide? Elle n'en savait trop rien. Le temps était devenu flou; les secondes, les minutes, les heures avaient disparu. La mort avait cet effet: elle faisait s'évaporer le temps.

::

«Pourquoi? se demanda Éric, assis sur le lit défait, pourquoi se donner la peine d'essayer, au fond?» Il regarda les vêtements de vélo, qui, reposant sur le fauteuil de la chambre à l'endroit précis où il les avait lancés après l'épisode du placard, semblaient le toiser et haussa les épaules «Et pourquoi pas?» Il étendit le bras, saisit son t-shirt, le détailla: les coutures n'étaient plus tout à fait droites, le logo du fabricant commençait à disparaître. C'est qu'il l'avait tellement porté! Maintenant, ça lui paraissait surréaliste de tenir entre ses mains cette chose qui semblait venir d'un autre monde, catapultée dans celui-ci par erreur.

Et s'il tentait une petite randonnée? Juste deux ou trois kilomètres, pour voir. Peut-être que ça serait moins difficile qu'il pensait, peut-être qu'il s'en sortirait bien. Puis, qu'est-ce qu'il avait à perdre, au fond? Après tout, c'était la seule façon de savoir s'il était prêt. Il repensa aux paroles de Jennifer, «c'est un signe...», et se dit qu'elle avait peut-être raison.

Quand il pensait à elle, ses cheveux bouclés, son parfum, son sourire, d'autres images se superposaient aussitôt: le visage de Samuel, ses yeux rieurs, son indomptable tignasse, ce geste de la main qu'il avait eu pour dire «à tout de suite», alors qu'il s'élançait à l'assaut de la côte, sans se retourner, juste avant l'accident, puis son corps tombé sur la route. Éric ferma les yeux pour chasser les images. Penser à autre chose.

Il se leva. «C'est complètement inutile, mon vieux, tu sais très bien que tu ne tiendras pas deux minutes. Tu n'y arriveras pas.» Éric se dirigea vers le débarras, au fond du corridor, celui qu'il n'avait pas ouvert depuis des lunes, celui dans lequel se trouvaient tous ces objets dont il n'arrivait pas à se défaire, mais qu'il n'arrivait pas à ranger, tous ces objets qui étaient là depuis si longtemps qu'Éric ne savait même plus qu'il les avait. Il se planta devant les portes. «Arriver à remonter sur ton vélo? Pfff! tu parles! Commence par faire ton lit, le matin, et par laver la vaisselle. Commence par aller voir tes neveux, tiens. Après, tu pourras peut-être penser au vélo.»

C'était bien la première fois, depuis l'accident, qu'il évoquait l'idée de reprendre le guidon. Il revit en pensée le moment où, rageur, il avait suspendu la bicyclette par la roue avant dans le fond de la remise, se jurant que plus jamais il ne s'en servirait. C'était juste après les funérailles. Pourquoi ne s'en était-il pas débarrassé? Par lâcheté, peut-être. Ou parce qu'après l'accident il se sentait comme paralysé: prendre une décision, n'importe laquelle, était impossible, il en était tout simplement incapable à ce moment-là. Alors il avait rangé son vélo en attendant, et les années avaient passé.

Lentement, comme si une bête y était cachée, il ouvrit les portes du grand placard et recula d'un pas. À l'intérieur régnait un désordre impressionnant: des boîtes de carton qui contenaient Dieu sait quoi y étaient empilées, des objets hétéroclites tenaient en équilibre et des vêtements pendaient, suspendus à la barre de métal. Il poussa les boîtes du pied. L'une d'elles tomba et des dizaines de photos s'éparpillèrent sur le sol. Un visage apparut: Nathalie, tout sourire, en gros plan. Éric ramassa les photos et remit rapidement le couvercle sur la boîte, sans regarder. Il ne voulait pas voir. Il y avait sans doute, dans ces cartons, une multitude de photos de Nathalie. Jamais depuis l'accident il n'avait eu le courage de les regarder, encore moins de les classer.

Il replaça la boîte sur la pile et tira vers lui d'autres objets qui bouchaient la vue : un aspirateur qui ne fonctionnait plus depuis belle lurette, de vieilles bottes d'hiver recouvertes de poussière. Il tomba sur un très gros sac en toile beige qui s'entrouvrit. Il n'avait aucun souvenir de ce sac et encore moins de ce qu'il contenait. En étirant le cou pour voir à l'intérieur, il découvrit des guirlandes rouges et d'autres dorées, et des boîtes sur lesquelles il était écrit « lumières de Noël ». Il passa lentement la main sur une boîte et les images et les voix refirent surface.

— Quand est-ce qu'on va acheter le sapin ?

— Quel sapin ?

Nathalie l'avait regardé, un bol de céréales à la main, debout dans le salon, vêtue d'un pyjama à rayures et d'un de ses chandails de laine qui lui descendaient à mi-cuisses, les cheveux attachés. Elle avait tourné les talons sans répondre et était allée chercher un calendrier dans la cuisine, qu'elle lui avait ensuite mis sous le nez.

— Douze décembre, Éric. On est le douze décembre, regarde, c'est écrit, là. Ce serait bien d'avoir un sapin de Noël… avant que ce soit Noël.

Il avait haussé les épaules.

— O.K.

Elle lui avait arraché le journal des mains et s'était assise à cheval sur lui. Elle sentait le savon. Elle riait. Ils avaient fait l'amour toute la matinée, ce jour-là.

Éric referma le sac. Il y avait belle lurette qu'il n'avait pas installé de décorations de Noël. Il continua la fouille de la remise et, tout à coup, entre deux vieux manteaux, il l'aperçut : Rita.

— Emmène ta Rita, *bro'*, on part.

— Rita… Rita ? !

Sam avait refermé sa bouteille d'eau, s'était essuyé la bouche avec le dos de sa main comme il faisait toujours.

— Elle a un look de Rita, qu'est-ce que tu veux que je te dise.

Derrière lui, Nathalie et Pierre avaient fait entendre de petits rires étouffés, comme des enfants dans une classe quand l'enseignant ne regarde pas. Éric s'était retourné pour les observer.

— Vous trouvez ça drôle, vous autres ?

Ils avaient ri de plus belle, Nathalie, la main devant la bouche, Pierre, penché sur son vélo. Et ils n'avaient plus jamais appelé ce vélo autrement.

Il sentit son estomac se nouer. Ce sont toujours les détails qui reviennent, comme ces petits galets que la mer charrie, lui avait dit quelqu'un, un jour. Il poussa un soupir. Ne pas se laisser envahir par les souvenirs, garder le contrôle. Il se concentra plutôt sur ce qu'il voyait. Rita se balançait dans le vide, son cadre couvert de poussière, ses pneus dégonflés, mais apparemment en bon état. Accrochée comme ça à un gros clou dans le fond du débarras, elle ressemblait à une de ces carcasses d'animal suspendues dans la chambre froide du boucher.

::

Joe ouvrit les yeux lentement et regarda le plafond de la chambre, se demandant pendant une seconde ou deux où il était. Puis il se souvint de son arrivée la veille, de la cabane, du feu dans le poêle à bois. Dans la pièce, il faisait clair, ce qui lui permettait de mieux voir le décor. Il s'étira sous les draps de coton en grognant. Il avait dormi comme un loir. Tout à coup, il prêta l'oreille, intrigué, se soulevant sur ses coudes. Quelque part, quelque chose grattait. Il écouta un instant, puis sourit : ce n'était rien, une souris sans doute. Il s'étira ensuite longuement sous les draps. Le lit était confortable. Il se leva. Ses pieds firent craquer le plancher de bois. Il poussa un soupir. Il savait qu'il devait repartir sans attendre ; profiter d'un abri pour la nuit ça pouvait toujours s'expliquer, mais il ne fallait pas s'installer. Il se mettrait en route au cours de la journée.

Dans la pièce centrale, le soleil dessinait des carrés sur le sol, se faufilant à travers les fenêtres. Le petit grattement s'était arrêté, ne laissant que le silence. Ça sentait encore le bois brûlé. Dans la cuisine, Joe ouvrit la même armoire qu'il avait ouverte la veille et y dénicha ce dont il avait besoin : du café. Il prit le seau qui se trouvait dans un coin, pour aller chercher de l'eau. Dehors, à peine sorti, il s'arrêta net, époustouflé par la beauté de ce qui s'offrait à lui. Juste devant la cabane, il y avait un lac, un lac calme comme une tache d'huile. L'eau scintillait sous le soleil du matin. Joe se dit que ce serait dommage de ne pas profiter de tout ça au moins une fois, une seule fois, avant de partir. Ensuite, il pourrait reprendre la route. Il remplit le seau et retourna à l'intérieur.

Tandis que l'eau chauffait, il se rendit au petit réduit et contempla encore une fois les magnifiques cannes à pêche étalées devant lui, tentantes comme les filles, dans des villes du Nord, qui déambulent dans la rue en riant aux éclats et en faisant virevolter leurs jupes de toutes les couleurs. Joe en remarqua une en particulier, fine, droite, argentée. Il tendit la main et, dans un geste délicat, la tira vers lui, surpris par sa légèreté. Plus loin dans la cuisine, il entendit l'eau faire de gros bouillons.

Presque sans s'en rendre compte, il se retrouva dans le lac, de l'eau à la hauteur des longues bottes qu'il avait enfilées, une tasse posée non loin de lui sur le quai en bois. Il lança la ligne le plus loin possible d'un geste large, précis. Pendant un instant, elle resta suspendue dans le vide, faisait entendre un petit sifflement comme si elle voulait percer le silence, puis elle fendit la surface et s'enfonça dans l'eau, alourdie par le poids de la mouche. Joe vit apparaître une série de ronds parfaitement dessinés, qui s'éloignèrent de la ligne en ondulant sur l'eau. Il attendit qu'ils s'effacent et, quand tout fut redevenu calme à la surface, il ramena la ligne lentement, pour ne pas effrayer le poisson. Il recommença les mêmes gestes, encore et encore, s'arrêtant de temps en temps, entre deux lancers, pour avaler une gorgée de café avant qu'il ne refroidisse. Après une dizaine de minutes, la ligne tressauta tout à coup, et la canne à pêche s'arqua : ça mordait. Et c'était un gros, Joe en était convaincu, juste à voir la courbure de la canne. Il commença alors à rembobiner le fil doucement en tournant le moulinet. Clic clic clic, que ça faisait ; on aurait dit le ronronnement d'un chat. Par moments, il soulevait la canne pour mieux tirer le poisson qui se débattait à l'autre bout. « Bon sang, quelle canne à pêche ! » Rien à voir avec celles qu'il se fabriquait quand il était petit, pour aller taquiner le poisson sur la rivière. Ces cannes à pêche, ce n'était rien de plus qu'un bout de bois sur lequel Joe attachait un fil de nylon. Et le fil, il le chipait chez Canadian Tire, quand il réussissait à se trouver quelqu'un qui pouvait le déposer en ville. Il n'en volait pas beaucoup à la fois, question de ne pas se faire remarquer, juste de quoi faire une bonne ligne, une ligne assez longue pour qu'elle puisse se rendre au milieu de la rivière, là où l'eau était plus profonde, là où se tenait le poisson.

Voler, c'était risqué, il le savait bien. Une fois, il avait failli se faire prendre et il s'était sauvé en courant, passant devant les caisses où les clients attendaient en file, sans demander son reste, le cœur battant. Quelque part, une alarme avait sonné.

— Maudit sauvage ! avait crié quelqu'un derrière lui.

Il ne s'était pas retourné, et il avait couru le plus vite et le plus longtemps possible, ne s'arrêtant que rendu sur l'autoroute où il avait fait du pouce, le bout de fil toujours enroulé dans une des poches de son jean.

Joe laissa échapper un petit rire admiratif. Elle se débattait, cette truite. C'était une truite, ça ne pouvait pas être autre chose. Toute une prise qu'il avait là ! Elle ne se laissait pas faire, c'était le moins qu'on puisse dire. Néanmoins, en alternant les mouvements, faisant tourner le moulinet, et tirant de petits coups secs, Joe finit par la sortir de l'eau en se disant qu'elle avait bien combattu. Il revint vers la plage, enleva l'hameçon de sa gueule entrouverte et la laissa tomber dans le seau en métal posé sur les galets. Elle bougea encore pendant un moment. Ses écailles luisaient au soleil. Elle était énorme! Bon sang qu'elle était belle! Joe se dit que ça mordait drôlement bien dans ce lac, puis il pensa qu'il ne pouvait pas la laisser là et qu'il devait la faire cuire. De toute façon, il avait faim.

À l'intérieur, il alluma un feu et, quand le poêle à bois fut bien chaud, Joe farfouilla dans les armoires pour trouver un poêlon. Du coup, il tomba sur des épices, estragon, thym, les attrapa; on ne pourrait pas lui en vouloir d'en avoir pris un peu, quand même. Il versa un filet d'huile au fond du poêlon, et fit cuire la truite après l'avoir vidée. La maison se mit à embaumer au fur et à mesure que le poisson dorait dans l'huile brûlante. Après un moment, Joe décida qu'elle était prête et il déposa deux énormes filets dans une grande assiette. Il souffla et porta à sa bouche une première bouchée, sursautant en se brûlant la langue. Il sourit malgré tout et ferma les yeux pour mieux goûter la truite qui fondait dans la bouche. Au bout du sofa, son assiette sur les genoux, il mangea avec appétit, presque sans mâcher. Elle était si tendre que la peau s'en détachait toute seule. «En tout cas, chose certaine, se dit Joe, avalant l'une après l'autre de grosses bouchées fumantes, ce poisson-là n'aura même pas le temps de refroidir qu'il aura disparu.»

Après, Joe posa l'assiette sur une petite table, se cala dans le sofa, et appuya la tête au dossier. Il resta là plusieurs minutes à ne rien faire, à ne penser à rien, à cogner des clous, repu et heureux, un rayon de soleil qui lui caressait la joue. Quand le sommeil vint, il ne résista pas.

Plus tard, il fut réveillé par des bruits assez forts qui provenaient de l'extérieur. Joe fronça les sourcils, tendit l'oreille, prêt à bondir s'il le fallait. Sur le coup, il pensa que c'étaient les propriétaires du chalet qui revenaient et qui étaient sur le point de trouver un intrus dans leur maison. Il attendit, le cœur battant, tandis que le raffut continuait. Au bout d'un moment, le bruit s'éloigna et Joe se dit qu'il s'agissait probablement d'une bête, et que personne n'était sur le point d'entrer. Il se posta devant une des fenêtres, poussant un soupir de soulagement. On ne voyait rien, mais le bruit s'apaisait. L'animal — il ne savait pas ce que c'était, mais ça devait être un gros — s'en allait. Joe attendit encore un peu et, quand le silence fut revenu, il sortit pour constater les dégâts. En apercevant le gros baril rouillé qui servait de poubelle, renversé, il comprit tout de suite. Un ours à la recherche de nourriture avait ouvert le couvercle, avait fouillé à l'intérieur, répandant le contenu — des déchets, des restes de nourriture — partout autour. Du coup, le baril était tombé, et s'était mis à rouler, heurtant probablement des souches et des pierres sur son passage, ce qui avait fait tant de bruit. Joe, les mains sur les hanches, secoua la tête. Il faudrait faire quelque chose avec ce baril sinon cet ours reviendrait. Quand ils ont repéré un endroit où ils peuvent trouver de la nourriture, les ours reviennent, Joe le savait bien.

Il se pencha, releva le baril, et l'emporta plus loin dans la forêt, puis il revint sur ses pas et ramassa les quelques déchets que l'ours avait laissés, retourna là où était le baril, remis le couvercle dessus, s'assurant qu'il était bien fixé et que la bête n'arriverait pas à l'ouvrir. Ensuite, il regarda le travail, se félicitant, se disant que les propriétaires, quand ils reviendraient, seraient bien contents de voir que quelqu'un avait pensé à éloigner la poubelle de la maison. Il leva les yeux vers le ciel ; pas besoin de montre pour savoir que, le temps ayant passé rapidement, c'était maintenant le milieu de l'après-midi : trop tard pour reprendre la route. Joe, à ce moment, se dit qu'il valait mieux rester encore une nuit. Ce n'est pas vraiment qu'il prit la décision, mais c'est que ça lui semblait être tout simplement la chose à faire.

::

Laura, pieds nus, arpentait le rez-de-chaussée. Le contact de la plante de ses pieds sur les carreaux froids lui donnait un choc à chaque pas, mais en même temps ça lui faisait du bien. Elle s'arrêta devant la fenêtre du salon, et remarqua que le ciel s'était teinté de rouge. Maintenant que le soleil s'apprêtait à disparaître sous la ligne de l'horizon, elle pouvait aller courir, même si, très franchement, elle ne se sentait pas en grande forme. Elle n'avait pratiquement rien avalé de la journée, parce que tout ce qu'elle portait à ses lèvres avait un goût écœurant de sel. Elle n'avait à peu près rien fait non plus. Comment l'après-midi avait fini par passer, elle n'en avait aucune idée, il avait été si long, le temps avait semblé figé à jamais.

Elle tira le rideau blanc et ce qui restait du jour, à peine une petite lueur, disparut complètement. Sans se presser, elle se dirigea vers l'escalier pour monter à sa chambre. Ses pieds lui semblaient lourds. Elle fit un effort pour redresser ses épaules voûtées. Courir serait difficile, mais elle n'avait pas le choix. Si elle cédait à la paresse aujourd'hui, si elle ne sortait pas pour courir, elle ne courrait pas demain non plus, ni après-demain, ni le jour suivant, et sans même s'en rendre compte, elle basculerait dans un autre monde, un monde dans lequel on pouvait s'enfoncer, glisser sans jamais trouver à quoi se raccrocher : le monde de l'abîme. L'abîme est sans fin, sans fond. L'abîme vous plonge dans un océan de larmes. Il vous engloutit tout entier. Ce monde, Laura le connaissait bien : elle en venait.

Elle enfila lentement sa tenue de jogging, puis laça ses chaussurers. Juste assez serrés, les lacets, pas trop. Elle glissa sa clé dans la petite pochette de son short. Ce rituel, ces gestes répétés tous les jours étaient son ancre, et sans eux elle était perdue. Avant de redescendre, elle prit son baladeur sur le chargeur, mit les écouteurs à ses oreilles et finit par se retrouver dehors après avoir bien refermé la porte. La fraîcheur du temps la surprit. Elle frissonna. Pour la première fois depuis des semaines, l'air qui entrait dans ses poumons n'était pas chaud. Elle inspira à fond, se mit à marcher vers la vallée, puis accéléra le pas. Courir vint tout naturellement.

Last Night a DJ Saved My Life. C'était la chanson qui jouait dans son baladeur et qui résonnait à ses oreilles. Un vieux disco, une autre époque. Les percussions aux tempos lancinants faisaient vibrer ses tympans, son cœur battant au même rythme que la musique. Cette chanson était une des dernières que Thomas avait fait jouer. Laura déboucha dans la rue Pottery et, avant de plonger dans la vallée, jeta un coup d'œil au paysage. Le temps était dégagé, on pouvait voir au loin. La ville apparaissait dans toute sa splendeur, lumineuse, immense, mais néanmoins tranquille : un géant qui dort.

Last Night a DJ Saved My Life. C'était un soir de fête, Laura s'en souvenait comme si c'était hier. Michel et elle avaient loué un petit bar où ils allaient souvent, dans le quartier, et avaient invité plein de monde. Tous étaient venus ; les amis de Laura, ceux de Michel, les parents, les collègues qu'ils aimaient bien. Ils étaient tous là. Ian et Lyne étaient resplendissants. Michel, sur son trente et un, servait le champagne. Les jeunes riaient. L'alcool aidant, les invités s'étaient mis à se déhancher sur la piste de danse. Thomas faisait jouer la musique. Sa tignasse châtain s'enflammait chaque fois que les faisceaux de lumière l'effleuraient. Laura, à plusieurs reprises, l'avait observé du coin de l'œil sans qu'il s'en doute. C'était comme si elle avait fait le plein d'images, ce soir-là. Elle se souvint s'être dit, en le regardant la tête penchée au-dessus de ses appareils, son corps svelte suivant la mesure, qu'il était ce qu'elle avait fait de mieux de toute sa vie, qu'il était la plus belle chose au monde.

Sa copine Evelyne avait fini par arriver, essoufflée, en retard. La voyant entrer dans la salle, Thomas avait souri, son visage s'éclairant de joie tout à coup. Quand il souriait de cette façon, une fossette apparaissait sur chacune de ses joues. Une mèche de cheveux était retombée sur son front. D'un geste machinal, il l'avait replacée derrière son oreille, comme il le faisait toujours. Evelyne était venue l'embrasser, en rougissant un peu. Thomas avait touché le clavier de ses longs doigts agiles, et les premières notes d'une chanson avaient jailli. *Last Night a DJ Save My Life…* Evelyne s'était élancée sur la piste de danse. Lui riait en la regardant.

À un moment donné, sans crier gare, au milieu d'une chanson, Thomas s'était emparé d'un micro. Tout le monde s'était tu. Il avait tourné vers sa mère des yeux où l'enfance se profilait encore.

— Je veux dédier cette chanson à ma mère, pour son anniversaire. Je t'aime, maman.

Laura avait senti des larmes rouler sur ses joues, et Michel l'avait prise dans ses bras.

— Est-ce possible d'être aussi heureux? lui avait-elle demandé à ce moment.

— Oui, avait-il murmuré à son oreille.

«Je t'aime, maman.» Parfois, encore maintenant, il lui arrivait d'avoir l'impression d'entendre ces mots. Elle ne savait pas d'où ils venaient. Ils se glissaient jusqu'à elle, souvent dans le noir, au moment où elle s'y attendait le moins, et retentissaient dans sa tête, dans ses entrailles. Ces mots lui arrachaient le cœur, l'essoraient jusqu'à le vider de son sang, jusqu'à ce qu'il ne reste plus en lui un seul souffle de vie. «Je t'aime, maman.»

À la fin de cette soirée, Laura, pieds nus, se tortillait sur le plancher de bois, au milieu du bar, un verre de champagne à la main, pendant que Michel lançait des serpentins sur la piste. Elle se souvenait encore de s'être dit qu'il y avait des années qu'elle ne s'était amusée comme ça. Moments inoubliables. Moments furtifs. Définitifs.

— Quarante ans, ça se fête, avait affirmé Thomas, des mois auparavant, avec son petit sourire moqueur. Il faut faire quelque chose, maman.

— Vingt ans aussi, mon fils, ça se fête.

Ils avaient organisé une soirée pour les deux événements.

— Je vais rester avec mes amis, maman, t'inquiète.

Après minuit, alors que les invités prenaient congé, qu'on remerciait, qu'on se disait bonne nuit, que, dans la rue, des portières d'auto se refermaient, alors que des voix se perdaient dans la nuit, Thomas avait décidé d'aller finir la soirée ailleurs. Laura l'avait regardé partir. Il enlaçait Evelyne, et Emma et Loïc se tenaient par l'épaule. Tous les quatre, ils étaient beaux, légers, aériens comme de grands oiseaux sur le point de s'envoler.

Laura se souvenait de s'être dit que rien n'avait de prise sur eux, à ce moment, ni les malheurs du monde ni le temps qui passe si vite. Ils étaient habillés en blanc de la tête aux pieds.

— Un pari, maman.

— Un pari?

Thomas avait haussé les épaules.

— Pourquoi pas?

Evelyne avait déniché quelque part deux grandes ailes blanches et soyeuses, le genre de truc qu'on trouve chez les costumiers; de grandes ailes retenues par une bande élastique qu'on enfile. Elle les portait fièrement, déployées dans son dos. Un ange. Laura avait secoué la tête et souri.

— Bande de fous. Amusez-vous bien.

Thomas avait éclaté de rire, ses épaules tressautant. Il avait embrassé Evelyne et, avec les autres, ils s'étaient sauvés. C'était la dernière fois que Laura l'avait vu vivant.

— Je pense qu'ils vont passer une nuit blanche, avait dit Lyne en sortant du bar.

— Qui les blâmerait? On n'a pas vingt ans tous les jours, avait répondu Laura, montant dans un taxi avec Michel en titubant et en hoquetant.

Plus tard, bien plus tard, après les larmes et les questions, Laura avait su, son cœur achevant de se broyer au fur et à mesure que les détails affluaient, que les jeunes avaient abouti sur le toit de l'édifice, que Thomas avait enfilé les ailes d'Evelyne et que, riant aux éclats, il était monté sur le rebord.

::

Debout au milieu de la chambre, Joe n'eut qu'à lever les bras pour toucher le plafond. Planté là dans cette drôle de position, pieds nus, il regardait, perplexe, la paire de chaussures de course qui reposait au fond d'une vieille armoire brune. Elles étaient presque neuves. Elles semblaient être assez grandes pour lui. Il hésita. Devait-il les mettre, ou non ? Il savait bien qu'ils ne lui appartenaient pas, mais il ne pouvait continuer à marcher avec ses chaussures trouées, et, si les gens les avaient laissés là, c'est qu'ils n'en avaient pas vraiment besoin. Après réflexion, il les chaussa, puis, s'étant assis sur le lit, attacha les lacets. Il lui semblait que c'était la chose à faire.

Il se releva et poussa un soupir de soulagement. Il avait l'impression d'être un homme neuf. Avec ces chaussures aux pieds, il pourrait courir n'importe où, marcher aussi loin qu'il le voulait. Il sourit. Il se sentait en paix. Tout à coup, pour une raison qu'il ignorait, la vie se faisait clémente. Rien ne clochait. C'était presque trop beau pour être vrai.

::

Un coup de pédale, puis un autre, et un autre encore : un pas à la fois, comme font les bébés quand ils apprennent à marcher. Doucement, avec prudence. Éric avait pris par la rue Pottery pour descendre dans la vallée. À l'appartement, il avait gonflé les pneus, passé un coup de chiffon sur le cadre et la selle et admiré Rita qui avait l'air d'une neuve. Il sentait bien que les images se frayaient un chemin dans sa tête, comme ces extraits de films qu'on vous montre au cinéma quand la salle vient de plonger dans la noirceur, mais il s'efforçait de se concentrer sur le vélo.

Il l'avait enfourché, c'était déjà une victoire, et s'était étonné de sa légèreté.

Éric sentit le vent souffler sur son visage. C'était bon de retrouver cette sensation mille fois éprouvée. Dans la descente, il arrêta de pédaler. Une auto passa près de lui et le bruit du moteur couvrit pendant un instant celui du dérailleur. Plus bas, un homme et une femme couraient d'un pas régulier. Après le tournant, il aperçut le petit pont, et, plus loin, la route qui passait au-dessus de la vallée. Des autos roulaient à la file indienne et, de temps en temps, quand l'une d'elles devait freiner, les autres faisaient de même et les feux d'arrêt s'allumaient, formant une longue bande rouge. Juste avant le petit pont, deux silhouettes se tenaient immobiles ; des promeneurs étaient assis sur un des gros blocs de béton qui délimitaient l'entrée d'une des pistes cyclables. L'un d'eux fumait ; dans un geste régulier, il portait une cigarette à sa bouche, et Éric le voyait ensuite pencher la tête vers l'arrière pour rejeter la fumée dans les airs. Il avait si souvent vu des scènes comme celle-là, alors qu'il sillonnait les villes sur son vélo, au cours de ses voyages. Tout lui était familier : le paysage, le crissement des pneus sur l'asphalte, même les sensations éprouvées avaient un air de déjà-vu. Les mêmes muscles qu'autrefois étaient sollicités, les mêmes sons se faisaient entendre et, surtout, il retrouvait cette impression de liberté, ce sentiment de pouvoir rouler jusqu'au bout du monde sans que jamais personne s'occupe de lui. On ne regarde pas les cyclistes comme on regarde les coureurs sur la route. Les cyclistes, on les laisse passer, indifférent, sans leur prêter attention.

Éric sourit. Si tout allait bien, s'il pouvait continuer sans encombre, il passerait le petit pont, puis déboucherait sur Bayview, puis, de là, il monterait vers le nord et reviendrait par une autre piste, celle qui longeait la rivière peut-être. S'il le pouvait, si les images le laissaient tranquille, il roulerait longtemps, le plus longtemps possible, si longtemps qu'il aurait mal aux jambes, aux fesses, au dos, toutes ces douleurs bien connues, et que ce serait comme renouer avec un vieil ami. Il serait fier, c'était sûr. Au bureau, lundi matin, on lui demanderait ce qu'il avait fait de son week-end, comme d'habitude et, cette fois, il aurait quelque chose à raconter.

En passant devant les silhouettes sombres, vêtues toutes deux d'un jean et d'un chandail à capuchon, Éric sentit l'odeur de cigarette. À ce moment, il était arrivé aussi loin que son élan avait pu le porter, alors il se remit à pédaler et il franchit le petit pont, jetant un coup d'œil à la rivière. Le niveau de l'eau semblait bas, ou alors était-ce lui qui, monté sur son vélo, voyait les choses différemment ? Nathalie aurait su. Elle avait le don de remarquer ce genre de détail. « Le niveau d'eau est bas », aurait-elle dit, sans doute, ou alors « Le débit est lent ». Elle aurait dit quelque chose. Éric respira un grand coup. Nathalie n'aimait pas rouler le soir, dans le noir. Lui, au contraire, aimait bien.

— J'ai envie de refaire un petit tour.

— Vas-y, moi je vais me coucher.

Elle faisait toujours la moue quand il partait rouler un dernier tour, le soir. Elle n'aimait pas s'endormir seule. C'était presque ironique de penser que, depuis maintenant trois ans, lui dormait seul soir après soir. Quand il revenait, elle l'attendait au lit, lunettes sur le bout du nez, un livre à la main.

Une drôle d'odeur émanait de la rivière, quelque chose de pourri. Éric continua, étonné lui-même de la facilité avec laquelle il arrivait à rouler, dans les circonstances. Il aperçut l'avenue Bayview et, au moment où il commençait à s'imaginer en train de monter la côte, il vit quelque chose par terre, plus loin, au bord du trottoir, à l'entrée du stationnement, là où bien des cyclistes garent leur auto avant de s'élancer sur les pistes. Il fronça les sourcils, tenta de distinguer les détails, et sentit son estomac se nouer. Il avait déjà compris que la chose étendue, immobile, était un cadavre. Il ralentit et passa devant sans s'arrêter, jetant un coup d'œil de côté. Ce qu'il vit lui leva le cœur. Un raton laveur, sans doute frappé par une auto, gisait sans vie, la gueule béante, éventré, éviscéré et sanglant. Immédiatement, une véritable tempête se déchaîna en lui.

Il tourna à droite, vers le stationnement. Il savait qu'il ne pouvait pas continuer, il n'arrivait même plus à se tenir en équilibre sur son vélo. Les images qui se bousculaient dans sa tête étaient une vague, une grosse vague de fond qui vous happe et vous entraîne vers des profondeurs abyssales. La vue du cadavre avait déclenché une nouvelle crise et Éric se savait déjà vaincu; celle-là, il n'arriverait pas à la maîtriser. «Merde», se dit-il. Il s'arrêta, laisser tomber Rita, et marcha vers le sentier sans savoir où il allait. Il était essoufflé, il se sentait étourdi, chancelant. Les images étaient sanglantes comme le cadavre, au bord du trottoir. La tête de Sam dans sa main, le visage de Nat, le corps de Pierre. Des images rouge vif. Et le son des sirènes se mit à retentir dans sa tête, claires comme si elles arrivaient dans la vallée, juste derrière lui. Il s'immobilisa, se pencha, les mains appuyées sur les genoux, le souffle coupé. Il s'effondra dans l'herbe, à l'entrée du petit sentier, prit sa tête entre ses mains. La douleur lui déchirait le ventre comme si on l'avait ouvert avec un couteau de boucher. Pas un son ne sortait de sa bouche tordue. C'est seulement au bout d'un moment qu'une longue plainte jaillit, lugubre dans le silence, et il la laissa s'étirer jusqu'à ce qu'elle finisse par s'éteindre, après quoi il se sentit libéré. La douleur était sortie de lui comme une tumeur qu'on excise.

— Ça va?

Il sursauta. Devant lui, deux hommes en tenue de cycliste, leur vélo à leurs côtés, le regardaient, sourcils froncés, sans doute alertés par le cri. Éric s'était cru seul, il n'avait pas pensé qu'il pouvait être entendu. Il les regarda sans trop savoir quoi répondre. L'un d'eux lui mit la main sur l'épaule. Éric se souvenait d'avoir eu ces mêmes gestes envers un cycliste blessé. Il tenta de sourire.

— Ça va.

— Sûr?

— Oui. Merci.

Les deux hommes repartirent, se retournant deux ou trois fois pour lui jeter un regard inquiet. Éric resta sans bouger un instant, les yeux fermés, écoutant sa respiration qui se faisait plus régulière. La crise était passée. Après un moment, il parvint à se relever, groggy comme s'il avait bu. Il ramassa son vélo, mais ne remonta pas dessus. Il se mit plutôt à marcher lentement, comme un petit vieux. En sortant du stationnement, il tourna la tête pour ne pas voir le cadavre.

En haut de Pottery, au lieu de prendre à gauche, il tourna à droite et se dirigea vers la rue Danforth. Il ne voulait pas rentrer chez lui. Il ne voulait pas être seul. Arrivé dans la rue commerçante, il repéra un pub où il allait de temps en temps, attacha Rita à un arbre comme on attache un chien pendant qu'on fait ses courses, entra, et s'assit au bar.

— Qu'est-ce qu'on vous sert? lui demanda la serveuse qui déposa un sous-verre devant lui sans attendre sa réponse.

Il commanda une bière et regarda la serveuse au t-shirt moulant et à la jupe ultra-courte repartir. À l'un des postes de télé, on diffusait un match de football.

— Merci, dit-il, quand un verre atterrit devant lui.

Il avala une première gorgée en se faisant la réflexion qu'il devait avoir une gueule terrible, et reposa le verre glacé. Il jeta ensuite un coup d'œil aux clients. L'endroit était bondé, comme toujours. Des voix et des rires fusaient de la terrasse. La jeune fille passa avec un plateau qui semblait lourd, déposa des assiettes sur une table, et, quand elle repassa, Éric lui fit signe qu'il voulait une autre bière. Elle hocha la tête sans ralentir. Il se tourna vers l'écran et se mit à suivre distraitement le match de soccer qu'on y présentait. Il avait sans doute l'air d'un client comme les autres, personne ne pouvait se douter qu'il avait été terrassé par une crise moins d'une heure auparavant. Personne ne pouvait deviner ses tourments, la torture, la lutte qu'il menait contre les images. Personne ne pouvait savoir qu'en ce moment une route se déroulait, longue, droite, prometteuse, devant lui, et que lui en bas de la côte, criait : « Ne m'attendez pas. »

Après trois ou quatre verres, les images devinrent floues. Il en but encore plusieurs autres, sans compter. Chaque fois, la serveuse s'avançait vers lui, ondulant des hanches, déposait un verre plein et repartait avec un verre vide. À un moment donné, il se sentit prêt à rentrer. Dehors, il remarqua que le temps avait changé, mine de rien. Des nuages bouchaient maintenant le ciel. Il retrouva Rita qui l'attendait, se mit à marcher en la faisant rouler à côté de lui, sans penser à quoi que ce soit.

De retour dans le hall de l'immeuble, il croisa madame Stewart.

— Il va pleuvoir, non ? demanda-t-elle.

— Possible.

— Oui, je pense qu'il va pleuvoir.

Il sourit poliment. Elle lui rendit son sourire, heureuse de ce bref échange. Il monta jusqu'au onzième, traversa le corridor d'une démarche mal assurée, en se disant que madame Stewart et la serveuse du bar avaient été les seules personnes à qui il avait parlé de toute la journée ou à peu près. « *Fuck*… t'as vraiment personne dans ta vie », pensa-t-il, et cette idée, à travers les brumes de l'alcool, lui sembla tout à coup hilarante. Éric se surprit à rire aux éclats, ses épaules secouées de sursauts, et il se laissa tomber dans son fauteuil en cuir, constatant qu'il était soûl, et que même les éclats de rire n'arrivaient pas à venir à bout des images.

4

Joe franchit encore quelques mètres sur le terrain inégal de la forêt, marchant avec précaution, déstabilisé par le poids des branches mortes qu'il portait. En route, il en avait vu deux ou trois tomber à ses pieds. Une autre encore roula par terre dans un bruit sourd. Arrivé à quelques pas de la porte d'entrée, Joe ouvrit ses bras et les laissa toutes tomber sur les autres qu'il avait placées en tas. Il essuya du revers de la main les manches de son chandail sur lesquelles des copeaux de bois et des feuilles séchées s'étaient accrochés. Même en travaillant, il avait gardé ce chandail de laine, parce que le soleil de l'après-midi, depuis deux ou trois jours, ne chauffait plus autant. Il recula d'un pas, mit les mains sur les hanches, ahanant, essoufflé par l'effort, et contempla la pile qui commençait à constituer une belle provision de bois de chauffage. Joe aurait de quoi faire du feu pendant un certain temps, s'il en avait besoin. Les nuits étaient devenues plus fraîches tout à coup. Plus fraîches, mais plus longues aussi. Et les journées, de plus en plus courtes. Il n'était pas si loin le moment où il faudrait chauffer la cabane jour et nuit.

Joe jeta un coup d'œil vers le ciel où le soleil déclinait maintenant à la vitesse grand V. Où était passée cette journée? Il ne savait trop. Les heures s'étaient enchaînées les unes aux autres, et voilà que la nuit s'apprêtait à tomber. Toujours immobile devant la montagne de branches mortes glanées dans la forêt ces derniers jours, Joe se demanda depuis combien de temps il était là, au juste. Cette question, il se la posait souvent. Combien de jours avait-il passés dans cette cabane de pêcheurs ? Il n'avait pas compté, mais il savait que ça faisait un sacré bout de temps. Il aurait dû être parti depuis longtemps, se trouver très loin d'ici. Il aurait peut-être même dû être arrivé dans la grande ville déjà. Mais, soir après soir il s'étendait sur le lit, rabattait sur lui la couverture grise et matin après matin il se réveillait dans la pièce dont il connaissait maintenant chaque détail par cœur, et peu à peu, au fil des jours, c'était devenu la chose la plus naturelle qui soit.

Joe remarqua que non seulement une certaine fraîcheur montait du sol, mais également des odeurs rondes et boisées. On entrerait dans l'automne très bientôt. Joe aimait bien l'automne. Il aimait ses parfums, ses arômes enveloppants, la brume qui recouvre les lacs, la fraîcheur qui, quoi que vous fassiez, finit toujours par vous surprendre un beau matin. Il ferait de plus en plus froid pour aller pêcher. Quand il s'installerait au bout du quai aux aurores, parce que c'était le meilleur moment pour attraper des poissons, qu'il attendrait que ça morde, il verrait de la buée sortir de ses lèvres entrouvertes.

Joe soupira. L'arrivée prochaine de l'automne l'angoissait malgré tout. Il entra dans le chalet, refermant avec précaution la porte derrière lui. Il y avait fort à parier que les pêcheurs à qui la cabane appartenait étaient aussi des chasseurs et que tôt ou tard, au début de la saison de la chasse, ils se pointeraient. Ils arriveraient carabine à la main, bruyants, riant, excités à l'avance à l'idée de tuer. Joe les imaginait amateurs de gros gibier ; orignal, caribou, et même ours. Il les imaginait se camouflant dans les bois, appelant l'orignal pendant des heures, patiemment, buvant de temps en temps une bière gardée au froid, désespérant de revenir bredouilles, le soir, puis retournant le lendemain et le surlendemain et le jour suivant pour enfin voir apparaître un beau matin, un gros mâle, viser en retenant leur souffle, le tirer, le regarder s'effondrer, du sang giclant de la blessure alors que la bête, les yeux exorbités, ferait entendre son cri une dernière fois. C'était comme ça qu'il faisait, avec son père. Sauf qu'eux, ceux à qui appartenait cette cabane, on ne leur demanderait rien, on ne vérifierait pas s'ils étaient en règle, s'ils avaient leurs « cartes », s'ils avaient le droit de chasser. Un jour, son père et lui avaient croisé un garde-chasse. L'homme les attendait près du gros camion. Le père de Joe l'avait aperçu, appuyé sur le capot, en train de fumer. Il s'était approché lentement. L'homme en uniforme l'avait regardé droit dans les yeux.

— C'est pas la saison, *dude*.

Le père de Joe avait jeté son mégot de cigarette à ses pieds, l'avait écrasé, puis avait craché plus loin, en s'étirant le cou.

— J'ai ma carte, avait-il simplement répondu.

— Ah oui ? avait fait l'homme. On peut la voir ?

Joe secoua la tête pour chasser ces souvenirs. Pourquoi ressasser le passé ? Ce qui importait, maintenant, c'était de repartir avant que ces hommes-là n'arrivent, carabine à la main. Quelques jours encore et il reprendrait la route. Son oncle l'attendait, après tout.

Il venait à peine d'entrer quand, tout à coup, du coin de l'œil, il perçut un mouvement à l'extérieur. Méfiant, il regarda par la fenêtre, puis soupira, soulagé : c'était un chevreuil. Ce n'était qu'un chevreuil. Joe l'observa un instant, puis se souvint qu'il y avait de vieilles pommes dans le frigo, laissées là sans doute exprès. Il tourna doucement sur lui-même sans faire de gestes brusques pour ne pas effrayer l'animal et prit deux pommes avant d'ouvrir délicatement la porte qui grinça sur ses gonds. Aussitôt, la bête, effrayée, décampa. Elle s'enfuit en faisant de petits bonds, et Joe la perdit rapidement de vue. Tant pis, elle reviendrait sans doute une autre fois. Il déposa les pommes sur le sol et rentra, se surprenant à sourire.

À l'intérieur, il plaça des bûches dans le poêle, un peu de papier roulé en boule, et alluma. Tandis que des flammes s'élevaient, dorées et orangées, que la chaleur commençait à monter et à chasser l'humidité ambiante, Joe, accroupi devant la vitre brûlante, réalisa qu'à ce moment précis, il était parfaitement heureux, si heureux qu'il n'entendait même plus la voix de sa mère. Il savait bien que les choses changeraient bientôt, qu'il entreprendrait la suite de son voyage, qu'il se retrouverait sur la longue route qui le mènerait dans la grande ville, qu'il verrait son oncle et que sa vie prendrait un autre tour, mais pour l'instant, tout ce qu'il voulait, c'était goûter ce bonheur encore un moment, un tout petit moment.

::

« *Fuck !* », maugréa Éric en entrant dans son bureau : il venait de se brûler les doigts avec le café qu'il avait acheté, au rez-de-chaussée de l'édifice. Il se dépêcha de déposer la tasse en carton sur la table de travail, au milieu de la pièce, et secoua la main dans un geste vigoureux, puis laissa tomber son porte-documents contre le mur, face au bureau. Alors qu'il s'asseyait, le fauteuil de cuir noir fit entendre son habituel grincement. Éric jeta un coup d'œil aux piles de documents et de livres de droit s'amoncelant devant lui, pêle-mêle. « Par où commencer ? » se demanda-t-il. Il y avait des semaines qu'il voulait faire un peu de rangement et de ménage, parce que très franchement il ne s'y retrouvait plus, mais il se découvrait toujours une bonne raison pour ne pas s'y mettre. À ce moment, on cogna à la porte. Trois petits coups timides. Éric, surpris, fronça les sourcils : il ne se souvenait pas avoir pris un rendez-vous, si tôt, un lundi matin. Avant de répondre, il chercha son agenda des yeux et l'aperçut, sous un dossier, à côté de tasses à moitié vides, et de vieux stylos mâchouillés, ouvert en date de la semaine précédente. Il le tira vers lui, tourna les pages et tomba sur une note : rendez-vous, M. Thibodeau. Il avait oublié. « Merde », murmura-t-il.

— Bonjour, dit une voix haut perchée.

Éric la reconnut immédiatement. Il se souvenait, maintenant, d'avoir eu cet homme au bout du fil et d'avoir été frappé par la voix étrangement haute, comme si elle n'avait jamais mué. Il avait imaginé un homme frêle, de petite stature. Il arrondit les yeux en voyant entrer un véritable colosse. L'homme eut un petit mouvement de la tête en passant la porte, comme s'il était habitué à se pencher, où qu'il aille. Son habit, sans doute fait sur mesure, se dit Éric, montrait des plis aux jambes, aux bras, aux épaules : partout la chair rembourrait, déformait, alourdissait. L'homme devait faire dans les cent cinquante kilos, ou plus. Il s'avança de quelques pas et referma la porte derrière lui.

— Je peux ?

Il montrait le fauteuil qui faisait face à celui d'Éric, qui hocha la tête en se demandant une seconde si le siège allait tenir le coup, sous le poids. L'homme s'assit sans poser un seul regard sur le meuble en désordre, plantant plutôt ses yeux dans ceux d'Éric, qui lui adressa un sourire poli, comme il est convenu de faire quand on se trouve devant un client.

— Monsieur Thibodeau, j'imagine ?

L'homme hocha la tête et, se penchant un peu, posa des avant-bras énormes sur le bureau, laissant voir une montre Rolex et de grosses bagues dorées.

— Il n'y avait personne à la réception. Je suis entré.

Ce client sentait l'argent à plein nez. Éric se souvenait d'avoir lu que cet homme était à la tête d'une grosse entreprise et qu'il avait même été désigné l'« homme d'affaires de l'année » par une quelconque organisation, il ne savait plus laquelle.

Éric prit le temps d'observer la mine déconfite, les yeux enflés de ceux qui n'ont pas beaucoup dormi.

— Je vous écoute.

— C'est une longue histoire.

Le colosse passa une main sur son visage et poussa un profond soupir avant de se lancer.

— Y a à peu près deux mois… un soir… je revenais du travail. Il était tôt, pour une fois. D'habitude je reviens tard du travail. Je reviens toujours tard. Je travaille beaucoup, vous comprenez ? Je… j'ai trouvé ma femme avec un autre homme dans ma propre maison, dans mon propre lit. Je les ai entendus quand je suis entré. J'ai monté l'escalier. Ils gémissaient. J'ai compris. J'ai sorti mon téléphone, j'ai ouvert la porte. Ils ne m'avaient pas entendu arriver. Je peux vous dire qu'ils ont été surpris ! J'ai pris des photos. Plein de photos. Elle, elle me criait d'arrêter. Lui, il a sauté dans ses pantalons et il s'est sauvé par la fenêtre. Par la fenêtre ! Il s'est retrouvé dans les arbustes. Il a dû se faire mal quand même. En tout cas, il s'est enfui. La voir avec un autre homme… j'ai pas pu supporter ça, vous comprenez ? J'ai mis les photos sur Facebook. J'étais en colère. Aujourd'hui, elle est toujours dans la maison, moi, je vis à l'hôtel. Elle me poursuit. À cause des photos. Elle veut de l'argent, plus la maison et le chalet. Moi, je veux demander le divorce. Voilà. Qu'est-ce que vous pouvez faire ?

Éric ne put s'empêcher de hausser les sourcils, étonné par l'humilité de cet homme qui n'avait pas hésité une seconde à étaler des détails intimes de sa vie que d'autres auraient cherché à cacher ou à maquiller pour ne pas se mettre à nu de la sorte devant un étranger, fût-il leur avocat. Il se dit qu'il aimait bien cet homme, fait d'un seul bloc. Entier. Un chêne. Un chêne en train de casser. À côté de lui, il se sentait comme un roseau.

— Bon, dit-il. Je vois. Qu'est-ce que vous voulez, exactement ?

— Je pensais que vous alliez me le dire, répondit monsieur Thibodeau, qui n'avait pas quitté son avocat des yeux un seul instant.

Éric eut envie de sourire devant cette naïveté plutôt rafraîchissante, mais se retint. Dehors, une ambulance passa, toutes sirènes hurlantes. À travers les vitre, le son leur parvint atténué ; les deux hommes attendirent et le bruit finit par diminuer et s'éteindre. Éric brisa le silence.

— Vous savez quoi, monsieur Thibodeau ?

L'homme secoua la tête doucement.

— Vous et moi, on va aller discuter de tout ça ailleurs, vous voulez bien ?

— Où ?

Éric haussa les épaules en saisissant le veston qu'il avait posé sur le dossier du fauteuil.

— Dehors. N'importe où. Sortons.

— D'accord, répondit simplement monsieur Thibodeau, comme si c'était la chose la plus naturelle qui soit.

Éric sortit d'abord, son client sur ses talons, avec le drôle de sentiment que ce géant le suivrait où qu'il aille. Ils passèrent devant la réceptionniste, revenue à son bureau, qui les regarda sans dire un mot, une lueur d'étonnement dans les yeux, traversèrent le grand hall du building, croisèrent quelques travailleurs pressés de monter à leur étage. Ils se retrouvèrent dans la rue et Éric respira à fond. Il faisait un temps magnifique, une journée ensoleillée, où l'on ne se sentait déjà plus en été, mais pas encore en automne.

— Je sais que j'aurais pas dû prendre les photos, lança tout à coup monsieur Thibodeau, la voix hachée par l'essoufflement, le visage secoué de tremblements. Je le sais, mais j'étais en colère, vous comprenez ? Elle m'a pas seulement trompé, elle m'a menti, aussi. Les photos, ça a été… comment dire ? Un réflexe. Vous comprenez ?

Éric écoutait, se contentant de hocher la tête de temps en temps. Ils prirent vers le sud et arrivèrent au bout de la rue. Il n'y avait plus, devant eux, que le lac. L'homme était intarissable, continuant de raconter sans pudeur, sans retenue, et dans le détail, ce qui s'était passé ce soir-là. Il faisait penser à un barrage dont les vannes viennent de céder.

— En montant les marches de l'escalier, alors que je les entendais derrière la porte de la chambre, je savais qu'elle était avec lui. Ce gars, elle l'avait rencontré au bureau. Il était nouveau. Elle n'arrêtait pas de parler de lui. J'ai soupçonné dès le début qu'il y avait quelque chose.

De temps à autre il s'arrêtait un instant, secouait la tête, reprenait son souffle et continuait.

— Dire qu'elle a fait tout ça dans mon dos! J'ai sorti mon portable et, quand j'ai ouvert la porte et que j'ai vu leurs yeux exorbités, j'ai pris des photos. Tout le temps qu'ils se rhabillaient, je les mitraillais. C'était plus fort que moi, vous comprenez?

Les deux hommes s'assirent sur un banc en bois. Le parc était quasi désert; en semaine, à cette heure du jour, tout le monde était au travail, au centre-ville.

— Qu'est-ce que vous en pensez? Je veux dire… Qu'est-ce que vous pensez de toute l'affaire? demanda monsieur Thibodeau après avoir raconté son histoire.

— Ce que j'en pense? Euh… je pense que vous pouvez gagner, monsieur Thibodeau.

— Vous croyez?

— Votre femme ne va pas partir avec la maison et le chalet. Pour ce qui est de l'autre procès, ça, par contre, je suis moins sûr que vous gagnerez. Elle vous poursuit pour combien?

— Deux millions. Pour atteinte à sa réputation.

— Bon. Ça fait mal. Mais, bon, elle ne gagnera pas sur toute la ligne, alors il va quand même vous rester quelque chose à la fin. Bon.

— Ah. Tant mieux.

— Mais, continua Éric, la question que je me pose, c'est: qu'est-ce que vous allez faire après?

— Après?

— Après, quand vous vous retrouverez dans votre maison, seul, divorcé, vous ferez quoi? C'est quoi, votre plan?

L'homme qui jusque-là le regardait attentivement, se détourna et posa les yeux sur le lac comme s'il cherchait la réponse dans le triangle blanc des voiliers qui filaient sur les vagues.

— Jamais pensé à ça, finit-il par laisser tomber.

Un cycliste passa sur la petite route asphaltée qui serpentait derrière eux. Le bruit des pneus sur le bitume se fit entendre, léger comme le souffle du vent, un son que la plupart des gens n'auraient pas remarqué, mais qui résonna comme un coup de gong dans le cœur d'Éric. Il se retourna et regarda filer le cycliste, aérien, le corps plié sur le cadre de métal, les muscles saillants, la tête levée, les yeux fixés droit devant. En quelques secondes à peine, il parvint au bout de la petite route et alla se perdre dans le dédale des sentiers. Éric baissa les yeux. Ne pas laisser les images l'envahir de nouveau. Il regarda sa montre. Le temps aussi avait filé. Il n'avait aucune envie de retourner au bureau.

— Vous avez faim ? demanda-t-il à son client qui, pour la première fois, esquissa un sourire.

— Toujours, répondit-il. J'ai toujours faim.

Éric sourit, puis chercha du regard un de ces stands dont la ville regorgeait et en repéra un à quelques pas.

— Suivez-moi.

Ils se dirigèrent lentement vers le kiosque et commandèrent des hot-dogs qu'ils relevèrent copieusement de moutarde, et des frites. Ils retournèrent s'asseoir dans le parc, à une table de pique-nique.

— Après, reprit Éric, il y a le reste de votre vie. Vous vous serez déchirés, tous les deux, vous vous serez ruinés, et là, après ? Vous allez en vouloir à l'autre à mort, vous allez être amers, déçus… et bien seuls. C'est vraiment ça que vous voulez ?

Des goélands tournaient autour d'eux, poussant des cris stridents. Monsieur Thibodeau mordit dans le hot-dog avant de répondre, et un peu de moutarde se logea à la commissure de ses lèvres. Il haussa les épaules.

— Dit comme ça… non, c'est sûr que non.

Il baissa les yeux sur les frites, en saisit quatre ou cinq, les enfouit dans sa bouche, après quoi il prit le temps de réfléchir, sourcils froncés.

— Être cocu, c'est pas ça que je voulais non plus, vous savez.

Éric observa son client. Il n'y avait pas de trace de colère sur son visage, il n'y avait que de la tristesse, ça crevait les yeux.

— Je peux bien vous dire d'y aller à fond, de vous battre en cour, mais je vous regarde, là, et je pense que vous allez vous rendre malheureux. Je pense que vous l'aimez encore, se risqua-t-il à dire.

L'homme le considéra une seconde, puis avala sa dernière bouchée. Il s'essuya la bouche et le menton avec la serviette en papier, puis la laissa tomber sur son assiette en carton. Il ramassa ensuite consciencieusement les assiettes, les restes de nourriture, et tout ce qui traînait sur la table, se leva en poussa un grognement, et se rendit à la poubelle où il jeta le tout. Quand il revint à la table, son visage était écarlate. Éric se demanda un instant s'il n'allait pas se mettre à pleurer comme un bébé.

— Je l'ai aimée comme un fou, vous comprenez? Mais… une trahison comme ça, c'est difficile à prendre.

Éric hocha la tête, surpris encore une fois par la franchise désarmante de cet homme. Les images revinrent alors, doucement, comme sur la pointe de pieds. Il ne tenta même pas de les repousser: Nathalie se tenait debout, au milieu de la pièce, les mains sur les hanches. Quand elle se plaçait comme ça, le visage fermé, immobile, c'est qu'elle était en colère. Lui était en train de faire son nœud de cravate devant les portes-miroirs, dans la chambre.

— Je t'ai posé une question avait-elle dit. Est-ce que tu m'aimes encore? C'est simple, pourtant.

Sa voix tremblait un peu, ce qui contrastait avec son allure générale. Éric avait soupiré, impatient.

— Évidemment, Nat, voyons donc ! avait-il répondu.

Elle avait croisé les bras sur sa poitrine, fait quelques pas, comme si elle tournait sur elle-même.

— Évidemment ? Évidemment ? C'est loin d'être évident pour moi.

Lui ne la regardait pas. Il avait encore soupiré, roulé les yeux. Il avait une grosse journée, ce jour-là, et la dernière chose qu'il voulait, c'était ce genre de discussion.

— Écoute, Nat, il faut que je parte. On reprendra ça plus tard, O.K. ?

— C'est toujours pareil avec toi.

De nouveau, les mains sur les hanches. Éric avait fini de nouer sa cravate. Il s'était tourné vers elle, lui avait fait son plus beau sourire.

— Écoute, mon amour, avait-il commencé.

Elle l'avait aussitôt interrompu :

— Arrête ! Arrête tout de suite, Éric Dubois. Je sais ce que tu vas dire, je sais ce que tu vas faire. Tu t'en sortiras pas avec tes mots doux, avec une pirouette.

— Nat…

— Ça règle rien !

— Nat…

— Arrête, avec tes Nat ! Tu travailles tout le temps !

Elle avait haussé le ton.

— Tu fais des heures de fou ! On se voit plus. J'ai l'impression d'être un accessoire dans ta vie.

— Ben voyons donc…, c'est pas ça.

— Ah non ? Alors fais des choix, Éric.

— *Come on,* Nat. Tu me demandes de choisir entre mon travail et toi ? Vraiment ?

Elle avait tourné les talons, lui avait lancé un dernier regard avant de sortir de la pièce.

— Tu sais très bien ce que je veux dire. Fais des choix, Éric.

Les goélands s'étaient déplacés vers une autre table où un groupe de personnes d'un certain âge étaient en train de manger. Éric les observa une seconde. Elles parlaient et gesticulaient. De temps en temps, l'une d'entre elles disait quelque chose qui devait être drôle, puisque toutes les autres éclataient de rire. Des têtes blanches, des gens qui avaient vécu. Quel âge avaient ces personnes ? Il n'aurait su le dire. Elles avaient l'âge d'avoir des souvenirs, l'âge que Nathalie n'aurait jamais, ni Sam, ni Pierre. Il n'avait jamais eu le temps de faire ces choix, finalement. Nathalie était morte moins d'un mois après cette discussion. Il se tourna vers son client.

— Qu'est-ce que vous voulez, au fond ? C'est ça, la question. C'est aussi simple que ça, finalement.

L'homme finit par laisser tomber, après un moment :

— Je sais pas.

— Et si vous lui pardonniez ?

— Ça, non !

La réponse avait jailli, claire, nette, définitive. Éric attendit une seconde, puis reprit.

— Pourquoi pas ? Elle a fait une erreur. Et après ? Et si vous recommenciez, comme si vous aviez une deuxième chance ? Ça arrive pas tous les jours, vous savez, une deuxième chance.

En prononçant ces mots, il sentit immédiatement ses paupières s'alourdir, ses yeux se gonfler. Nathalie... Son visage s'imprimait dans la tête d'Éric : Nathalie qui riait, Nathalie qui pleurait, Nathalie qui criait, qui soupirait, qui réfléchissait, qui admirait, qui suppliait, qui attendait. Différentes poses, différentes expressions. Des yeux aux aguets. Des yeux perçants, attentifs, câlins, ironiques, attendrissants, durs, doux, fermés, ouverts. Les images défilaient à une vitesse folle, se superposaient. Il ferma les yeux. Rester maître de lui. Ne pas laisser les images l'envahir. Monsieur Thibodeau se racla la gorge. Éric sursauta et regarda son client, qui secouait la tête lentement.

— Je sais plus, là. Je sais plus du tout, finit-il par dire, et sa drôle de voix se mêla aux cris des goélands.

Deux cyclistes passèrent à nouveau sur la piste et Éric les observa. Un autre déboucha après un tournant. Ils roulaient à toute vitesse. Comme un voilier lancé dans le vent. Éric se demanda comment il faisait pour vivre sans ça, sans ces sensations : le vent sur sa peau, le bruit du dérailleur, ses muscles tendus, et la route qui se déplie.

Monsieur Thibodeau se leva d'un coup, comme si une cloche avait sonné la fin de la récréation quelque part.

— On y va ?

Éric hocha la tête. Il venait de comprendre pourquoi, au fond, il avait emmené son client ici. C'était pour voir passer les cyclistes. Tout à coup, il sut qu'il essaierait de nouveau. En dépit de ce qui s'était passé la dernière fois, en dépit des images qui reviendraient encore, en dépit de tout, il essaierait.

::

— Il faut que je vous dise tout de suite…, je ne peux pas, avec les enfants, me permettre de travailler trop tard le soir. En tout cas, pas tous les soirs. Vous voyez ?

Laura, enfoncée dans son fauteuil, hocha la tête. Assis devant elle, l'homme décroisa les jambes, s'approcha et appuya les coudes sur le bureau. Il avait les ongles très courts, visiblement rongés, et des mains carrées et épaisses comme en ont ceux qui ont travaillé la terre toute leur vie, pas des mains du rond-de-cuir qu'il avait sans doute toujours été.

— J'aime mieux être franc. Je les ai une semaine sur deux et quand ils sont avec moi, je ne peux pas partir plus tard que cinq heures. Le service de garde de l'école ferme à six, et le temps de me rendre…

— Je comprends, oui, répondit Laura poliment.

À travers les vitres, la lumière du jour entrait timidement, oblique. Laura jeta un rapide coup d'œil aux grandes fenêtres qui laissaient voir la ville. Les nuages s'accumulaient, le temps était lourd. Ça sentait l'orage. Elle étira le bras pour allumer la petite lampe verte qui trônait sur le coin du bureau en acajou et détailla le visage de l'homme assis sur le bout de sa chaise. Début quarantaine, plutôt trapu, ni vraiment beau, ni vraiment laid. N'eussent été ses yeux bleu pervenche, il aurait été quelconque. D'après son C.V., il venait d'un cabinet comptable qu'il avait quitté à cause des horaires trop exigeants. Laura ne lui en avait rien dit, mais la banque était tout aussi exigeante. D'ailleurs, il n'aurait pas l'emploi qu'il convoitait ; Laura l'avait su dès le début de l'entrevue. Il n'avait tout simplement pas le profil, comme on disait dans le service des ressources humaines pour se justifier, quand on avait refusé un poste à quelqu'un sans trop savoir pourquoi.

Il sourit. Le rictus s'effaça de son visage rapidement. Il était nerveux, visiblement, comme la plupart des gens qui entraient dans le bureau de Laura.

— Mon divorce remonte à deux ans, mais, quelquefois, j'ai l'impression que je ne m'y suis pas encore fait, je...

Elle l'interrompit d'un geste de la main.

— Vous n'êtes pas obligé de me raconter votre vie privée.

Il déglutit bruyamment et lui demanda, à brûle-pourpoint :

— Vous avez des enfants ?

La question prit Laura au dépourvu, lui glaça le sang. Elle resta de marbre, alors que les battements de son cœur s'accéléraient. LA question. CETTE question. Après la mort de Thomas, elle avait longtemps redouté qu'on la lui pose, mais à bien y penser, ça n'était pas arrivé souvent. Ni les collègues, ni les amis, ni les voisins ne lui avaient jamais demandé ça. Les amis savaient déjà, et les collègues n'osaient pas. Quant aux voisins, ils ne lui posaient aucune question tout simplement parce qu'elle n'engageait jamais la conversation et qu'eux, habitués à sa froideur et la lui rendant bien, se contentaient, quand ils la croisaient, de la saluer d'un signe de tête sans lui adresser la parole. Elle savait bien que des gens chuchotaient dans son dos, mais à vrai dire, elle s'en foutait. À la banque, quand un nouvel employé arrivait, il se trouvait toujours quelqu'un pour le mettre au parfum, et lui dire, à l'oreille, en baissant le ton : « Tu sais, la directrice des ressources humaines ? Ben, elle a perdu son fils il y a quelques années. » Laura faisait toujours mine de ne pas s'en rendre compte et les laissait dire. Ça créait un tel malaise, que plus personne n'osait aborder la question. Bien sûr, ensuite, leur regard sur elle changeait. Ils la voyaient autrement, posaient sur elle des yeux dans lesquels on pouvait lire la pitié. Laura, depuis le temps, avait appris à reconnaître ces regards et pouvait détecter au premier coup d'œil qui étaient ceux qui savaient et qui étaient ceux qui ne savaient pas.

Elle prit le temps de refermer le dossier posé devant elle.

— Non, répondit-elle simplement.

Mentir faisait disparaître les questions, la pitié, les mots à venir. Ça ne faisait pas disparaître la douleur, par contre. La douleur, elle, restait. Elle s'accrochait. Elle était comme certains souvenirs qui vous collent à la peau. Quand elle avait environ quatre ans, Laura avait failli se noyer dans la piscine familiale. Ce dont elle se souvenait le plus clairement, c'était ce moment où, voyant qu'elle n'arrivait pas à remonter, elle avait abandonné l'idée de s'en sortir et s'était résignée d'une certaine façon, à couler. Elle avait cessé de battre des pieds, cessé de s'agiter, et tout autour d'elle était redevenu calme. L'eau était si claire qu'elle pouvait voir de l'autre côté de la surface le soleil danser dans le ciel bleu. Au bout d'un moment qui lui avait paru une éternité, quelqu'un avait sauté près d'elle, et au milieu d'un tourbillon, des mains qui lui avaient semblé immenses l'avaient cueillie. Depuis la mort de Thomas, il lui arrivait, sans raison, d'avoir l'impression de revivre ce moment, comme si elle coulait à pic, et de se demander s'il ne valait pas mieux s'y résigner.

L'homme — quel était son nom, déjà? — passa une main dans ses cheveux et le geste fit sortir Laura de sa rêverie. Il montra ensuite le dossier du doigt.

— En tout cas, j'espère que ça ne me nuira pas.

Laura ne l'écoutait plus vraiment. Gabriel. Voilà, il s'appelait Gabriel, elle l'avait lu dans son dossier. Tout à coup, elle voulait sortir de ce bureau, aller ailleurs, s'enfuir, partir à la course. Remonter à la surface.

— Vous avez faim? demanda-t-elle, à moitié étonnée elle-même de sa question.

Il sursauta et la regarda, surpris. Il se racla la gorge avant de répondre.

— Euh… oui. Oui, je… je pourrais avoir faim.

Le silence se fit et dura un bon moment.

— Vous… vous êtes pressé? Vous avez vos enfants, peut-être? lança Laura.

— Non, non, je… je n'ai pas les enfants.

Il écarta les bras, sourit de nouveau.

— On peut y aller quand vous voulez, ajouta-t-il.

En guise de réponse elle ramassa les dossiers qui reposaient sur son bureau, et après les avoir replacés en une pile bien droite, prit son sac, se leva, et se dirigea vers la porte.

— Vous êtes en auto?

— Oui, dit-il, la suivant comme son ombre.

— O.K., alors allons chez moi.

Il ne répondit rien. Ils sortirent.

::

Il releva la tête, se demanda tout à coup ce qui avait changé dans la pièce. Puis il comprit que c'était la lumière qui avait baissé au point où elle avait presque disparu. Dans le bureau, il faisait maintenant si noir qu'on aurait dit une fin d'après-midi de novembre quand, vers seize heures, il ne reste déjà plus rien de la journée. De toute façon, se dit-il, il était temps de partir.

Il se rendit compte qu'il n'avait pas bougé depuis des heures. Ils étaient revenus, son client et lui, sans dire un mot, se laissant dans la rue Yonge, grouillante de monde. Éric l'avait regardé se fondre dans la foule, lui qui faisait une tête de plus que tout le monde, et finir par disparaître. Il était rentré au bureau sans se hâter, s'était concentré sur ses dossiers et n'avait pas arrêté de travailler. Il passa une main sur sa nuque, grimaça, s'étira, puis se leva. Au moment d'attraper son veston, il réalisa qu'il avait évité la crise, qu'elle n'était jamais venue. Les images s'étaient bousculées, c'est vrai, et il avait senti sa gorge se serrer, ses yeux s'embuer, mais il avait réussi à la dominer.

::

Joe sourit, satisfait. En apercevant de loin la bête au sol, immobile sur le tas de feuilles, il sut tout de suite qu'elle était morte. Ça avait marché, finalement, ses pièges. Il avait trouvé du fil de fer dans la cabane, alors il s'était dit — pourquoi pas? — qu'il fabriquerait des collets, comme son père le lui avait appris, il y avait si longtemps. Il s'était assis sur le quai, un matin, et, patiemment, sans lever les yeux sur le lac, en se concentrant, il en avait fabriqué un d'abord, puis l'avait posé à côté de lui sur une des planches de bois du quai, dont, franchement, on n'arrivait plus à dire de quelle couleur elles étaient, tant elles avaient vu de saisons, de gels et de dégels, puis il en avait fabriqué un autre, et un autre encore. Finalement, en une matinée, il avait confectionné une dizaine de collets. Il les avait ensuite installés dans la forêt, les camouflant parmi les feuilles.

C'était le quatrième qu'il relevait depuis le début de la journée, mais le premier qui portait ses fruits. Il s'approcha, s'agenouilla, tira d'abord sur le fil de fer et attrapa les pattes de derrière du lapin, déjà froid. Il avait dû se faire piéger au cours de la nuit. Joe ôta le collet et admira la bête un instant, fier de sa prise. Il eut une pensée pour Nanny, tout à coup. Quand il rapportait des lapins à la maison, elle grognait toujours de plaisir.

— Pose-le là, disait-elle invariablement en désignant du menton la table de la cuisine recouverte d'une nappe fleurie.

Il posait alors la bête et, sans dire un mot, regardait Nanny dépiauter le lapin, et lui couper la tête pour ensuite le faire cuire ; des gestes précis, mille fois répétés. Après, Nanny lavait la fourrure et la faisait sécher, et elle confectionnait des mitaines avec les peaux.

Joe se releva et se mit en route sans se presser, heureux à l'idée de manger du lapin. Ça serait tout un repas ! Un frisson lui parcourut l'échine. Il remonta d'un geste brusque le col de son chandail de laine. Le temps changeait, décidément. Normal, on était déjà, quoi ? La fin d'août, ou quelque chose comme ça. Les grandes chaleurs étaient terminées, l'été était dans son déclin. Joe ne comptait plus le nombre de fois où il avait voulu partir puis avait décidé de rester encore un peu. Maintenant il regrettait, parce qu'il risquait de se faire prendre par le froid. En septembre, déjà, les nuits sont fraîches, et Dieu seul savait s'il aurait à dormir dehors au cours de son voyage vers le sud. Il faudrait partir bientôt, ça ne faisait aucun doute. À cette pensée, Joe sentait chaque fois son estomac se tordre : partir vers l'inconnu, sans savoir comment se passerait le voyage, changer de vie, recommencer, quitter tout ce qu'il venait d'apprivoiser lui semblait insurmontable. Puis, il repensait au village, et son estomac se tordait davantage. La dernière image, celle qu'il emportait où qu'il aille, qu'il le veuille ou non, c'était celle du jeune Georges. Georges Cheecho. Il l'avait tabassé un jour au point de le défigurer et il ne s'en souvenait même plus. Il s'était réveillé après une nuit de beuverie et il avait vu Georges Cheecho couché sur le sol dans la maison. Dégrisant instantanément, Joe avait pensé, sur le moment, qu'il était mort. Il était sorti en hurlant, et tout le monde avait accouru. L'ambulance avait mis une trentaine de minutes à arriver.

— Joe, fais-toi oublier.

C'est ce que lui avait dit le chef de bande plus tard ce jour-là. Les nouvelles de l'hôpital étaient plus ou moins bonnes : le jeune s'en tirerait, mais il avait des fractures au visage qui laisseraient des traces, et une commotion cérébrale. La mère siégeait au conseil de bande et elle était furieuse.

Joe avait hoché la tête.

— Je vais y penser.

— Tu comprends pas, Joe. On veut pas que tu y penses, on veut que tu prennes tes affaires et que tu t'en ailles pour un bout de temps. Un bon bout de temps. Sinon, c'est la prison qui t'attend.

Joe avait retrouvé le bout de papier sur lequel il y avait l'adresse et le numéro de téléphone de Jim. C'est à peu près tout ce qu'il avait emporté, et il était parti.

Il accéléra le pas et essaya de ne plus penser à tout ça. Ça lui semblait être la meilleure chose à faire ; la seule. Il n'avait presque rien mangé de la journée. Il avait faim.

::

Éric jeta un coup d'œil à la fenêtre en endossant son veston. De grosses gouttes s'écrasaient sur la vitre. Ça lui rappela toutes les fois où il s'était fait surprendre par la pluie, en pleine campagne, seul sur son vélo. Il sourit, amusé, nostalgique, et se dirigea vers la porte qu'il ouvrit sans un regard vers son éternel porte-documents : il ne l'apporterait pas à la maison, pour une fois. Tant pis pour les dossiers en retard.

::

Une assiette à la main, Joe Wapachi sortit de la cabane. Il avait allumé un feu juste devant la maison et les flammes étaient maintenant assez hautes pour venir lécher le lapin, empalé sur une tige de fer. Il sortit. Ça embaumait la viande qui cuit. Des fois quand il était petit, son père faisait braiser de gros morceaux d'orignal dans la forêt et Joe regardait danser les flammes sur lesquelles tombait la graisse de l'animal. On entendait les loups rôder, dans ces moments-là. Joe jeta un coup d'œil autour. L'ours qui était venu fouiller dans la poubelle n'était pas revenu dans les parages ; il était probablement bien loin maintenant.

Un morceau de bois craqua sous la chaleur du feu. Joe piqua la viande avec sa fourchette et passa au travers de la peau sans problème. La viande se détachait facilement, c'était prêt. Joe, s'aidant des manches de son manteau d'automne pour se protéger les mains, tira la tige de métal vers lui, et fit tomber le lapin en entier dans son assiette. Il le coupa en deux, puis recula un peu pour aller s'appuyer au mur de la cabane. Assis, comme ça, face au lac vers lequel le soleil plongeait maintenant, son assiette sur ses genoux, il commença à manger. La viande était si tendre qu'elle fondait dans la bouche. C'était délicieux, presque aussi bon que l'orignal qu'on a tué la veille et qu'on a fait cuire toute la journée.

Sans même s'en rendre compte, il mangea la première moitié du lapin. Il hésita une seconde, puis s'attaqua au reste et mangea finalement la bête en entier, avalant les dernières bouchées en se forçant un peu et en rotant bruyamment dans le silence de la forêt.

::

— C'est bien, mes enfants sont chez ma sœur pour la nuit. Pas besoin de se lever trop tôt, demain matin.

Laura se demanda une seconde si elle avait bien entendu ou si elle rêvait. Elle tourna la tête vers Gabriel, toujours allongé près d'elle.

— Tu dors de quel côté du lit ? ajouta-t-il.

— Pardon ?

— La nuit…, tu dors de quel côté ?

Elle le regarda attentivement. Il avait les cheveux en bataille, les yeux fatigués et maintenant il arborait ce sourire béat que Laura aurait voulu voir s'effacer. Comment lui expliquer que le temps n'était pas au contentement ? Qu'il ne le serait jamais. Ni à la tendresse d'ailleurs, ni aux confidences sur l'oreiller, ni à rien qui pouvait ressembler à un rapprochement, et encore moins aux questions.

Le sexe avait été pas mal, quoique l'homme fût trop bavard. Et voilà qu'il voulait rester pour la nuit ? Pas question.

— Tu sais, prends pas ça mal, mais j'aime mieux dormir seule.

Il la regarda à son tour, un peu étonné.

— J'avais pensé que…

— En fait, j'aimerais mieux que tu partes, s'il te plaît.

Les yeux de Gabriel s'arrondirent. Il jeta un coup d'œil à sa montre qu'il avait posée sur la table de chevet. Il était une heure pile.

— Tu… tu veux quand même pas que je parte, là, comme ça, en pleine nuit ?

Laura poussa un soupir. Elle se leva, attrapa le peignoir qu'elle avait déposé sur le fauteuil près du lit et se tourna vers lui. C'était sans appel.

— Écoute, euh… oui. Je préfère.

— Pourquoi ?

— Je… on a couché ensemble, c'était très bien, mais ça s'arrête là. Maintenant, j'apprécierais que tu partes.

Elle vit les mâchoires de Gabriel se crisper. Il se leva après avoir repoussé les draps rageusement. Il enfila ses vêtements sans dire un mot. Laura attendait, debout, redoutant un esclandre. Elle n'était pas d'humeur à endurer une scène. Il se rassit sur le lit pour attacher ses chaussures et lui demanda, amer, sans la regarder :

— Tu utilises souvent les gens, comme ça?

Elle sentit ses joues s'empourprer et riposta du tac au tac:

— J'utilise personne. Tu y as trouvé ton compte aussi, non?

Il se leva et se dirigea enfin vers l'escalier. Laura le suivit. Ils descendirent. Elle ne voulait qu'une chose: qu'il parte au plus vite. Tout à coup, elle ne supportait plus l'odeur de son eau de toilette à trois sous ni la vue de son costume élimé. Tout à coup, sous la lumière du vestibule, devant la porte d'entrée, elle trouvait son allure négligée.

Au lieu de tourner la poignée et de sortir comme il aurait dû le faire, il se tourna vers elle, le visage dur, fermé. Il n'était pas très beau, finalement.

— J'imagine que j'ai pas passé le test et que j'ai pas la *job*, c'est ça?

Laura était soufflée.

— Va-t'en.

— Est-ce que tu couches avec tous les candidats? Hein, c'est ça?

Son ton devenait carrément menaçant. Laura sentit un frisson parcourir sa colonne vertébrale, comme un avertissement. Il continua:

— C'est comme un palmarès, finalement… c'est ça?

Elle eut, à ce moment-là, une drôle de sensation dans l'estomac. Elle comprit que c'était de la peur. Elle remarqua que son pouls s'accélérait. Se maîtriser. Ne pas laisser la peur l'envahir. Elle essaya d'analyser l'expression de l'homme qui était devant elle: il avait les sourcils froncés, les yeux plissés qui lui faisaient un regard froid, la bouche tordue dans une grimace qui exprimait à la fois le mépris et la colère.

— Vous êtes toutes pareilles, câlisse!

Elle aurait voulu ne rien dire, elle aurait dû ne rien dire, mais elle ne put s'empêcher de répliquer:

— Bonne chance pour trouver une job, espèce de con.

Ensuite, tout se passa très vite. Laura eut à peine le temps de se dire qu'il n'y avait pas assez de distance entre elle et lui et qu'il était beaucoup trop proche qu'elle vit arriver sur elle deux paumes ouvertes qui la poussèrent violemment contre un mur. Les mains remontèrent rapidement jusqu'à son cou et se refermèrent avec une puissance étonnante. Puis il serra. Et serra encore. Il était en train d'essayer de l'étouffer.

Elle s'accrocha à ces mains, et tira de toutes ses forces pour s'en dégager. L'air se faisait rare. Elle n'essaya même pas de crier; elle savait qu'aucun son ne sortirait de sa gorge. Il continuait à serrer, les yeux exorbités, le visage déformé par la colère. Laura ne savait pas s'il se rendait même compte de ce qu'il était en train de faire. Elle comprit après quelques secondes qu'elle n'arriverait pas à se défaire de cet étau. Elle avait l'impression que sa tête allait exploser. Est-ce qu'elle allait mourir? Est-ce qu'il réussirait à la tuer, là, chez elle? Ce qu'elle ressentit à ce moment fut un indescriptible mélange de panique et de résignation.

Que se passerait-il s'il continuait à serrer? Ce serait une libération, au fond: fini le passé qui refaisait surface à tout moment, finie la douleur qui se loge sous le sternum, finis les souvenirs. Non. Non, elle ne pouvait pas mourir. Pas maintenant. Dans un geste désespéré, elle leva le genou et donna un coup de toutes ses forces pile entre les jambes de cet homme qui tentait de l'étrangler. Il lâcha prise instantanément et grogna de douleur. Elle se dégagea et fit un pas vers la porte. Sortir. Courir dans la rue. Crier. Des gens se réveilleraient. Des lumières s'allumeraient. Ça le ferait fuir.

Gabriel ne lui en laissa pas la chance. Remis du choc, il se rua sur elle de nouveau pour la pousser de toutes ses forces au bout de ses bras. Elle eut l'impression de flotter dans les airs un instant et finit par retomber par terre, sa tête heurtant douloureusement le plancher. Un cri s'échappa d'elle, après quoi elle eut le souffle coupé, l'impression de ne plus pouvoir respirer, de ne plus pouvoir parler. Elle mit quelques secondes à comprendre ce qui venait de se passer et ne retrouva le souffle qu'au moment où la douleur commença à monter en elle, fulgurante. C'était comme si sa tête allait éclater, mais au-delà de la douleur, et plus forte qu'elle, cependant, il y avait la panique, la peur que l'homme ne revienne vers elle, qu'il ne la frappe de nouveau. Elle n'arrivait pas à voir où il était, comme si tout était noir devant elle. Elle avait trop mal pour bouger. C'est alors qu'elle entendit la porte claquer, puis une auto démarrer en trombe. Elle ferma les yeux. Il était parti. Il n'y avait plus de danger.

Elle resta au sol de longues minutes, essayant d'évaluer son état. Ensuite, elle se leva avec peine, en se tenant à la rampe de l'escalier. Son premier réflexe fut d'aller fermer la porte à clé, ce qu'elle fit, les mains tremblantes. Puis, péniblement, elle monta à l'étage. Tout son corps était secoué de tremblements. Son dos était raide et douloureux, mais il lui semblait qu'elle n'avait rien de cassé. Monter les marches était difficile. Devant le miroir de la salle de bain, l'image qui s'offrait à elle ressemblait à celles qu'on voit, tirées des archives de police, où des suspects posent de face et de profil, le visage défait, l'air hagard, laids sous la lumière crue et impitoyable des flashs. Lentement, elle se fit couler un bain. Se laver. Oublier. Panser ses plaies. Tourner la page. Il faudrait penser à changer les draps.

5

Son cœur battait de plus en plus vite. Sous son sternum, dans sa gorge, à ses tempes, il pouvait sentir partout le même crescendo. Il inspira, et expira bruyamment, recommença, se forçant à garder son calme, puis il tendit les bras, et décrocha Rita. Elle se souleva, légère. Il ne prit pas la peine de la poser par terre ni de fermer les portes de la remise : il l'emporta dans le corridor comme il aurait porté dans ses bras sa jeune épouse, le soir des noces. Il franchit la porte extérieure les genoux tremblants et eut l'impression de retenir son souffle jusqu'à ce qu'il arrive enfin dehors. Là, il poussa un soupir. « Bon, se dit-il, on fait un autre essai. »

Il attacha son casque, enfila les vieux gants retrouvés au fond d'un tiroir et mit le pied à l'étrier, comme il l'avait fait des milliers de fois dans sa vie, en se demandant à quel moment les images reviendraient, et s'il arriverait à les repousser. Il regarda droit devant, la rue qui se perdait dans la vallée. « Est-ce que tu vas réussir à te rendre au moins un peu plus loin que la dernière fois ? Et ensuite ? Où est-ce que tout ça va te mener ? » Il haussa les épaules. Il n'avait pas de réponse à ses propres questions, aucune réponse. Tout ce qu'il savait c'était qu'à ce moment précis il avait envie d'entendre le doux chuintement des roues sur la chaussée, celui du pédalier bien huilé qui accélère dans les descentes. Il avait envie de se rendre au bas de la côte et d'en revenir, juste pour le plaisir de le faire, juste pour pouvoir se dire qu'il en était encore capable. Pour le reste, on verrait plus tard.

Voilà, il était prêt. C'était le moment. Évidemment, quelques images surgirent : des cyclistes en file indienne qui montent une côte, lui qui reste au bas, qui les perd de vue. Un klaxon. Des cris. Il serra le guidon un peu plus fort, question de se donner de l'assurance. Le mieux, c'était de se mettre à rouler sans attendre, en espérant que les images disparaîtraient. Il s'assit sur la selle, se pencha sur le cadre en acier, et donna un violent coup de pédale. Rita s'élança, à la fois obéissante et fougueuse. Il se demanda un instant si le cadavre du raton laveur était toujours là, sur la chaussée.

Tout de suite, il sentit le vent caresser son visage. C'était frais et doux, ça ne ressemblait plus à l'été. Éric descendit la côte Pottery, roulant sur la partie de la route réservée aux cyclistes. Derrière lui, des autos ralentirent, puis finirent par passer à sa gauche. Il franchit le petit pont, et remarqua que le cadavre avait été enlevé : tant mieux. En bas de la côte, au bout de son élan, il se remit à pédaler, prit un tournant, passa devant le petit stationnement en gravier où il s'était arrêté il y avait peu de temps, en pleine crise. Deux ou trois autos étaient stationnées. Il vit, du coin de l'œil, un couple de cyclistes poser leur engin sur le support à vélos, sur le toit de leur auto ; ils avaient terminé leur journée. Il passa le stationnement, arriva au bas de la côte Bayview et réalisa qu'il s'était rendu plus loin que la dernière fois. Les images se tenaient tranquilles. Son cœur battait à un rythme normal. Il prit le tournant et commença à monter la longue côte. Il savait qu'il en baverait, mais il voulait arriver tout en haut. Deux kilomètres qu'elle faisait, cette montée. Il le savait, parce qu'il ne comptait plus le nombre de fois où il y avait poussé une pointe, autrefois, le soir, avant de rentrer.

Penché au-dessus de son guidon, Éric pédalait du mieux qu'il le pouvait. C'était dur. Il n'avait plus la forme, évidemment, depuis le temps. Il n'était même pas au quart de la montée que ses cuisses brûlaient déjà comme si elles étaient en feu. Ne pas arrêter. Continuer. Rita vacillait à chaque coup de pédale, et se redressait ensuite. Des gouttes de sueur lui descendaient dans les yeux ; il lâchait une poignée de temps en temps, une demi-seconde, pour essuyer son visage avec le dos de sa main dans un geste furtif. Arrivé à la moitié de la côte, il croisa deux jeunes d'une vingtaine d'années sur des vélos, qui le regardèrent, sourire aux lèvres. Éric savait très bien ce qu'ils se disaient : « T'as vu le gars, avec son équipement super sophistiqué, pas capable de monter une petite côte de rien ? » Il s'en foutait. « Qu'ils pensent ce qu'ils veulent, t'arrête pas à ça. Tu vas l'avoir, tu vas y arriver, en haut. »

Il avait mal. Ses cuisses, ses mollets, son dos, sa nuque : tout son corps lui criait qu'il avait mal. Ça faisait bizarre de renouer avec cette douleur, comme si ses muscles se souvenaient. Il avait l'impression d'aller puiser tout ce qu'ils contenaient d'énergie. Aux trois quarts de la montée, il soufflait comme un phoque. Chaque coup de pédale était une torture. Rita était presque stationnaire. Malgré tout, Éric continua, décidé, entêté. Il eut une pensée tout à coup pour la coureuse qu'il avait vue, ce fameux soir de juillet où il s'était encore une fois retrouvé sur le toit, et son admiration pour sa persévérance était, en ce moment, encore plus grande. Il se demanda ce qu'elle écoutait dans son baladeur et si cette musique rythmait ses pas, la poussait à continuer. Peut-être la reverrait-il, un jour, dans la vallée, s'il continuait à rouler.

Il releva la tête et aperçut le haut de la côte. Enfin. Il sut à ce moment-là qu'il y arriverait, qu'il s'y rendrait, ce qui lui donna l'énergie nécessaire pour faire les efforts qui le rapprocheraient du sommet. Quand il arriva en haut, il se laissa glisser du siège, étendit les jambes en exhalant un grognement de douleur et, d'un geste du pied, fit descendre la béquille sur laquelle Rita se posa, fine silhouette, comme une ballerine atterrit sur le sol après une série d'arabesques. Il était hors d'haleine. Il fit quelques pas, les mains sur les hanches, tentant de se tenir droit, pour retrouver son souffle et laisser l'acide lactique circuler dans ses muscles. Ce faisant, il aperçut la ville. La vue était magnifique, comme une récompense. Il se trouvait à l'une des entrées du parc. Il s'assit sur un des blocs de béton qui longeaient le sentier à cet endroit, et déboucha la bouteille d'eau qu'il avait emportée. Il avala une gorgée. Sa gorge était en feu. Il avait réussi. Trois ans qu'il n'avait pas fait un truc comme ça. Trois ans. Il avait envie à la fois de rire et de pleurer comme un bébé.

::

— *Shit*, laissa tomber Laura.

Le sac-poubelle qu'elle transportait venait de s'éventrer, répandant son contenu sur la petite allée de gravier qui menait à la rue : des mauvaises herbes jaunies, que Laura avait arrachées à la terre. Lyne et elle s'évertuaient, depuis le matin, à nettoyer le jardin. Elles avaient déjà rempli plusieurs sacs qu'elles entassaient devant la maison en attendant le passage du camion à ordures, qui les ramasserait.

— Attends, j'arrive !

Laura vit Lyne accourir du fond du jardin.

— Tiens ça, dit-elle, en tendant à Laura un sac qu'elle venait de faire claquer devant elle dans un geste brusque, et qui s'était ouvert, béant.

Laura s'accroupit pour commencer à ramasser les mauvaises herbes. De la terre tombait sur l'allée chaque fois qu'elle lançait une branche dans le sac.

— Oh *boy*, on n'a pas fini ! gémit-elle, découragée.

C'était un beau week-end. Elles avaient pensé que c'était le moment parfait pour faire le grand ménage de la maison ; une tradition. Chaque année, toujours à cette période, les deux amies entreprenaient de tout nettoyer, de laver de fond en comble à l'extérieur comme à l'intérieur, dans tous les recoins de la maison. Faire place nette. Faire le vide. Laura avait fini par avoir besoin de ça, c'était comme une bouffée d'air frais après la chaleur de l'été.

— Vooooilà, dit Lyne, triomphante, en faisant entrer tant bien que mal la dernière branche dans le sac.

Elle se redressa et sourit.

— Comme si de rien n'était !

Laura regarda l'allée maintenant recouverte de terre. Elle avait si chaud sous son chandail de laine à col roulé que la peau lui démangeait. On aurait dit que des milliers de fourmis parcouraient son corps.

— Tu vas mourir de chaleur, avec ça ! avait commenté Lyne en arrivant. T'as pas autre chose ?

Laura avait haussé les épaules. À vrai dire, c'était le seul chandail qui cachait les bleus laissés par Gabriel. Lyne lui tournait le dos, elle en profita pour passer la main sous le col de laine et gratter la peau moite. Ça démangeait affreusement, rien n'arrivait à la calmer. Elle tira sur le tricot, comme si elle avait voulu l'arracher. Puis elle s'arrêta net. Elle venait de se rendre compte que Lyne s'était retournée et la fixait du regard, l'air grave, le gros sac orange posé à ses pieds.

— Montre voir, dit-elle d'un ton qui ne tolérait pas d'opposition.

Laura baissa la tête. Lyne s'approcha.

— Ton cou. Montre.

À contrecœur, Laura tira sur son col roulé, dévoilant son cou qui portait encore la marque bien visible des doigts de Gabriel.

— Voilà. Contente ?

Elle vit les yeux de Lyne s'écarquiller, sa bouche s'entrouvrir, mais le pire, ce fut de voir un voile de tristesse passer dans le regard de son amie.

— C'est rien, dit-elle d'une voix à peine audible.

— Laura…

Laura tourna les talons et se dirigea vers le jardin. Elle pouvait entendre les pas de Lyne sur le gravier et sentir le regard de son amie dardé sur elle. Elle continua à marcher. Elle sentait ses épaules voûtées. Elle se trouvait lente, son corps empêtré, ralenti comme si elle avait porté des vêtements trop lourds, trop amples. Une main la tira vers l'arrière.

— Arrête, Laura.

Elle pivota et regarda Lyne, qui était livide.

— Peux-tu me dire ce que c'est ça, pour l'amour du ciel?

— Un gars que j'ai ramené l'autre soir. Je sais pas ce qui s'est passé. Je lui ai dit de s'en aller, il a… explosé. Il s'est jeté sur moi. Voilà.

Lyne écoutait, la main devant la bouche, les yeux fixés sur Laura.

— Un gars? Quel gars?

— Je sais pas. Je l'ai rencontré au bureau. Je le connais pas. Ça se voit presque plus, *anyway*.

— Laura, franchement… on voit encore la forme de ses mains! As-tu appelé la police?

Laura secoua la tête.

— Non, laissa-t-elle simplement tomber.

Forcée pour la première fois de raconter ce qui s'était passé, elle avait l'impression de prendre conscience de ce qui lui était arrivé. Les mots rendaient les choses réelles. Les questions aussi.

— J'ai pas… en fait, j'y ai même pas pensé, si tu veux que je sois complètement honnête, ajouta-t-elle.

Lyne poussa un long soupir.

— Tu te rends compte que tu as été agressée, Laura? On peut pas laisser passer ça. Est-ce que t'as pensé à ce qui arriverait si ce gars-là revenait? S'il revenait ici, chez toi? Est-ce que tu te rends compte?

Laura se dirigea vers la maison, remarquant au passage la terre retournée, les fleurs fanées. L'été était bel et bien terminé. Elle entendit la voix de Lyne derrière elle:

— Laura…

Laura l'interrompit :

— C'est pas si grave que ça, Lyne.

— Laura, arrête de prendre ça à la légère ! C'est grave !

Lyne se rapprocha, mit la main sur le bras de Laura et la força à se tourner vers elle.

— C'est pas pour te juger… franchement, avec qui tu couches, je m'en fous, mais… je ne veux pas qu'il t'arrive quelque chose, tu comprends ? Tu sais jamais sur qui tu tombes, Laura, ça peut être dangereux. C'est ça qui me fait peur.

— Je vais chercher d'autres sacs, dit Laura pour toute réponse.

Elle entra dans la maison où, par les fenêtres ouvertes, circulait un courant d'air frais, s'arrêta dans la cuisine, fit couler l'eau du robinet, s'aspergea le visage d'eau froide, s'assit sur une chaise et réalisa qu'elle était en colère. Elle ne savait pas trop si elle en voulait à Lyne de se mêler de ce qui ne la regardait pas, ou si elle s'en voulait à elle de s'être laissée piéger par Gabriel, un malade finalement, un violent. Elle releva ses manches encore une fois, regarda ses bras meurtris, puis baissa les yeux vers le grille-pain sur le comptoir. La surface brillante, impeccablement propre, lui renvoyait l'image peu flatteuse d'une femme au visage écarlate qui n'arrivait plus à cacher les marques sur son cou, parce que son col roulé s'était déplacé.

Il y avait des jours que ses muscles étaient douloureux, des jours qu'elle n'arrivait plus à courir. Chaque matin en se levant elle regardait les marques, secouant la tête devant le miroir. Elle ne pouvait plus entrer chez elle sans jeter auparavant un coup d'œil à la ronde, au cas où Gabriel soit caché quelque part, qu'il surgisse dans le noir pour l'agresser de nouveau. Dans la maison, le moindre craquement la faisait sursauter et elle ne répondait plus au téléphone si l'afficheur ne lui indiquait pas un numéro connu. Non, elle n'avait pas appelé la police, non elle n'avait pas consulté et elle n'en avait pas parlé, même pas à Lyne, elle avait simplement tenté d'oublier, de tourner la page, de faire comme si rien ne s'était passé, de faire comme si la rage de Gabriel, son incompréhensible violence n'avait jamais existé, mais elle n'y arrivait pas.

— Écoute…

Laura sursauta. Elle n'avait pas entendu Lyne entrer.

— C'est peut-être devenu trop dangereux, Laura.

Laura ne répondit pas. Lyne continua.

— Je comprends, tu sais… je comprends ton mode de vie. Pas d'attachement…, des hommes qu'on jette au fur et à mesure, je comprends tout ça, mais peut-être que ça peut plus continuer…

Laura ricana.

— Pourquoi? Parce qu'il arrivé… combien de problèmes, déjà? Ah oui: un. Un seul. Une fois. Parce que j'ai rencontré un malade, un soir. C'est la première fois que ça arrive.

— Non, ajouta Lyne d'une voix douce. Non… parce que peut-être qu'il est temps de passer à autre chose, Laura, de, je sais pas, moi… de rencontrer quelqu'un. Pourquoi pas?

Pourquoi voulait-elle absolument qu'elle se lance dans une histoire dont elle n'avait pas envie? Aimer de nouveau, se raconter à un inconnu. Se raconter! Rien que d'y penser, ça lui retournait l'estomac. Dire les choses, les rendre vraies et définitives, les faire sortir de soi, les expulser comme on donne la vie. Elle ne pouvait tout simplement pas, c'était trop lui demander.

Elle avait vécu tout ça avec Michel. Michel… Le jour même où elle l'avait rencontré, ça avait été le coup de foudre. Ensuite, ils ne s'étaient plus jamais quittés. Laura avait eu le sentiment d'aimer de tout son être pendant plusieurs années, au point de croire, à l'époque, que si jamais elle devait perdre cet amour, ce serait la chose la plus difficile au monde, la chose dont elle ne se remettrait jamais, la plus profonde blessure de sa vie. Elle se trompait. La plus grande blessure de sa vie avait été la mort de Thomas. Plus rien ne pouvait faire aussi mal. Plus rien jamais ne pourrait faire aussi mal.

— Je ne peux plus respirer le même air que toi, tu comprends ?

Laura se souvenait de ces mots lancés au visage de Michel, un beau soir, des mois après l'enterrement. Cela semblait si loin, maintenant.

— Qu'est-ce que tu me dis, Laura, là ? Qu'est-ce que tu es en train de me dire ?

— Je m'en vais, Michel. C'est ça que je suis en train de te dire.

Michel, à ce moment, l'avait regardée, de la tristesse dans les yeux. Il s'était avancé vers elle, l'avait prise dans ses bras. Elle s'était débattue, s'était éloignée. Elle ne voulait pas de son étreinte.

— Laura, je sais que c'est dur, je sais que tu souffres, mais...

— Michel, je suis tout simplement plus capable de rester ici. C'est ça qu'il faut que tu comprennes.

Il avait tendu les mains vers elle. Un geste dérisoire.

— Partir ne changera rien. La douleur sera toujours là. Où que tu ailles. Elle te suivra, Laura. Y a que le temps qui va t'aider...

Laura s'était mise à pleurer. La voix de Michel s'était étranglée. Il avait enfoui son visage dans ses mains. Elle s'était laissé tomber sur le lit défait. Des sanglots s'étaient échappés d'elle, de sa gorge, de sa bouche, de tout son corps. Ils n'avaient plus rien dit.

Laura ne pouvait tout simplement plus voir le visage de Michel, parce que Michel lui rappelait trop son fils. Thomas avait les yeux de Michel. Il avait ses mains, sa démarche, sa voix.

Elle sentit les bras de Lyne autour d'elle.

— Grands dieux, Laura !...

Quand le passé débordait et la rattrapait, quand la peine était trop grande, Lyne le savait. Elle le savait instinctivement. Ça avait toujours été comme ça. Laura se laissa bercer un instant sans rien dire. Il faisait bon sentir le parfum de Lyne. C'était concret, terriblement réel. S'accrocher au réel. S'accrocher au présent. Michel avait tort ; le temps ne faisait rien oublier.

— T'en as pas marre, des fois, de cette vie-là ? demanda Lyne, desserrant son étreinte.

Laura laissa échapper un petit rire nerveux.

— Cette vie-là… Quelle vie, Lyne ? Quelle vie ?

Lyne baissa la tête.

— Je sais, Laura, je sais.

— Mais bon. Je vais y penser pour te faire plaisir, mais je te promets rien, je te le dis tout de suite.

Elles restèrent silencieuses un instant.

— Bon, dit Laura, après un moment. Il faut continuer si on veut finir.

Et la perspective de l'action fit sortir Laura de sa torpeur. Continuer. Terminer ce qu'on a commencé. Pour rien, parce qu'il le faut, parce qu'on a entrepris quelque chose. Avancer. Parce que la vie ne se fait pas autrement.

::

Le soleil s'était couché. Depuis qu'il était arrivé en haut de la côte, Éric n'avait pas bougé. Toujours assis sur le bloc de béton, il n'avait simplement pas eu le courage de se remettre sur ses pieds et, de toute façon, ses cuisses lui faisaient tellement mal qu'il ne savait pas si elles arriveraient même à le porter. Il y avait bien une bonne heure qu'il était assis là, à regarder la ville. Il n'avait pas vu le temps passer. Les journées raccourcissaient et ça commençait à paraître. Août achevait. Septembre s'en venait. Septembre… déjà. Éric croisa les bras sur sa poitrine. Septembre… Il ressentait toujours cette même angoisse quand septembre arrivait, apportant son lot de souvenirs, et surtout cette date… la date anniversaire : le dix-sept. Un chiffre gravé dans sa mémoire. Dans sa peau. Sous sa peau. Dans ses os. Dans la mémoire de son corps.

Il faudrait bien qu'il aille voir ses parents. Ce serait difficile, comme toujours. Leur peine lui ferait mal, autant que sa propre impuissance. Il n'y avait rien qu'il puisse faire pour alléger leur chagrin, puis il savait qu'ils s'inquiéteraient pour lui.

— T'es sûr que tu vas bien? Tu devrais nous donner des nouvelles plus souvent. On s'inquiète, tu sais.

C'est ce qu'ils diraient. C'est ce qu'ils disaient chaque fois. Il devrait se montrer fort, donner le change, faire croire que tout allait bien.

La ville s'était illuminée. Les édifices projetaient leurs lumières blanches, la tour jetait des feux rouges. Les autos passaient régulièrement, plus loin, dans la rue. Éric les entendait à peine. Il savait très bien comment cette journée allait se passer, puisque c'était chaque fois la même chose. Ils dîneraient dans la grande salle à manger, comme toujours. Sa mère aurait cueilli des fleurs d'automne le matin même dans le jardin, puis elle les aurait mises dans un vase qu'elle aurait posé sur la table.

— Magnifiques, vos fleurs, encore cette année, madame Dubois.

Jennifer s'extasierait, comme toujours. Elle aurait emmené les enfants. Éric se sentirait coupable, encore une fois, de ne pas aller les voir plus souvent. Il promettrait, encore. Ses parents, qui le connaissaient mieux que quiconque, sauraient tout de suite qu'il ne remplirait pas ses promesses. Il sentirait alors sur lui leurs regards chargés de reproches.

Puis sa mère pleurerait, c'était inévitable, et son père se réfugierait dans le silence. Combien de temps avant que les plaies ne se referment? Elles ne se refermeraient sans doute jamais. Plus tard, Éric irait flâner dans la maison après le repas alors que sa mère serait en train de s'occuper des enfants et que son père ferait une petite sieste. Il entrerait dans la chambre où Samuel et lui avaient passé leurs premières années, s'assiérait sur le lit, et toute son enfance lui remonterait à la gorge. Les images reviendraient encore, charriant toutes les douleurs, tous les regrets, puis, prenant son courage à deux mains, il appellerait les parents de Nat.

Ils seraient contents d'avoir de ses nouvelles, heureux de voir qu'il avait pensé à eux, et ils le lui diraient, la voix brisée par le chagrin. Cette journée-là arriverait bientôt.

Son portable sonna et Éric sursauta. Il fouilla dans la petite poche de son cuissard et mit plusieurs secondes à répondre. Au bout du fil, une voix reconnaissable entre toutes.

— J'espère que je ne vous dérange pas trop.

— Comment allez-vous, monsieur Thibodeau ?

— Bien, je pense. Écoutez, euh… je laisse tomber. Le divorce, je veux dire, je laisse tomber.

— Ah bon…, vous…

— On va se donner une autre chance, je pense. Et elle aussi laisse tomber sa poursuite. Pour les photos. Vous vous souvenez ?

— Oui oui.

— Voilà. Je voulais vous le dire. Je vais envoyer une lettre à la firme, mais je voulais vous appeler pour vous le dire. Merci. Voilà. Vous… vous comprenez ? Je veux dire, vous comprenez ce que je fais, *right* ?

— Je comprends très bien, monsieur Thidobeau.

Après avoir raccroché, Éric redescendit de son promontoire, et se remit sur ses pieds. Ses jambes tremblaient de fatigue. Il marcha lentement jusqu'à son vélo et l'enfourcha, puis se laissa descendre tout le long de la côte qu'il avait montée avec tant de difficulté. Son dérailleur ronronnait, ses roues tournaient. Il n'y avait qu'à tenir le guidon, et à regarder droit devant. Il se laissa porter, étonné lui-même de retrouver intacts ses réflexes, comme s'il n'avait jamais cessé de rouler.

6

Café à la main, Laura entra dans son bureau, déposa sa veste sur le dossier de sa chaise, et jeta un coup d'œil à la pièce. Quelque chose avait changé. Ah... on avait installé la patère, près de la fenêtre, comme on le faisait chaque année au début de l'automne. C'est vrai qu'il n'était plus si loin, le moment où elle y accrocherait son manteau en arrivant, le matin. On cogna deux petits coups secs à la porte et elle vit entrer Ian, qui s'affala dans un des fauteuils devant elle.

— Pourquoi tu m'as rien dit? demanda-t-il, après un moment de silence.

Elle haussa les épaules.

— Qu'est-ce que tu voulais que je te dise, au juste?

— Ce qui t'était arrivé, qu'est-ce que tu crois?

Laura tira son fauteuil, s'y laissa tomber et leva le couvercle de son ordinateur.

— Est-ce que c'est quelqu'un qui travaille ici? Je... je veux dire..., je le connais?

— Non, non, non. Rassure-toi.

Elle vit les épaules d'Ian se détendre. Il la regarda droit dans les yeux.

— On est bouleversés, Lyne et moi. On... T'aurais dû nous en parler, franchement, Laura.

Laura ne répondit rien. L'écran fit entendre sa musique habituelle. Ian se leva, passa derrière elle et mit ses mains sur les épaules de Laura.

— Laura…

— Arrête, Ian. J'ai déjà eu droit au sermon.

Il leva les mains dans les airs, devant lui, comme pour dire « très bien, je me rends ». Ils restèrent silencieux.

— Vous avez eu un gros week-end, paraît-il ?

— Désolée d'avoir réquisitionné ta femme encore une fois.

Ian fit quelques pas et se planta devant la fenêtre. Laura se retourna pour le regarder, passant un bras sur le dos du fauteuil.

— On verra plus du tout le lac quand ils vont avoir fini de construire la tour à condos, de l'autre côté de la rue, fit-il remarquer.

— Ian…

Il ne la regardait pas.

— Ian, qu'est-ce que t'es venu me dire, au juste ?

Il revint vers elle et s'assit sur le coin du bureau, comme à son habitude. Il sortit un papier de la poche de son pantalon, et le glissa sur le meuble, devant elle.

— C'est les dates, pour le voyage à Montréal.

Laura baissa la tête, lut ce qui était écrit sur le bout de papier blanc.

— C'est… c'est la semaine prochaine, en fait. C'est ça ?

Ian hocha lentement la tête.

— C'est ça.

Laura ferma les yeux. Elle avait envie de courir, soudainement. Courir à en perdre le souffle, courir comme une folle, le plus vite possible, le plus longtemps possible, même désordonnée, désynchronisée. Elle avait envie de s'en aller, d'être ailleurs, de suivre un sentier qui ne finissait jamais, de s'y enfoncer, de s'y perdre sans arrêter de courir pour autant, au rythme d'une musique endiablée. Elle avait envie d'avoir mal partout et néanmoins de continuer, elle aurait voulu que son corps ne soit plus qu'une immense douleur, parce que c'était la seule façon qu'elle connaissait de rester en vie.

::

Au moment où il se préparait à sortir, Éric entendit la porte s'ouvrir, grinçant sur ses gonds. Il leva la tête et aperçut son patron dans l'entrebâillement.

— On peut se parler ? T'es occupé ?

Éric secoua la tête.

— Non.

L'homme fit trois pas à l'intérieur. Éric l'observa. Il était élégant comme toujours. Sourcils froncés, il regarda le fauteuil des invités où se trouvait une pile de documents. Éric se leva.

— Attendez, je m'en occupe.

L'homme lui fit un geste de la main, le repoussant puis il s'empara de la pile, chercha en vain un endroit où la poser sur le bureau encombré et se pencha pour la déposer finalement par terre. Ensuite, il frotta ses mains l'une contre l'autre, question de se débarrasser de la poussière, et s'assit, faisant face à son employé.

— J'ai appris que ton client… Bil… Bilodeau, si ma mémoire est bonne…

— Thibodeau.

— Thibodeau… *whatever*…

Il avait étiré la dernière voyelle : Thibodooooow, comme faisaient tous les anglophones dans le bureau, avec les clients d'Éric.

— J'ai appris… C'est exact ?

— Je pense qu'il va retourner avec sa femme, finalement, dit Éric, en laissant échapper un petit ricanement. Faut croire que l'amour est plus fort que tout.

Son patron lui adressa un sourire poli.

— Effectivement.

Il croisa ensuite les jambes et détacha le dernier bouton de son veston, un geste qu'Éric l'avait vu faire si souvent au cours des dix dernières années que c'en était agaçant. Son patron, un homme d'un certain âge, portait toujours un costume trois pièces, sauf quand il invitait ses gros clients et les employés de la firme au tournoi de golf annuel, et alors il troquait le complet contre une tenue de golf soignée, et une casquette. Cette année, comme chaque année, Éric trouverait un prétexte pour ne pas accepter l'invitation au tournoi, et, comme chaque année, son patron le lui reprocherait.

— C'était bien lui, les photos, c'est ça ?

— C'est ça.

L'homme baissa les yeux, et prit le temps de lisser les plis de son pantalon en hochant lentement la tête. Trois longues lignes traversaient son front.

— Dommage. Il me semble que c'était une cause qui avait du potentiel. J'ai vu la lettre qu'il a écrite, la lettre dans laquelle il te remercie pour tes conseils, ou quelque chose comme ça. Il dit que c'est toi, en tout cas, qui l'as aidé à prendre sa décision.

Éric n'ajouta rien.

— Tu sais, je suis simplement venu te dire qu'on fait pas du counseling, ici. Ni de la médiation. On fait des divorces. Au cas où tu l'aurais oublié, c'est ça, notre business. T'as pas de problèmes avec ça, j'espère ?

— Non, dit simplement Éric.

— Parfait. Parce que si t'avais des problèmes avec ça, il faudrait qu'on se parle sérieusement.

— Non, je…, commença Éric, avant que son patron ne lui coupe la parole.

— Écoute, Éric, je ne blague pas. On fait de la bonne business, on a toujours fait de la bonne business et on a l'intention de continuer. T'es compétent, je veux dire, je remets pas ça en cause, mais il y pas de place, ici, pour les romans à l'eau de rose. Tu me suis? On veut pas savoir si les gens sont heureux, ou ce genre d'affaires-là. On veut juste leur faire gagner leur cause, c'est tout. Et je ne vais pas te le cacher, ces temps-ci, j'ai senti que t'avais moins d'intérêt pour la business, que tu t'investissais moins.

— Quoi?

— J'ai l'impression que tu travailles pas aussi fort.

C'était vrai, Éric devait bien le reconnaître. Ces derniers temps, il y allait mollo, avec le travail. Tout ça, les dossiers, les causes, les articles de loi, ça avait soudainement quelque chose de... lourd. Lourd comme son porte-documents qu'il n'avait plus envie de traîner tout le temps comme s'il s'agissait du prolongement de son bras.

— Je pense que je suis fatigué.

— Prends des vacances, Éric! Je te l'ai souvent dit, tu prends pas assez de vacances. T'as pas pris une journée, encore, cet été. C'est un problème. Sérieux.

— Peut-être, oui.

Les vacances... se retrouver seul avec lui-même, avec ses souvenirs, n'avoir rien d'autre à faire que réfléchir. Rien qu'à y penser, d'habitude, sa gorge se serrait. Il n'avait pris à peu près aucune journée de vacances depuis qu'il était revenu au bureau, quelques semaines après l'accident.

Sans attendre, et sans autre salutation, le patron d'Éric se leva et sortit. Éric resta immobile un instant, réfléchissant, puis se dirigea vers le bureau de son assistante.

— Sylvie, pourriez-vous faire quelque chose pour moi?

Sylvie était une femme d'une soixantaine d'années qui semblait travailler à la firme depuis toujours. En fait, personne ne savait précisément quand elle était arrivée, mais c'était bien avant Éric, en tout cas, et personne n'avait la moindre idée de ce à quoi sa vie privée pouvait ressembler. Elle le regarda droit dans les yeux, ses lunettes sur le bout de son nez.

— Ça serait possible de vérifier combien j'ai de journées accumulées dans ma banque de vacances ?

— Hu… humm…, murmura-t-elle, un doigt pointé sur sa bouche.

Elle avala quelque chose et sourit à Éric.

— S'cusez. Chocolat. J'avais un petit creux.

Elle lui tendit un morceau.

— Vous en voulez ?

Il secoua la tête.

— Non merci, Sylvie.

— Bon. Banque de vacances…, continua-t-elle en se tournant vers son écran d'ordinateur. Je peux vous dire ça tout de suite, mais à mon avis vous en avez un sacré paquet, Éric, vous prenez jamais de vacances. Attendez, ça s'en vient.

Les listes qui défilaient devant elle se reflétaient dans ses lunettes ; des noms, des chiffres, des codes passaient devant ses yeux pendant qu'Éric patientait.

— Ah. Voilà. Vous en avez… vous en avez…

Elle s'arrêta net, émit un petit sifflement et se tourna vers lui pour le regarder par-dessus la monture de ses lunettes.

— Soixante-deux. Des sacrées vacances, ça !

Éric, surpris, resta sans voix un instant, puis il tourna les talons pour regagner son bureau, mais changea d'idée tout à coup et revint vers Sylvie qui ne l'avait pas quitté des yeux.

— Tant qu'à y être… dites-moi… vous auriez une bonne femme de ménage à me recommander ?

Elle lui lança un regard amusé.

— Vous n'y arrivez plus ?

Il haussa les épaules en souriant. Elle se tourna vers son écran d'ordinateur encore une fois.

— J'ai la meilleure. Je vous envoie ses coordonnées.

::

La lampe de poche faisait de drôles de faisceaux ronds sur le petit bout de papier, comme un soleil dans un ciel d'été. Joe s'amusait à l'allumer et à l'éteindre, et chaque fois les curieux petits dessins réapparaissaient. Il aimait voir le papier blanc s'illuminer. Il avait décidé qu'il graverait l'adresse de son oncle dans sa tête, qu'il l'imprimerait là à jamais. Les chiffres, d'abord, puis les lettres, le nom de la rue, le quartier. Il fallait tout mémoriser. Il avait trop peur d'égarer le bout de papier dans son périple, et cette adresse, c'était la clé du bonheur. Il ne pouvait se permettre de la perdre.

Joe se concentra. Il lisait les chiffres, puis éteignait la lumière et récitait dans le noir. Ensuite, il allumait de nouveau pour voir s'il les avait bien retenus. Les chiffres, puis les lettres. Tout apprendre. Il se demanda quelle tête ferait Jim, son oncle, quand il le verrait débarquer dans la grande ville. Joe voulait lui faire la surprise. En partant du village, il s'était dit qu'il l'appellerait, quelque part sur la route, mais il n'avait pas trouvé de téléphone, alors il avait arrêté de chercher et s'était dit qu'il allait se rendre, de toute façon, et qu'il verrait bien, sur place, comment les choses se passeraient. Il s'était dit que c'était la chose à faire.

7

Un autre pas, un pas de plus. Laura se répétait ces mots une nouvelle fois, en attaquant la montée. Ces quelques jours de repos lui avaient sans doute fait du bien, parce qu'elle se sentait particulièrement en forme. C'était le genre de soirée où elle savait qu'elle pouvait pousser la machine, c'était comme si elle avait des ailes. Elle avait recommencé la course il y avait trois jours. Les ecchymoses disparaissaient lentement mais sûrement. Elle guérissait petit à petit, un jour à la fois, un pas à la fois.

Pendant un instant, il y eut un silence dans les écouteurs et ensuite Laura entendit les premières notes d'*Imagine*. Elle sourit. Combien de fois avait-elle écouté cette chanson dans sa vie? Des centaines, sans doute. Elle haussa les épaules malgré elle. Tant pis, ce serait une fois de plus.

::

Éric poussa un soupir. Ça faisait maintenant, quoi... trois ou quatre fois qu'il réussissait à rouler, mais il se demandait encore chaque fois s'il en serait capable. Il monta sur son vélo. Il devait se refaire des muscles, ça c'était sûr et certain, et le mieux, c'était de travailler les montées. Il avait donc décidé qu'il se laisserait descendre sur la côte de Pottery Road, pour ensuite remonter, et recommencer autant de fois que possible.

Il posa ses pieds sur les pédales et amorça la descente. Il croisa un couple qui marchait et aperçut une silhouette au bout de la rue, juste avant la montée. Il plissa les yeux. C'était une femme. Il reconnut le pas régulier, la silhouette. C'était la persévérante joggeuse qu'il avait déjà observée alors qu'il se tenait sur le toit. Elle avait, cette fois encore, ses écouteurs sur ses oreilles. Il se demanda si elle courait souvent, puis il se dit que pour la première fois il serait en mesure de voir son visage, puisqu'il passerait inévitablement à côté d'elle.

::

Laura respira à fond. Tout allait bien. Ses pas étaient réguliers et ses poumons tenaient bien le coup. Elle arriverait bientôt à la maison, prendrait une douche, enfilerait des vêtements propres. Il restait quoi? Quelques minutes à sa course. Dix ou douze, peut-être. Moins, même. Elle jeta un coup d'œil à la côte devant elle, et vit tout de suite qu'il y avait un cycliste en train de descendre. Les cyclistes roulaient rarement de ce côté de la route, réservé aux piétons. Laura fronça les sourcils. Elle n'aimait pas les cyclistes; ils passaient toujours trop près des coureurs; ils étaient dangereux.

::

Il ne pouvait détacher ses yeux de la coureuse. Elle venait tout juste de le voir, d'ailleurs, elle avait levé les yeux une seconde vers la côte et l'avait aperçu. Éric se demanda ce qu'elle écoutait, quelle musique contenait son baladeur, si elle avait préparé ses *playlists* elle-même, ou si des amis l'avaient aidée. Ou alors un mari. Avait-elle un mari, quelqu'un dans sa vie? Et pourquoi se posait-il cette question? Curieux, quand même, de penser que, n'eût été le fait qu'elle passait précisément dans cette petite rue, le soir où il s'apprêtait à sauter du toit une nouvelle fois, il serait peut-être mort. Son appartement aurait été vidé, ses dossiers de cour confiés à d'autres avocats, ses comptes de banque fermés. Au fond, qu'est-ce que ça aurait changé? La vie aurait continué, comme si de rien n'était.

Son dérailleur lui sembla tout à coup très bruyant, dans le silence de cette soirée. Éric jeta un coup d'œil au ciel : la lune était presque pleine et elle éclairait la vallée, ce qui lui permettait de bien voir la silhouette élancée qui s'approchait. La coureuse ne le regardait plus, maintenant, elle devait sans doute se concentrer sur sa course. Il arriverait bientôt en bas de la côte. Ensuite, il ferait demi-tour, puis remonterait, et recommencerait, comme ça plusieurs fois. La coureuse arriverait exactement là où il devait prendre le virage, pour pouvoir remonter. C'était embêtant parce qu'il lui faudrait passer derrière elle lentement, et garder quand même l'équilibre. Curieusement, l'idée de passer si près d'elle avait, il ne savait pas pourquoi, quelque chose de réjouissant. Il arriva à sa hauteur.

::

Le cycliste était passé près d'elle et elle avait dû faire un pas de côté pour s'assurer qu'il l'éviterait. Il se trouvait maintenant derrière elle, alors qu'elle était sur le point d'entamer la montée. Soudain, Laura sentit son dos se cambrer et un frisson parcourir toute sa colonne vertébrale, comme si son corps voulait l'avertir d'un danger. Avant même de distinguer quoi que ce soit, elle sut, parce que toutes les fibres de son corps le lui disaient, qu'il y avait quelque chose derrière elle, une menace. Le visage de Gabriel, ses yeux exorbités, sa bouche tordue par la rage passa furtivement dans sa tête. Dans un réflexe, elle bondit, et arracha ses écouteurs de ses oreilles.

::

Il était passé juste à côté de la joggeuse, qui ne l'avait même pas regardé. Il était maintenant derrière elle, et s'apprêtait à la contourner. Il pivota lentement, très lentement, à la fois debout sur ses pédales et penché sur son guidon. Bien qu'elle fût de dos, il la vit sursauter, puis enlever ses écouteurs et le regarder, la peur se lisant sur son visage. Elle ne l'avait sans doute pas entendu arriver derrière elle, avec sa musique. Elle avait dû sentir sa présence près d'elle et elle avait paniqué. Il chercha son regard, planta ses yeux dans les siens dans l'espoir de la rassurer et remarqua à quel point son visage était joli, parsemé de taches de rousseur, avec des traits réguliers. Un visage qui avait quelque chose de fragile et de déterminé en même temps.

::

Laura mit une seconde ou deux pour reconnaître la forme d'un cycliste penché sur son vélo, les mains sur le guidon. L'homme semblait faire du surplace, essayait maladroitement de maintenir un certain équilibre. C'était sans aucun doute le cycliste qui était passé à côté d'elle. Il n'était donc pas allé rouler plus loin. Que faisait-il, quasi stationné derrière elle ? Que voulait-il ? Quelles étaient ses intentions ?

::

Il s'en voulait de l'avoir effrayée. Il aurait voulu lui dire qu'il n'y avait pas lieu de s'inquiéter, mais il savait que s'il lui parlait il lui ferait peut-être encore plus peur. S'éloigner, c'était la meilleure chose à faire. Remonter la côte. Il cessa de la regarder et appuya de toutes ses forces sur les pédales. On aurait dit que Rita se cabrait avant de commencer la montée.

::

Elle poussa un soupir, soulagée. Le cycliste était passé derrière elle comme un animal sauvage, comme une bête qui vient vous flairer avant de repartir pour son antre. C'est l'impression qu'il lui fit. Puis il s'était élancé, et avait commencé à monter la côte. Il devait sans doute monter et redescendre; certains coureurs faisaient ça, aussi. C'était sûrement bon pour les mollets, et pour les cuisses. Laura le regarda, debout sur ses pédales, appuyant visiblement de toutes ses forces, puis elle regarda derrière elle, là où il avait ralenti. C'était précisément le début de la montée: il voulait tourner derrière elle, tout simplement. Elle se demanda si l'image de Gabriel allait finir par disparaître, comme les bleus sur son cou et ses bras, qui s'effaçaient. Les mots de Lyne lui revinrent en mémoire: «Tu ne peux pas continuer comme ça. T'en as pas marre de cette vie-là?»

Elle remit ses écouteurs à ses oreilles.

::

Ce qu'Éric espérait, c'est que la coureuse ait compris qu'il ne lui voulait aucun mal. C'est qu'il avait l'intention de recommencer à descendre et à monter. Ça lui faisait du bien. Les images se tenaient tranquilles. Il avait l'impression de respirer à fond. Ses cuisses commençaient à chauffer, ce qui était bon signe.

En haut de la côte, il tourna et se mit à descendre, s'asseyant sur la selle. Devant lui, la coureuse montait, sans doute essoufflée, comme lui, mais gardant le rythme. Il continua sa descente. Au moment où il la croisa, il osa un sourire, question de la rassurer. Elle le lui rendit; elle avait compris.

::

Un sourire éclatant. C'est ce que Laura se dit quand il passa près d'elle. Elle n'eut pas le temps de bien voir son visage, mais son sourire, ça oui. Et c'était comme si une lumière s'était allumée tout à coup. Il continua sa route vers la vallée. Stoppée au milieu du trottoir, elle le regarda descendre. En remontant, il passerait de nouveau à côté d'elle.

Elle reprit sa course et le vit remonter de nouveau, pédalant de toutes ses forces. Elle se retrouverait elle-même en haut de la montée Pottery d'ici quelques instants. Elle savait qu'ensuite elle ne le reverrait pas, puisqu'elle prendrait Broadview alors que lui redescendrait. Elle avait terminé sa course. Elle continua en marchant en direction de la maison, et sourit au souvenir de ce qui venait de se passer dans la vallée, et qui ressemblait presque à un jeu.

8

Au moment de tourner la poignée, Éric réalisa que son cœur battait la chamade. La porte s'ouvrit sur sa mère qui venait à sa rencontre.

— J'ai entendu l'auto, lui dit-elle, en guise d'explication.

Elle se précipita vers lui et il la prit dans ses bras. Pourquoi avait-il l'impression qu'elle était de plus en plus petite et de plus en plus menue, au fur et à mesure que les années passaient, comme si elle rapetissait ?

— Je suis tellement contente de te voir, mon grand. Viens !

Il déposa son sac dans le vestibule et suivit sa mère. À l'intérieur, rien n'avait changé depuis la dernière fois qu'il était venu, il y avait de ça un an. De la cuisine provenaient des odeurs de viande qu'on braise.

— Ça a bien été sur la route ? lui demanda-t-elle sans se retourner. Ton père t'attend au salon, enchaîna-t-elle sans attendre de réponse.

— Jen est arrivée ? s'informa Éric.

— Non, pas encore.

En le voyant, son père se leva, sourire aux lèvres, bras tendus. Il s'approcha et son père le serra dans ses bras, en lui donnant, comme chaque fois, de petites tapes dans le dos.

— T'as l'air en forme, mon fils.

— J'ai recommencé le vélo.

L'expression sur le visage de son père se figea.

— Ah oui ? Ça, c'est toute une nouvelle !

Il reprit sa place sur le sofa et Éric s'assit en face de lui dans un des fauteuils à carreaux qui meublaient le salon depuis aussi longtemps qu'Éric pouvait se souvenir.

— Et… euh… ça va ? Je veux dire ça se passe bien ?

— Un coup de pédale à la fois, disons.

Avant que son père ne réponde, Éric entendit la sonnette et vit, de loin, la porte s'ouvrir. Jennifer et les enfants entrèrent alors que la mère d'Éric poussait des cris de joie.

— Bonjour, les enfants ! Entrez ! Mon Dieu, vous avez encore grandi !

Éric se leva pour aller à leur rencontre.

— Jen !

Elle courut vers lui et l'embrassa sur les joues.

— Les enfants sont tellement contents de te voir, lui souffla-t-elle à l'oreille.

Il se tourna vers eux, ébouriffa les cheveux de Paul, le plus vieux, pendant que Jimmy se jetait dans ses bras.

— Salut, les *boys*. Votre grand-mère a raison, vous avez tellement grandi !

Éric ne put s'empêcher de les contempler un instant, ému. Les enfants de Samuel. Les fils de Samuel. Son cœur se serrait chaque fois qu'il les voyait. Jimmy ressemblait de plus en plus à son père. Il les enlaça de nouveau. Ils rirent tous les trois.

— Restez pas là, entrez, ordonna leur grand-mère.

Ils entrèrent et se dirigèrent vers le salon. Éric ne bougea pas, les regarda marcher. Ils avaient encore les gestes des enfants, mais ils arrivaient à l'adolescence. Ils avaient l'air mal à l'aise dans leurs corps élancés. Lui avait l'impression de se revoir à cet âge, avec Sam. À ce moment, il surprit le regard de Jennifer sur lui, un étrange regard. Elle baissa les yeux aussitôt. Il se demanda un instant ce qu'il avait lu, au juste, dans ses yeux.

::

Dans le petit aéroport Billy Bishop, il y avait foule. Laura promena son regard sur la salle d'attente. Les voyageurs étaient, pour la plupart, penchés sur leur ordinateur, ou en train de consulter leur téléphone portable. Au micro, une voix désagréable hurlait régulièrement les numéros des vols pour lesquels on commençait l'embarquement. Elle posa sa tasse vide sur la table blanche à côté d'elle, et remarqua un homme, à trois fauteuils du sien, qui la regardait intensément, sans même chercher à être discret. Elle soutint son regard un moment, puis détourna les yeux, se demandant quelle était sa destination. Sur le grand tableau devant elle, les informations défilaient : embarquements, arrivées, départs. Son vol avait du retard. D'où elle était on ne voyait pas les pistes, et on aurait dit que les avions atterrissaient directement dans le lac, qui s'étendait, on pouvait le croire, à l'infini. Son portable vibra. Elle baissa les yeux, vit qu'elle avait un texto. «*Bonne chance. Donne des nvelles*» C'était Lyne. «*C'est sûr*», répondit-elle.

La voix hurla à nouveau quelque chose et l'homme se leva pour se diriger vers une des portes. Son avion partait. Laura l'observa et remarqua qu'il prenait un avion à destination de Montréal, comme elle. Sauf qu'elle, elle ne partait pas avant une bonne trentaine de minutes. Avant de passer la guérite, il lui jeta un dernier regard. Cette fois, elle ne détourna pas les yeux, sourit. Rencontres fortuites, vertiges, soirées vite oubliées. C'était sa vie, depuis des années. Pourquoi en changerait-elle ?

::

— Encore du gâteau, quelqu'un ?

La mère d'Éric poussa l'assiette au milieu de la table. Les enfants jetèrent un coup d'œil de côté à Jennifer, qui acquiesça d'un signe de tête. Leur grand-mère fit tomber un gros morceau dans chacune des assiettes et les deux garçons se jetèrent aussitôt sur leur deuxième portion. Jennifer passa la main dans les cheveux de Paul.

— Mangez ça, et vous pourrez vous sauver.

Le repas s'était bien déroulé. Personne n'avait versé une larme. Éric savait bien, par contre, qu'une fois les garçons partis et la table débarrassée, les souvenirs reviendraient, les images aussi. Dans les réunions de famille, les après-midi qui finissaient toujours par s'étirer étaient inévitablement un moment difficile à passer. Jimmy et Paul se levèrent et la mère d'Éric commença à ramasser les assiettes.

— Je vais vous aider, madame Dubois.

— Allez donc tous dehors, plutôt, il fait beau.

Ne l'écoutant pas, Jennifer se dirigea vers la cuisine. Éric et son père se retrouvèrent seuls à table.

— Ça va? Je veux dire, ça va?

Éric sourit. Son père, décidément, avait toujours eu le don de dire les choses sans les dire. Il hocha la tête.

— Ça va, papa. T'inquiète pas.

Son père le regarda longtemps, comme s'il cherchait dans son visage le moindre signe de détresse.

— Tu devrais venir nous voir plus souvent. Ta mère s'ennuie de toi, tu sais.

Éric baissa la tête.

— Je sais. Je vais essayer, promis. Pourquoi tu vas pas faire une petite sieste, papa?

— C'est ce que je vais faire.

Tandis qu'il sortait de table, Éric l'observa. Ses gestes semblaient lents, plus qu'avant, sa démarche aussi. On aurait dit qu'il avait le dos plus courbé. Le temps le transformait. Éric se leva aussi, au moment où sa mère revenait chercher d'autres assiettes.

— Va donc dehors, ça va te faire du bien, lui dit-elle, en passant tendrement une main sur son épaule, un geste qu'elle avait dû faire des centaines de fois dans sa vie, autant avec lui qu'avec Sam.

— Bonne idée.

Éric sortit marcher dans le jardin. Les feuilles des arbres commençaient à jaunir dans le pâle soleil qui éclairait cet après-midi. Il déambula un moment, sans but précis, puis s'arrêta sous le gros saule, à l'abri des regards, s'installa sur une des chaises en bois. Il frissonna, se disant qu'il aurait dû prendre une veste en laine. Cette journée ressemblait à cet autre dix-sept septembre ; même fraîcheur, même humidité qui montait du sol, même brise qui secouait les feuilles de temps en temps. Ce jour-là aussi baignait dans une lumière glorieuse, ironiquement. Comme s'il faisait trop beau pour un drame.

Assis sur cette chaise, il pouvait voir la maison entre les arbres, et la petite fenêtre mansardée, à l'étage, qui lui faisait face. Derrière cette fenêtre se trouvait leur chambre d'enfants, à Samuel et à lui. Leur enfance était à jamais emprisonnée dans cet endroit. Là, dans cette pièce, ses souvenirs étaient à l'abri et quoi qu'il advienne personne ne pouvait lui enlever ça. Ils étaient vivants. Si vivants que, chaque fois qu'Éric y entrait, il avait l'impression d'entendre les voix surgir du passé. Toutes sortes de voix. Celles qui chuchotaient :

— Tu dors ?

— Oui.

— Éric…

— Laisse-moi tranquille, Sam.

— J'ai fait un cauchemar. J'ai peur.

— Rendors-toi.

— J'suis pas capable. Est-ce que… est-ce que je peux venir dormir dans ton lit ?

Et celles, remplies de larmes, ou tremblantes de colère, qui s'élevaient :

— C'est pas juste ! C'est moi qui suis allé chercher le ballon sur le toit de l'école !

— Pis, ça ?, Qu'est-ce que ça fait ?

— Ça fait qu'il est à moi !

— C'était mon ballon.

— Tu l'as lancé sur le toit, t'avais juste à pas faire ça.

Celles qui étaient tristes, qui suppliaient :

— Emmène-moi avec toi, s'il te plaît.

— Non, Sam ! Je t'ai dit non !

— S'il te plaît, Éric, s'il te plaît. Je te dérangerai même pas !

— Sam... tu sais pas jouer au hockey, tu vas te faire mal, pis tu vas nous retarder.

— Non ! Je sais jouer ! Je vais pas me faire mal ! Je veux juste être avec vous !

— T'es trop petit.

— Je veux juste être avec toi, Éric. Pis je suis pas trop petit, d'abord. S'il te plaît, s'il te plaît.

Parfois, Éric se demandait comment il allait réagir le jour pas si lointain où ses parents, devenus trop vieux, lui annonceraient qu'ils devaient vendre la maison. Il ne pouvait imaginer que d'autres viendraient y vivre, que des étrangers dormiraient dans cette pièce.

— Trois ans déjà. Incroyable comme ça passe vite.

Éric n'eut pas besoin de se retourner pour savoir que Jennifer venait d'arriver près de lui. Elle l'avait sans doute aperçu de loin. Elle s'assit sur la chaise vide à côté de lui et il tourna la tête, vit que ses yeux étaient rouges. Elle avait pleuré.

— Elle te manque ? lui demanda-t-elle d'une voix douce.

Il baissa la tête. Les images revenaient : Nathalie à l'église, dans sa robe de mariée ; Nathalie un samedi matin, qui souriait en tenant devant elle un grand bol de café au lait, alors que le soleil, par la fenêtre de la cuisine, se posait sur ses cheveux blonds; Nathalie en colère, les mains sur les hanches; Nathalie qui roulait sur son vélo, rapide, légère. Et Samuel... Samuel, petit garçon qui jouait au ballon, qui revenait de l'école, traînant un sac à dos; puis Samuel adolescent, qui collectionnait les cartes de hockey, qui rêvait de danser avec Mélissa, la plus belle fille de l'école; Samuel adulte, quand il s'était marié, que les enfants étaient nés. Samuel et lui, quand ils faisaient du vélo tous les deux, et qu'il lui racontait son bonheur, en roulant à côté de lui. Et Pierre... Pierre qui était toujours là quand on avait besoin de lui. Quelquefois, il arrivait à Éric de se dire que la mort de Pierre était irréelle, que dans le fond, ça n'était jamais arrivé. Il n'avait jamais pleuré Pierre, trop occupé qu'il était avec la mort de Nat, et celle de Sam. Même maintenant, quand il y pensait, il n'arrivait tout simplement pas à y croire. Au point où il lui arrivait, parfois, de se dire qu'il allait lui téléphoner, pour lui parler de quelque chose. Ça durait une seconde ou deux, puis l'image du corps de Pierre, face contre terre, lui revenait en mémoire.

— Ils me manquent tous, répondit-il sur le même ton.

Ne pas pleurer, ne pas laisser les vannes s'ouvrir. Sinon, il céderait à la peine encore une fois et, comme chaque fois, il aurait l'impression qu'il ne s'en remettrait jamais et que la douleur était trop grande pour la supporter pour le reste de sa vie.

— Éric...

Il tourna la tête. Jennifer le regardait de la même façon qu'elle l'avait regardé à table. Elle s'approcha de lui et il comprit. Elle pressa ses lèvres sur les siennes. Ses lèvres étaient douces. Il eut l'impression de se noyer. Les images revinrent en rafales : Nathalie qui dormait à côté de lui, ses longs cheveux en éventail sur l'oreiller, Nathalie qui lui tenait la main, qui se blottissait contre lui, qui l'embrassait, ses mains sur lui, son corps sur le sien. Il repoussa Jennifer.

— Jen...

Il vit l'étonnement sur son visage, se demanda s'il n'avait pas été trop brusque.

— Je croyais que... je pensais..., articula-t-elle, les joues rouges.

Éric fit non de la tête, lentement, et elle se leva..

— Je comprends.

Il baissa les yeux. Elle ajouta :

— Il va bien falloir que tu refasses ta vie, un jour, non ?

Il ne répondit rien. Elle tourna enfin les talons et lança, sans le regarder :

— Si tu changes d'idée, tu sais où me joindre.

Puis elle s'en alla, vaporeuse, sa longue jupe virevoltant à chacun de ses pas pressés. Éric respira profondément. Il allait craquer. « Dieu que t'es fragile, mon vieux. »

::

Montréal, ses édifices, sa montagne, son fleuve ; le décor familier se déroulait sous ses yeux. L'avion volait à basse altitude maintenant, sans bruit comme s'il glissait dans le ciel, survolant cette ville où Laura était née, où Thomas était né, et où elle avait passé toute sa vie. Cette ville qu'elle avait tant aimée. Elle savait que les souvenirs l'attendaient ici. Chaque fois qu'elle tournerait un coin de rue, qu'elle ouvrirait une porte, qu'elle regarderait par une fenêtre, ils se jetteraient sur elle. Elle eut un haut-le-cœur, se cala davantage au creux du siège inconfortable. Alors que l'appareil effectuait un grand virage incliné pour se diriger vers l'aéroport, elle pencha un peu la tête de côté pour regarder, parce qu'elle ne pouvait s'en empêcher, les rues, les parcs, les pâtés de maisons qui défilaient juste en dessous. La montagne commençait à se colorer de rouge. Le ciel était clair. Les nuages légers et floconneux. C'était beau comme dans un film. Laura pouvait déjà sentir la douleur se loger en elle, juste sous le sternum. C'était toujours là qu'elle se logeait.

::

— *Come on,* ma belle, *come on!!!*

Joe, énervé comme un enfant devant un cadeau de Noël, tirait sur le poisson. Dans l'eau jusqu'à mi-cuisses, il se tenait arcbouté, le poids de son corps reporté vers l'arrière, pour se donner plus de force. C'était un gros, il le savait. Peut-être le plus gros des poissons qu'il avait pêchés jusqu'ici, et il ne se laissait pas sortir de l'eau sans lutter. Joe donnait du mou une seconde, tournait le moulinet, puis tirait de toutes ses forces, de petits coups secs. Le poisson était bien ferré, mais il était combatif.

Joe mit une bonne dizaine de minutes pour le ramener au bord. Quand il le vit, juste sous la surface, qui se débattait, il prit le grand filet posé à côté de lui sur le quai, et l'attrapa.

— Viens ici, toi.

C'était une truite énorme. Joe fit quelques pas pour revenir vers la plage de galets, le filet sur l'épaule. La truite gigotait de moins en moins, ses forces l'abandonnaient. Joe avait l'intention de la faire cuire sans attendre. Il n'y a rien de meilleur que le poisson qui vient d'être pêché. Sur la grève, il se mit à siffler. Il s'était réveillé après une nuit sans rêve, avait fait du café, enfilé les bottes de caoutchouc, puis s'était posté au bord du lac, en se disant qu'il était heureux. Rien à ce moment ne troublait le silence, pas même la voix de sa mère. Il faisait frais. De la buée sortait de sa bouche.

Arrivé à mi-chemin, juste entre le lac et la cabane en bois, il crut entendre quelque chose. Il se tut et s'arrêta de marcher pour mieux prêter l'oreille. Le bruit se produisit de nouveau et Joe sentit un frisson le parcourir de la tête aux pieds. Il connaissait très bien ce bruit pour l'avoir entendu maintes et maintes fois dans la forêt: c'était le grognement d'un ours, il n'y avait aucun doute.

Et cet ours se tenait tapi quelque part, tout près de lui. Qu'est-ce qu'il voulait? Est-ce qu'il était blessé? Est-ce qu'il avait faim? Joe jeta un coup d'œil autour de lui, mais ne vit rien. Peut-être que l'ours voulait son poisson. Pas question de le lui céder, pensa Joe, en tentant de garder son calme. Il continua à marcher lentement. Ne pas faire de mouvement brusque, rester calme. Il entendit le grognement de nouveau, cette fois plus près, et il comprit que l'ours se cachait probablement derrière la cabane, qui n'était plus qu'à quelques pas. Joe ne savait pas s'il avait le temps de se rendre à la porte et d'ouvrir avant que l'animal ne le rattrape. Courir n'était jamais une bonne idée, mais dans ce cas-ci, il n'avait pas tellement le choix. Il savait que cette bête, qu'il devinait énorme, foncerait sur lui; ses grognements étaient un avertissement, c'était clair. Joe, tenant toujours son poisson sur l'épaule, fonça.

Il n'eut pas le temps de se rendre à la porte. Alors qu'il tendait la main vers la poignée, alors qu'il n'était qu'à un pas, l'ours brun se jeta sur lui en grognant, et le renversa d'un seul coup de patte. Joe hurla de douleur et de surprise, l'impression d'avoir été heurté par un camion. Au sol, il ressentit une brûlure, quelque chose qui lui déchirait tout le corps. Il se doutait bien que la bête, en le poussant, avait lacéré son dos. Il tenta de se relever sans attendre. L'ours recula d'un pas, grogna de plus belle, et Joe eut l'impression que le son caverneux résonnait dans toute la forêt, puis l'animal s'élança encore une fois, gueule ouverte, vers Joe. Cette fois, il allait le mordre, c'était évident. Joe réussit à rouler sur lui-même, sans se relever, et à s'approcher de la porte. Il sentit une patte s'abattre sur lui et à nouveau des griffes s'enfoncèrent dans sa peau, quelque part. Il cria de douleur alors qu'une brûlure vive irradiait dans tout son corps. Malgré tout, la douleur n'était rien en comparaison de la peur, une peur qui montait de ses entrailles et qui se répandait dans ses veines, faisant battre son cœur si fort qu'il avait l'impression de l'entendre, comme un tambour à ses oreilles.

Il roula sur lui-même, incapable de se relever. À ce moment, l'ours baissa la tête et Joe sentit des crocs géants s'enfoncer dans sa nuque. Il entendit un cri et déduisit qu'il venait de lui, un cri comme il n'en avait jamais entendu auparavant. Il tenta de se retourner pour faire face, mais l'ours avait posé une patte sur lui et le maintenait au sol avec une force surhumaine. Le désespoir gagna Joe Wapachi. Il savait que l'ours allait le tuer d'une seconde à l'autre s'il ne réagissait pas. Le temps pressait. Déjà, autour de lui, les sons s'assourdissaient, la lumière du jour semblait décliner. Une petite voix au fond de lui lui répétait de ne pas s'évanouir, de tenir le coup. Puis quelque chose qu'il n'aurait su désigner autrement que comme un furieux désir de vivre l'amena à se défaire, il ne sut jamais comment, de la terrible étreinte de l'ours et il bondit sur ses pieds, pour faire face à la bête qui le regarda un instant, de la surprise dans les yeux, ce qui donna à Joe le temps de se propulser vers la porte, de l'ouvrir, de la refermer derrière lui d'un coup de pied avant de rouler sur le plancher, tandis que la bête hurlait de rage à l'extérieur. Joe, sonné, essoufflé, les jambes en coton, une forte dose d'adrénaline courant dans ses veines, s'adossa au mur, et contempla, les yeux exorbités, la truite tombée par terre à côté du filet. Pourquoi et comment avait-il protégé son poisson des attaques de l'ours, ça non plus, il ne le sut jamais.

Joe entendit les grognements de l'animal s'éloigner, à l'extérieur. L'ours s'en allait. Le cœur de Joe battait toujours la chamade, mais on aurait dit que l'adrénaline se retirait de ses veines. Par contre la douleur, elle, se mit à monter en lui, de plus en plus forte. Il sentit ses forces l'abandonner ses jambes et ses mains s'engourdir. Il se laissa tomber sur le côté, incapable de se tenir assis. On aurait dit, tout à coup, que quelqu'un venait de fermer les rideaux, parce que tout devint noir. Joe, avant de perdre connaissance, eut le temps de remarquer l'œil inexpressif de la truite arc-en-ciel, posé sur lui, comme si ce poisson l'observait.

::

À l'aéroport, les gens marchaient tous d'un pas pressé en ayant l'air de savoir où ils allaient. Laura s'arrêta devant un panneau pour tenter de repérer des indications pour les taxis. Bien des choses avaient changé, depuis la dernière fois où elle avait mis les pieds dans cet endroit. Une jeune fille lui fonça dessus.

— Désolée, lui lança-t-elle sans s'arrêter.

Laura passa devant des comptoirs où des gens faisaient la file, puis repéra la sortie et s'y dirigea, traînant sa valise derrière elle. Dehors des autobus arrivaient, d'autres s'arrêtaient, on déposait des gens, on repartait, des familles attendaient, des amoureux espéraient, des voyageurs se pressaient : on aurait dit un ballet. Elle se plaça à côté du panneau qui indiquait « taxi » et attendit. Il en arriva un quelques secondes plus tard. Le chauffeur descendit, s'empara de sa valise, et Laura s'assit sur la banquette arrière.

— Hôtel Reine Elizabeth, s'il vous plaît, dit-elle au chauffeur qui venait de prendre place derrière le volant.

Elle vit l'homme hocher la tête dans le rétroviseur, et l'auto se mit en marche.

— Première fois à Montréal ? demanda-t-il, alors qu'ils sortaient du dédale de petites routes qui menaient à l'aéroport.

Elle sourit, secoua la tête.

— Non.

La circulation était au ralenti, pourtant l'heure de pointe matinale était passée. Laura regarda sa montre : il était onze heures. Ils arrêtèrent à un feu rouge.

— Ça va prendre combien de temps, vous pensez ?

L'homme, visiblement, réfléchit avant de répondre :

— Difficile à dire. Il y a pas mal de construction.

Laura se cala davantage dans son siège. Ils venaient à peine de commencer à rouler, qu'elle avait déjà la nausée. Elle se demanda, tout à coup, si elle aurait le courage d'aller courir pendant son séjour. Puis elle pensa à ce qu'elle allait faire du reste de la journée, et sentit son estomac se contracter. Elle se rendrait au cimetière, c'était impensable de ne pas y aller. Des années qu'elle n'y avait pas mis les pieds. La peine serait-elle moins grande, plus supportable ? Non, c'était sûr que non.

Au fur et à mesure qu'ils avançaient vers l'est, passant à travers l'enchevêtrement de routes et d'autoroutes qu'était l'échangeur Turcot, Laura pouvait apercevoir le centre-ville, silhouette qui se découpait, nette, sur le ciel clair. Ils finirent par arriver à l'hôtel, et, de nouveau, le chauffeur sortit et lui remit sa valise, après s'être garé devant l'établissement.

Elle entra par une des portes tournantes et se retrouva dans le hall, foulant l'épais tapis rouge vif qui assourdissait les bruits et feutrait l'ambiance. L'endroit était bondé ; des gens allaient et venaient, d'autres discutaient, assis dans de gros fauteuils, un verre à la main, l'air sérieux. Laura marcha tout droit, passant sous les grands luminaires de cristal, puis arriva à la réception, où elle s'enregistra, tendant sa carte de crédit à la préposée, et signant au bas d'une feuille que l'employée lui remit ensuite après l'avoir pliée et insérée dans une enveloppe blanche qui n'avait, pour toute décoration, qu'une petite couronne dorée.

— Bon séjour à Montréal, lui lança-t-elle comme on dit à un touriste, en la gratifiant d'un large sourire.

Laura trouva sa chambre au bout d'un long corridor, déposa sa valise sur le lit, et, sans attendre, rangea ses vêtements dans les armoires et plaça ses articles de toilette bien en ordre sur le comptoir de la salle de bain. Après avoir jeté un coup d'œil au grand miroir, elle ressortit. Tout ce qu'on pouvait entendre, sur l'étage, c'était le ronronnement du moteur d'une machine distributrice installée dans un coin et un bruit de sonnette quand elle appela l'ascenseur, où elle se retrouva coincée au milieu d'un groupe de touristes apparemment japonais qui parlaient tous en même temps. Elle sortit sans attendre, dès que les portes s'ouvrirent.

À l'extérieur, plantée sur le coin de la rue comme des dizaines d'autres qui ne lui adressèrent pas un regard, elle attendit que le feu passe au vert et traversa le boulevard René-Lévesque, avec l'impression de suivre une meute. Elle avait décidé d'aller marcher, même si elle savait très bien que son estomac se serrerait davantage à chacun de ses pas et qu'elle risquait de tomber sur des endroits et peut-être même des gens, qui sait, peut-être des amis de Thomas — le monde est petit — qui feraient remonter tous les souvenirs à la surface, mais il faisait beau et frais, un temps idéal pour être dehors.

Leur manteau, dont les pans virevoltaient, ouvert sur leur costume ou leur tailleur chic, des gens passaient, pressés, d'un édifice à l'autre, traversant les rues, ou entrant dans des restaurants, ou encore déposant de l'argent aux bornes de stationnement, le regard vide, leur portable à la main. Sans se presser, vaguement décontenancée, elle marcha sans but dans ces rues qu'elle avait foulées tant de fois dans sa vie, posant ses pieds exactement là où, sans doute, elle avait marché, des années auparavant. Le décor était à la fois étrange et familier ; de nouveaux édifices s'étaient élevés, des commerces qu'elle n'avait jamais vus auparavant avaient fait leur apparition, et partout on voyait des BIXI. Il s'était passé des choses depuis qu'elle était partie : tant mieux ! Retrouver la ville exactement pareille eût été plus difficile encore. Dans la rue Sainte-Catherine, elle se surprit à regarder les gens aller et venir, tout à leur vie, comme on regarde un film : sans y prendre part, sans en être. Puis la vitrine géante d'Apple Store lui sauta aux yeux. Elle resta interdite un instant.

— Maman, tu dois absolument acheter un Mac, sinon tu vas devenir un dinosaure.

— Si tu le dis.

Ils étaient allés dans cette boutique, Thomas et elle, et ils y avaient passé deux bonnes heures. Laura était ressortie avec un nouvel ordinateur sous le bras. Thomas, enthousiaste, gesticulait à ses côtés.

— C'est tellement cool! Tu vas voir, tu vas l'adorer, ton ordi! Je vais te montrer tout ce que tu peux faire avec ça, c'est fou!

Laura se remit en marche en prenant à droite et en tournant le dos au magasin où elle n'était jamais retournée. Elle n'avait même jamais repensé à ce jour-là, avant aujourd'hui. Le souvenir était si clair qu'elle avait l'impression qu'elle pourrait voir à tout moment Thomas sortir par les grandes portes vitrées, et, sourire aux lèvres, s'exclamer :

— C'est vraiment cool, maman!

Laura continua à marcher, le cœur battant si fort qu'elle le sentait à ses tempes, ne s'arrêtant que beaucoup plus loin, rendue rue Saint-Denis, où, d'ailleurs, il y avait beaucoup moins de monde. Elle avait marché pendant une bonne heure, étonnée de tenir le coup. Elle entra dans un petit café, tout simplement parce qu'il avait l'air sympathique et qu'elle avait envie de faire une pause, question de reprendre des forces et de se donner du courage avant d'aller au cimetière, ce qui serait de loin la chose la plus difficile à faire de tout son séjour. Une petite cloche sonna quand elle passa la porte et Laura se souvint de la boutique de l'antiquaire où elle avait acheté le fameux fauteuil vert pomme.

Un jeune homme accourut et déposa un menu sur la table. Laura eut un choc en voyant la silhouette svelte, les cheveux ébouriffés, le visage aux pommettes saillantes, les yeux bleus. Il ressemblait à Thomas. Il avait l'âge que Thomas aurait. Le jeune homme lui sourit et elle resta bouche bée une demi-seconde.

— Café? demanda-t-il simplement.

Laura commanda d'une voix éteinte, et ne put s'empêcher d'observer ce garçon alors qu'il repartait prestement vers les cuisines. Puis, d'un geste brusque, elle saisit son manteau et, sous le regard étonné d'une cliente à la table d'à côté, sortit précipitamment, avec l'impression soudaine d'étouffer. Dehors, elle respira un bon coup, puis se mit en route vers le nord. Elle se sentait étourdie, secouée comme si elle venait de voir un fantôme. Elle marchait tête baissée, rentrée en elle-même. De temps en temps, elle se retournait pour voir si un taxi arrivait. Dès qu'elle aperçut un dôme allumé, elle leva le bras et il s'arrêta. Elle se glissa sur la banquette à la propreté douteuse.

— Cimetière Côte-des-Neiges, s'il vous plaît, lança-t-elle au chauffeur, qui se contenta de hocher la tête en faisant démarrer le compteur.

::

Clic clic clic... le dérailleur accélérait au fur et à mesure que la route s'inclinait. Éric se laissait porter, le corps penché vers l'avant, les mains appuyées sur le guidon. Il avait fait beau toute la journée, mais ça se gâtait. Peut-être qu'il n'aurait pas le temps d'aller bien loin. Il s'était surpris, au bureau, en plein après-midi, à penser à son parcours, à l'imaginer, à le dessiner dans sa tête. À peine était-il arrivé à l'appartement, qu'il avait enfourché Rita, sans même prendre le temps de manger.

Sur Pottery Road, il chercha des yeux sa coureuse, mais ne la vit pas. Peut-être était-il trop tôt? Peut-être était-elle plus loin, dans les sentiers? Chose certaine, il reconnaîtrait entre mille, maintenant, la silhouette gracile, s'il l'apercevait, ses écouteurs sur les oreilles, son baladeur à la main. Peut-être la croiserait-il plus tard, se dit-il, en arrivant au bas de la côte.

::

Dans l'allée, ses pas faisaient crisser le gravier. Le taxi était reparti, la laissant seule à l'entrée du cimetière, et elle avait passé les grandes grilles en fer forgé d'un pas hésitant, son pouls s'accélérant. Elle savait exactement à quel endroit se trouvait la tombe. Son emplacement était gravé dans la mémoire de Laura à jamais, tout comme les lettres dans les pierres qui s'alignaient devant elle, droites, figées dans l'espace et dans le temps. Après une quinzaine de minutes à marcher lentement, elle s'arrêta net, le cœur battant, le souffle court, devant une pierre grise, un peu plus haute que les autres. Elle s'avança, les jambes molles. Elle essuya ses mains moites sur son manteau ouvert. Elle avait chaud et froid à la fois. Devant la pierre, quelqu'un avait déposé des fleurs, un bouquet jaune et blanc. C'était sans doute Michel. À moins que ce ne soient des amis de Thomas. C'était joli. Laura posa les yeux sur les lettres et les chiffres gravés dans le marbre sombre : « Thomas Aumais, 1987-2007 ».

— Deux mille sept, dit-elle à voix haute, comme pour se persuader que cette année-là, son fils avait bel et bien cessé de vivre, comme si elle n'arrivait toujours pas, encore maintenant, à croire à ce qui était arrivé.

Elle se laissa tomber sur les genoux, les yeux fixés sur l'inscription, le nom de son fils. Les gens ne font pas ça, généralement ; les gens restent debout, dignes, solennels, elle le savait bien, mais elle ne pouvait pas, elle ne pouvait tout simplement pas, ses jambes ne la portaient plus. Comme si elle repoussait la mèche éternellement rebelle sur son front, elle passa doucement les doigts sur les lettres.

— Thomas ! Mon Thomas.

Les mots s'échappaient d'elle. Tant pis. Elle était seule, de toute façon. Il n'y avait pas un chat, pour le moment, dans ce coin du cimetière. Elle avait si souvent prononcé ce nom, si souvent caressé ce front, repoussé d'un geste tendre l'épaisse chevelure, touché la peau satinée des joues rondes, posé la paume sur la tête de cet enfant, que ses mains se souvenaient. Ses mains se souvenaient de ces gestes. À croire que, du jour où l'on met au monde un enfant, on est dotée de cette capacité de faire ce qu'ont fait les autres mères depuis des millénaires. Ses mains n'avaient pas oublié ces gestes et elle savait bien que si Thomas était toujours vivant, que si, par quelque miracle, il s'était trouvé là devant elle, elle aurait fait encore ces gestes, parce que c'est ce que font les mères.

Laura sentit, étonnée, quelques larmes glisser sur ses joues alors qu'elle caressait la pierre froide. Elle laissa ses doigts courir sur les chiffres. Tant d'années avaient passé. Trop d'années. Quand elle pensait au temps qui s'écoulait si vite, Laura sentait la colère monter en elle, parce que le temps l'éloignait de Thomas. Avec le temps, les souvenirs s'estompaient. À chaque anniversaire, ils se faisaient plus brumeux. Tellement que Laura craignait qu'un jour le visage de Thomas ne s'efface, que les images ne s'embrouillent au point où son visage, son beau visage finisse par disparaître avec le passé.

Sans réfléchir, elle se releva, fit quelques pas, se plaça derrière la pierre noire, s'agenouilla de nouveau et entoura de ses bras le monument, la joue collée contre la surface plane, comme si c'était son fils qu'elle prenait dans ses bras. Elle resta là sans bouger, des larmes brûlantes qui roulaient sur ses joues. Comment vivre? se demanda-t-elle une nouvelle fois. Cette question, elle se l'était posée des dizaines et des dizaines de fois au cours des mois qui avaient suivi la mort de Thomas. Comment réussir à traverser toutes ces années qui lui restaient encore? Et pourquoi? Vivre était devenu difficile, un combat quotidien. Mais la mort n'était pas envisageable. Ce n'est pas qu'elle n'y avait pas pensé. Elle avait pensé à mourir chaque matin en se levant et chaque soir en se couchant pendant des semaines et des semaines. Elle avait flirté avec la mort plusieurs fois, forçant sur les somnifères prescrits par les médecins, les premiers temps. Et elle avait décidé qu'elle allait vivre. Elle allait vivre parce que c'était ce que Thomas aurait voulu. Alors, depuis cinq ans, elle s'accrochait.

Elle poussa un long soupir qui se termina en sanglots tremblants, sourds, rauques. Appuyée à la pierre, elle resta là sans bouger, les yeux fermés devant le monde et tout ce qui pouvait la distraire. Elle resta là, son fils dans ses bras. Elle entendit des pas non loin, sur le gravier, mais elle ne bougea pas, parfaitement consciente du fait que les gens la regardaient et qu'ils la prenaient sans doute pour une folle, mais elle s'en foutait éperdument, et c'était peut-être ce qu'elle était devenue au fond, quelle importance?

::

Joe ouvrit les yeux péniblement et vit la truite qui le fixait. Il leva la tête. Sur le coup, il se demanda où il était, puis se mit à regarder autour de lui la pièce aux contours flous, qui semblait plongée dans le brouillard, et reconnut la cabane. Il se souvint de l'attaque de l'ours. Depuis combien de temps était-il là, couché sur le ventre, à même le sol? Il n'en avait aucune idée. Il tendit l'oreille: tout était silencieux. L'ours était sans doute rendu bien loin, maintenant, il n'y avait plus rien à craindre.

Il sentit quelque chose de gluant et de collant sous lui et déduisit que c'était son propre sang. Il se demanda s'il en avait perdu beaucoup. Un instant, il se demanda même s'il n'était pas mort. Puis il voulut bouger un bras pour se soulever, mais une douleur fulgurante lui ordonna d'arrêter. Il hurla et le voile noir retomba. Il perdit connaissance à nouveau.

::

— Laura? Laura Duquesne?

Laura traversait à ce moment-là le rez-de-chaussée de l'hôtel d'un pas lent, absorbée, le regard absent, encore complètement chamboulée. Elle sursauta en entendant son nom, tourna la tête, cherchant des yeux qui pouvait bien l'appeler, et découvrit, assis au bar, un homme qui agitait la main. Elle plissa les yeux, le fixa un instant sans comprendre, puis le reconnut : c'était Christian, un collègue. Elle le connaissait à peine, mais elle le croisait de temps en temps. Qu'est-ce qu'il faisait ici, à Montréal ?

— Christian ?

Il lui fit un signe de la main, l'invitant à le rejoindre. Elle hésita. Elle avait vraiment passé un sale après-midi, avec la visite au cimetière. Elle se sentait non seulement fatiguée, mais brisée. Elle avait envie d'un verre. En fait, elle avait envie d'une cuite ; boire tout son soûl, tout oublier, tomber de sommeil encore habillée, et se réveiller le lendemain avec une terrible gueule de bois. Ça ne lui était pas arrivé depuis des années. Elle s'avança vers le bar en se souvenant que Christian la saluait tous les matins en passant dans le corridor devant son bureau. Ils n'avaient jamais vraiment engagé la conversation. Elle savait peu de chose de lui, sinon qu'il était marié, qu'il était toujours bien mis, qu'il écrivait des mémos sans fautes, et qu'il était cadre au service de l'informatique. Elle réalisa qu'elle ne se souvenait même pas de son nom de famille : tant mieux. Une idée commençait à germer dans son esprit. Et si elle passait la soirée avec lui ? Elle repensa tout à coup à Gabriel, mais chassa ce mauvais souvenir. Christian l'aiderait à oublier Gabriel. Christian l'aiderait à oublier le cimetière, il l'aiderait à tout oublier. Avec lui, ne serait-ce que pendant une heure ou deux, il n'y aurait ni passé ni avenir. Juste le présent.

— Je peux t'offrir un verre ?

Il fit un signe de la main pour l'inviter à s'asseoir à un tabouret à côté de lui.

— Et si on déménageait à une table ? lui dit Laura, en guise de réponse.

Il se leva, apporta son verre. Les glaçons tintèrent contre la paroi de cristal. Ce bruit… ce bruit, pour Laura, avait toujours eu quelque chose d'invitant, de prometteur.

— Ça fait du bien de voir un visage familier, dit-il, souriant, s'enfonçant dans un fauteuil aux larges accoudoirs qui faisait face à celui de Laura.

— Je savais pas que t'étais à Montréal, toi aussi.

— Ça s'est décidé à la dernière minute. Ils vont avoir besoin que je vérifie que tous les comptes sont désactivés, et tout, et tout.

— Ça se fait pas à distance, ce genre de truc-là ?

Il lui sourit.

— Pas toujours, ça a l'air.

Il leva le bras pour attirer l'attention d'un serveur en uniforme noir et rouge, arborant un improbable nœud papillon.

— C'est terrible, quand même. Y a pas si longtemps on a encore embauché, et là on ferme tout un département.

Laura hocha la tête, pensant à tous ces employés qu'elle aurait à congédier au cours des prochains jours, aux larmes qui seraient versées, aux petits cris de surprise, aux explications qu'elle aurait à fournir, qui seraient suivies de mots contrits, de gestes inutiles.

— Qu'est-ce que tu bois ? demanda Christian alors que le serveur s'approchait de leur table, un petit plateau rond à la main.

Quand un verre de vin atterrit devant elle, Laura se surprit à le contempler. La lumière se reflétait sur le liquide doré, chatoyant. Il y avait si longtemps qu'elle n'avait touché une goutte d'alcool qu'elle n'était plus tout à fait sûre de se souvenir du goût que ça avait.

— À la tienne, dit-elle, en levant son verre, et en regardant à la dérobée l'homme qui lui faisait face.

Christian était élancé. Les doigts qui tenaient le verre de scotch étaient fins. Son regard, rieur et droit. Sa mâchoire, bien dessinée.

— Parlons d'autre chose, veux-tu ? lui demanda-t-elle.

— Oui, t'as raison, c'est déprimant. Profitons-en pour mieux nous connaître, tiens.

Il leva son verre et ils trinquèrent.

— T'es plutôt secrète, tu sais, Laura Duquesne. Tu parles très peu de toi.

C'est vrai que Laura fraternisait très peu avec les collègues ; elle n'allait jamais à ces soirées qu'ils organisaient de temps en temps, ni même au traditionnel *party* de Noël, elle n'invitait personne à luncher, et, forcément, personne ne l'invitait plus non plus.

— C'est qu'il y a rien à dire, Christian.

— Ça, j'en doute, répondit-il, avant de laisser une gorgée glisser derrière sa pomme d'Adam.

::

Quand les premières gouttes commencèrent à s'écraser au sol, Éric s'en voulut de s'être enfoncé si loin dans les sentiers parce qu'il savait qu'il mettrait une bonne trentaine de minutes à sortir du parc. Il fit demi-tour, en se demandant où était la joggeuse, si elle avait attaqué la longue montée de Bayview, ou si elle se dépêchait de rentrer. Peut-être qu'avec ce temps elle n'était pas sortie après tout. Il appuya de toutes ses forces sur les pédales, puis se dit que non, que, déterminée comme elle l'était, elle devait bien se foutre éperdument de la météo, et, qu'il neige, qu'il vente, ou qu'il pleuve, elle devait courir quand même. Il la croiserait peut-être dans Pottery.

Il roulait à toute vitesse, encore étonné de la distance qu'il arrivait à parcourir, depuis qu'il avait décidé de se remettre au vélo. À la faveur d'un virage il aperçut son building au loin et il pensa à tous ces moments qu'il avait passés sur le toit à essayer de sauter. Est-ce qu'il s'y retrouverait à nouveau un jour ? Est-ce qu'il essaierait encore ? Pour l'instant, ce qu'il savait, c'est qu'il était remonté en selle et qu'il pédalait de plus en plus vite et de plus en plus longtemps et que jusqu'ici, les images se tenaient loin.

::

Le temps avait changé très rapidement. Laura écoutait la pluie tambouriner contre les grandes fenêtres habillées de rideaux blancs. Ça ressemblait terriblement à l'automne. Christian contemplait son verre.

— Il est vide, constata-t-il, une drôle d'expression déformant son visage.

On aurait dit un enfant qui fait la moue.

Il fit un signe au serveur et Laura ne protesta pas. Quand un deuxième verre de vin arriva devant elle sur la petite table ronde, elle ressentit un vertige, se dit que tout ça avait drôlement un air de déjà-vu, mais elle trempa ses lèvres, et retrouva avec plaisir le goût souple et légèrement acidulé du chardonnay.

::

Quand Éric finit par sortir du parc, il était trempé. Les sentiers commençaient à être boueux : il dérapait presque à chaque tournant. Il faut dire qu'il tombait des cordes, maintenant. Tandis qu'il débouchait dans Pottery et qu'il s'apprêtait à attaquer la dernière montée, il dut se rendre à l'évidence : il ne verrait pas la coureuse, ce soir. Elle n'était pas dans la montée, il ne l'avait vue nulle part, tant pis. Il se surprit à être déçu.

À la moitié, il fut obligé d'arrêter de pédaler ; même le trottoir était devenu glissant. Et, aveuglé par l'eau qui lui dégouttait dans les yeux, il n'y voyait plus rien. Il descendit de vélo et se mit à marcher aux côtés de Rita. De temps en temps une bourrasque de vent le fouettait. Il arriva complètement essoufflé dans le hall de l'immeuble, et, alors qu'il se dirigeait vers les ascenseurs, il croisa madame Stewart qui en sortait. Elle le regarda, surprise, et il comprit pourquoi quand il aperçut son image dans le miroir. Il était dégoulinant, les cheveux aplatis, les vêtements trempés, traînant son vélo dont les roues boueuses laissaient des traces sur le sol de marbre. Le moins qu'on puisse dire c'est qu'il n'avait pas son look soigné habituel.

— Il pleut à boire debout, expliqua-t-il.

— Visiblement, répliqua-t-elle.

::

L'ascenseur les emporta dans un mouvement rapide, et dans un bruit feutré de moteur. Ils franchirent quelques étages, s'arrêtèrent pour faire monter un homme ventru qui leur adressa un petit signe de tête en guise de salutation et qui descendit deux étages plus haut. Laura et Christian se retrouvèrent seuls. Il s'approcha d'elle et elle recula en le regardant droit dans les yeux, d'un air de défi. Un sourire se dessina sur le visage de Christian. Laura reconnaissait bien les effets de l'alcool : tout était flou, rien n'était grave. Combien de verres avait-elle bus ? Deux ou trois, elle ne savait plus ; trop, ça c'était sûr. Christian se pressa contre elle, et, d'un geste brusque la retourna, de sorte qu'elle se retrouva face contre la paroi. Il se mit à lui mordiller la nuque, soufflant sur son cou une haleine sucrée. Elle sentit des mains monter le long de ses côtes, empoigner ses seins. La cloche sonna quand ils arrivèrent à l'étage où elle avait sa chambre et les portes s'ouvrirent brusquement. Christian sortit, la tira par le bras pour la plaquer contre le mur du corridor, et l'embrasser. Elle s'agrippa à ses épaules. Il était plus solide qu'il n'en donnait l'impression, plus costaud. Il avait un corps nerveux, noueux ; chacun de ses muscles saillait sous sa peau. Elle sentit un genou écarter ses cuisses, et leva la tête pour repousser les cheveux qui lui retombaient dans le visage. Ses vêtements entravaient ses mouvements. Il faisait peser tout le poids de son corps contre elle. Sa bouche fouillait son cou, sa poitrine. Ses mains appuyaient contre ses flancs. Laura le repoussa.

— Si on allait dans ma chambre ? proposa-t-elle.

Ils marchèrent dans le corridor en se jetant des regards de côté et en s'arrêtant de temps en temps pour s'embrasser.

— C'est ici, dit Laura en sortant sa carte de son sac.

Il n'attendit pas : il la pressa contre la porte et l'embrassa, fléchissant les genoux pour la soulever légèrement en la prenant par la taille. Elle réussit à dégager un bras, puis introduisit la carte dans la serrure qui fit entendre un petit déclic. Il ouvrit la porte sans cesser de l'embrasser. Une image surgit dans la tête de Laura : deux mains qui la poussaient violemment. Elle ferma les yeux, secoua la tête et l'image disparut. Ils entrèrent.

::

Il appuya sur l'interrupteur et la lumière gicla. Trempé de la tête aux pieds, il frissonnait. Il ne se donna pas la peine de ranger Rita dans sa remise et l'abandonna dans le corridor, appuyée au mur. De toute façon, il fallait la laisser sécher un peu. Puis, il aurait le temps de faire quelques balades encore avant que la neige ne commence à tomber.

Sous la douche, alors que l'eau ruisselait sur sa tête, son cou, ses épaules, il se surprit à penser qu'il se sentait tout à coup presque normal. Il y avait longtemps que les images ne l'avaient terrassé. Il n'avait pas eu de crise, ni même pleuré depuis, quoi ? Il ne savait plus ; des jours, des semaines.

::

Les yeux entrouverts, elle le vit se lever sans bruit dans la pénombre. Son grand corps semblait se déplier lentement. Elle ne bougea pas, il devait croire qu'elle dormait. La chambre était silencieuse. Il se glissa dans son pantalon en sautillant, enfila sa chemise après l'avoir ramassée par terre, cherchant des yeux ses autres vêtements, puis tourna sur lui-même en lançant un dernier regard à Laura, allongée sous les draps, et s'éloigna. Aussitôt que la porte eut fait entendre son petit claquement caractéristique, elle se leva.

En franchissant la distance entre le lit et la salle de bain, elle réalisa qu'elle titubait et qu'elle avait la tête lourde. Elle avait la nausée. Dans la petite pièce au carrelage noir et blanc, elle fit couler la douche et l'eau se mit à ruisseler sur le carrelage comme la pluie, un peu plus tôt, était tombée sur la ville. Elle se glissa sous le jet d'eau, posa les mains aux murs. Sans qu'elle sût pourquoi, la discussion qu'elle avait eue avec Lyne il n'y avait pas si longtemps, lui revint en tête : « Tu vas pas continuer comme ça, Laura ? C'est vraiment ce que tu veux ? Quelle vie, Lyne ? Quelle vie ? » Laura se regarda dans le miroir embué, à travers la vitre de la douche. Nue, les cheveux en bataille, l'air fatigué, on aurait dit qu'elle avait pris dix ans tout d'un coup. Elle avait envie de vomir. Sur ses bras et son cou, les ecchymoses avaient presque disparu, mais on devinait toujours les traces de l'agression. Elle tremblait et elle savait exactement pourquoi : son organisme voulait à nouveau sa dose d'alcool. Elle avait mal au cœur et ne souhaitait qu'une chose : repartir. Finir le boulot qu'elle était venue faire ici, si désagréable fût-il, reprendre l'avion, se retrouver loin de ses souvenirs, tenter de faire comme si rien ne s'était passé, et aller courir dans la vallée. Elle en avait besoin pour tenir le coup.

::

En sortant de la douche, Éric aperçut son reflet dans le grand miroir au-dessus du lavabo et réalisa qu'il avait changé, qu'il avait même beaucoup changé. Il laissa tomber la serviette nouée à sa taille, et passa la main sur la surface embuée pour mieux se voir. Il avait maigri et ses bras et ses cuisses s'étaient musclés, ce qui lui rappelait l'allure qu'il avait avant... avant qu'il n'arrête le vélo. Ça lui allait bien. Peut-être pourrait-il plaire à une femme, comme ça? Il se vit sourire. Pourquoi cette question lui était-elle venue à l'esprit, là, tout d'un coup? Il n'en avait pas la moindre idée. Il y avait trois ans qu'une femme n'avait posé ses mains sur son corps, sur sa peau, trois ans sans qu'il soit parcouru des frissons qui annoncent le plaisir, trois ans sans toucher une femme. Il repensa à Jennifer, ferma les yeux. Malgré lui, il s'imagina dans un lit avec elle, son corps nu sous le sien. Ça serait facile s'il voulait, il en était convaincu. Il n'avait qu'à l'appeler. Il se mordilla la lèvre. Il était tenté, c'est vrai, mais il savait aussi qu'il ne le ferait pas. Il lui était arrivé de prendre le téléphone pour l'appeler, mais chaque fois, juste avant de composer le numéro, il se ravisait et raccrochait. La buée avait maintenant complètement recouvert le miroir. Il sortit de la pièce et se dirigea vers sa chambre, nu comme un ver. Jennifer était à jamais la femme de Samuel et il ne pouvait la voir autrement.

Et lui, qui était-il, maintenant? Et s'il rencontrait quelqu'un, que se passerait-il? « Tu parles! Tu te souviens même plus comment faire, mon vieux. » Dans la chambre, Éric se mit à fouiller dans ses tiroirs et trouva un ridicule boxer à pois blancs, le seul sous-vêtement propre qui lui restait, le regarda un instant; est-ce que c'était Nat qui le lui avait acheté? Il ne se souvenait plus. Il l'enfila en haussant les épaules et constata non sans un certain plaisir qu'il était un peu trop grand.

Il reprit son dialogue intérieur. « Alors, comment tu t'y prendrais? » Il l'inviterait à prendre un verre. « Au resto ou ici? » Ici: ce serait plus facile. Ils s'installeraient au comptoir de la cuisine, assis sur les tabourets. Alors qu'elle serait attablée, regardant sans doute son verre, il s'approcherait d'elle, frôlerait son dos, passerait une main dans ses cheveux. Elle le regarderait, sourire aux lèvres. Elle saurait. Elle attendrait sans doute une seconde ou deux, tentant d'anticiper ses prochains gestes, lui se pencherait vers elle, l'embrasserait, la prendrait dans ses bras pour l'emmener dans la chambre. « Tu vas pas un peu trop vite, là? Vous vous connaissez à peine. » Éric se dit qu'il ne savait plus, en fait, comment on faisait. Il se sentirait sans doute maladroit, empêtré, gêné. Et même s'il y arrivait, qu'est-ce qui se passerait ensuite ? Ils se reverraient, d'accord, puis ils se donneraient rendez-vous, et un jour viendrait où, logiquement, ils devraient faire des projets. Est-ce qu'il pouvait faire des projets ? Penser à l'avenir ? Oublier le passé ? « Comme si c'était possible ! » Il enfila un jean et un chandail à col roulé. Il avait chaud, maintenant. Au salon, il déboucha une bouteille de scotch, fit couler l'alcool doré dans un verre et se laissa tomber dans son fauteuil en cuir, en se disant qu'il avait bien peu à offrir à une femme, finalement.

9

L'odeur était insupportable : âpre, forte, difficile à décrire. Une odeur qui vous prenait à la gorge. C'est la première réflexion que Joe se fit. Il savait qu'elle émanait du poisson qui pourrissait à côté de lui, cette odeur, mais se demanda si elle ne venait pas également de lui-même, tellement il avait l'impression de pourrir lui aussi de l'intérieur, étendu depuis il ne savait trop combien de temps, sur le plancher humide. Il était inutile d'essayer de bouger. La douleur montait toujours en lui, diffuse, mais bien présente. Au moindre mouvement que Joe ferait, elle exploserait dans tout son corps. Il tenta, sans y arriver, de déterminer d'où venait le mal, où étaient les plaies. Il revit, comme dans un film l'attaque de l'ours, ses griffes qui lacéraient son dos, ses dents qui mordaient ses épaules. Il jeta un coup d'œil à la porte. Elle était bien fermée. L'ours ne pouvait pas revenir. Joe referma les yeux. Il n'avait qu'une envie : dormir.

::

Un pas à la fois. Laura arrivait en haut de la côte et elle se sentait essoufflée. Depuis son retour de Montréal, elle se trouvait moins performante, plus lourde, plus lente. Comme si la nausée qu'elle avait ressentie dans la chambre de l'hôtel, après le départ de Christian, ne la quittait pas. Elle s'arrêta au coin de la rue parce que le feu était rouge, posa les mains sur les hanches et se pencha pour souffler un peu. L'air était frais et ça faisait du bien. Ses poumons s'aéraient. Dans ses oreilles, Richard Desjardins chantait de sa voix nasillarde et si émouvante : « Quand j'aime une fois, j'aime pour toujours. » Le feu passa au vert, les autos stoppèrent et Laura reprit un pas de course pour franchir les quelques mètres qui lui restaient, après avoir traversé la rue. Sur le sol, les feuilles mortes s'accumulaient et rendaient les trottoirs glissants. Leurs couleurs enflammaient déjà les arbres de la vallée. Bientôt elles se faneraient et tomberaient toutes, et le temps deviendrait rapidement plus froid et il faudrait penser à sortir les vêtements d'hiver et les crampons.

Tandis qu'elle tournait la clé dans la serrure, Laura se surprit à penser à son cycliste au sourire éclatant, qu'elle n'avait pas revu. Sans savoir pourquoi, elle se dit qu'elle serait heureuse de le croiser de nouveau, se demanda si ça arriverait avant le printemps prochain ; les cyclistes allaient ranger leur vélo, bientôt, et avec les journées qui raccourcissaient, on voyait de moins en moins de monde dans les sentiers.

::

Joe ouvrit les yeux et l'odeur le prit tout de suite à la gorge. Une nausée lui souleva l'estomac et il se mit à toussoter, ce qui déclencha une vague de douleur qui le fit grimacer et grogner comme un animal. Quand son estomac finit par se calmer, Joe resta immobile un instant, les yeux clos, en attendant que la douleur diminue. Il savait qu'il devait bouger à tout prix, sinon... sinon, quoi ? Il mourrait, sans doute. Il mourrait ici, dans cette cabane. Seul. Cette pensée l'affola. Il fallait qu'il s'en sorte, il le fallait à tout prix. La peur provoqua une décharge d'adrénaline qui se diffusa dans ses veines et c'est sans doute ce qui lui donna la force de bouger un bras, malgré la douleur, et ensuite l'autre bras. Il se propulsa en restant couché sur le ventre et, à force d'efforts, parvint à se traîner. Joe sentait la sueur qui dégouttait de son front; il avait terriblement chaud et il frissonnait en même temps. Il devait se rendre à la chambre, réussir à se lever et s'installer sur le lit, il fallait qu'il trouve le moyen de manger et de boire avant longtemps. Il était resté il ne savait combien de jours sur le sol; il ne tiendrait pas le coup encore bien longtemps sans liquide, ça, c'était sûr. Il continua à bouger et, petit à petit, s'approcha de la chambre. L'adrénaline devait endormir la douleur, parce qu'il la sentait moins, mais il savait qu'elle reviendrait. Elle reviendrait encore plus forte.

Tandis qu'il se traînait dans cette drôle de position, comme un lézard, il remarqua qu'il faisait presque noir dans la pièce. On devait être à la fin de la journée. Il avait perdu la notion du temps. Il se sentait si faible que tout ce qu'il voulait, c'était dormir, s'étendre sur le lit et fermer les yeux. Il arrivait à la porte. S'il continuait encore un peu, il réussirait à se rendre jusqu'au lit. Il se demanda ce qui se passerait s'il devait mourir ici. Personne ne s'en rendrait compte, probablement. En tout cas, pas tout de suite. L'oncle Jim viendrait à l'apprendre et il secouerait sans doute la tête en regardant le bout de ses chaussures, les lèvres pincées, comme Joe l'avait déjà vu faire. Il dirait quelque chose comme: «C'est dommage.» Joe eut un pincement au cœur en pensant à son oncle. Le reverrait-il jamais?

Il était parvenu à entrer dans la pièce. Devant lui, le lit se dressait, à plusieurs centimètres du sol. Joe devrait faire un effort surhumain pour y monter. Il attrapa le bord et s'agrippa aux couvertures pour arriver à s'y hisser. Il y parvint, mais la douleur fut si fulgurante qu'elle lui arracha un hurlement. Ensuite, Joe se laissa retomber sur le lit, essoufflé, le cœur battant, et tout s'embrouilla autour de lui. Il venait de perdre connaissance une nouvelle fois.

10

Elle referma le couvercle de son ordinateur et attrapa son manteau, après quoi elle se plaça devant la fenêtre. Le crépuscule était descendu même s'il n'était pas dix-sept heures. Tous les bureaux de la tour de l'autre côté de la rue étaient illuminés. Les lampadaires, tout en bas, jetaient une lumière dorée sur les rues. On était au cœur de l'heure de pointe et les autos s'agglutinaient, leurs feux d'arrêt arrière dessinant de longs rubans rouges qui tranchaient sur la grisaille. Laura sortit, et au moment où elle refermait la porte, elle entendit des pas derrière elle.

— Bonjour !

C'était Christian, bien mis comme toujours, sa cravate marine qui contrastait avec sa chemise blanche. Des images déferlèrent dans la tête de Laura : deux corps qui s'emmêlent, des mains courant sur sa peau, le visage de Christian se tordant de plaisir. Il souriait, mais son sourire avait quelque chose d'amer.

— Dis donc, est-ce que… est-ce que tu m'évites ?

— Pas du tout.

Elle savait qu'elle venait de rougir, et qu'il trouverait qu'elle mentait très mal. Elle continua son chemin et il lui emboîta le pas.

— Écoute… on pourrait aller prendre un verre, je te demande rien, tu sais. C'est juste que… c'est pas la peine de faire comme si j'existais pas.

Elle s'arrêta au milieu du corridor, s'assura que personne ne pouvait les entendre, et se retourna.

— Écoute..., c'est... c'est...

Elle se sentait pathétique, peinait à trouver les mots. Christian lui mit une main sur l'épaule et plongea ses yeux dans les siens.

— J'ai compris, tu sais. Moi non plus, je veux pas une histoire d'amour, ou je sais pas quoi, Laura. Je voudrais juste qu'on reste... comment dire? Civilisés. Si tu me croises dans le corridor, peux-tu me dire bonjour, s'il te plaît? C'est tout.

Il s'interrompit parce que quelqu'un arrivait. Une femme d'un certain âge passa lentement entre eux, son collier de perles dansant à chacun de ses mouvements, un parfum fleuri l'enveloppant comme une bulle. Laura avait détourné le regard.

— T'as raison.

Tout à coup, elle s'en voulait. Elle évitait Christian depuis son retour de Montréal parce que c'était plus simple, parce qu'elle ne voulait rien de lui, parce que... parce que c'était toujours comme ça qu'elle faisait. Elle bafouilla:

— Je suis désolée, je... je... vraiment, Christian.

Il fit un pas vers elle et posa un baiser sur sa joue. Laura, désarçonnée, ferma les yeux. C'était tendre, et doux, et ça lui donna un coup au cœur comme si elle avait reçu une gifle. Il recula d'un pas.

— Pas grave. Bonne soirée.

Il repartit et Laura regarda la silhouette longiligne s'éloigner, avant de se secouer et de franchir les portes du bureau. Elle regarda sa montre: il était dix-sept heures dix. Elle avait encore le temps d'arriver chez Lyne et Ian avant les invités. C'était leur soirée annuelle, ce soir, et Laura avait promis qu'elle y serait, même si elle avait ce genre d'événement en horreur.

Dans la rue, elle héla un taxi. Une auto s'arrêta et elle monta au moment précis où il commençait à tomber quelques flocons.

— Vers l'ouest, lança-t-elle au chauffeur.

Elle regarda la ville défiler en pensant à la soirée qui s'en venait. Chaque année, Lyne et Ian invitaient des amis, les conjoints de ces amis, des amis d'amis, des connaissances, les conjoints de ces connaissances ; bref, leur maison devenait pour un soir le refuge de toute une faune bigarrée, la plupart du temps des étrangers que Laura soupçonnait d'être plus intéressés par les bouchées servies sur des plateaux d'argent que par la compagnie des hôtes. Elle en avait touché un mot à Lyne il y avait déjà longtemps, mais son amie s'était montrée peu réceptive et Laura avait simplement décidé de garder ses remarques pour elle.

Le taxi roulait dans King Street West et Laura, regardant du coin de l'œil les petites galeries d'art aux vitrines éclairées qui défilaient, se demanda à quel moment les commerces sortiraient leurs décorations des Fêtes. Dans peu de temps, sans doute. Les gens qui se pressaient dans la rue portaient un manteau et des gants, et très bientôt la neige recouvrirait la ville. L'approche de Noël était loin de l'enchanter. La période des Fêtes était toujours pénible, et Laura traversait ces semaines la mort dans l'âme en souhaitant qu'elles passent le plus vite possible. Elle poussa un soupir, oubliant qu'elle était dans un taxi.

— Vous, ça va, madame ? lui demanda le chauffeur, qui la regardait, sourcils froncés, dans son rétroviseur.

— Oui, oui.

L'auto ralentit après avoir débouché dans une petite rue où s'élevaient une rangée de maisons en briques de deux ou trois étages avec de grands balcons au rez-de-chaussée. Ils étaient arrivés. Laura tendit l'argent au chauffeur.

— Merci, lui dit-il alors qu'elle s'extirpait de l'auto.

Un tapis blanc recouvrait maintenant le trottoir et la neige tombait dru. Elle tourna la poignée de la porte d'entrée. Elle ne se souvenait pas d'avoir jamais frappé ou sonné pour entrer chez Lyne et Ian.

— Hou hou, c'est moi, lança-t-elle à la ronde.

Personne ne lui répondit. Elle enleva ses bottes, suspendit son manteau à l'un des crochets fixés au mur et entra, tandis que Lyne venait à sa rencontre, un tablier noué à la taille et un verre à la main.

— Je t'ai même pas entendue entrer !

— J'ai appelé, personne n'a répondu.

— J'étais à la cuisine. T'arrives tôt, Dieu merci !, je suis littéralement débordée, glissa-t-elle à l'oreille de Laura en l'embrassant sur les deux joues. Tu vas pouvoir me donner un coup de main ? J'ai quelque chose au four, lança-t-elle en se dirigeant d'un pas rapide vers la cuisine.

Laura suivit son amie.

— Au fait, il n'est pas ici, au cas où tu voudrais savoir, dit Lyne sans se retourner.

Laura, interloquée, haussa les sourcils.

— Il… qui ça, « il » ?

Lyne se pencha vers le four et, après avoir enfilé des mitaines, en sortit un plat qu'elle se dépêcha de déposer sur le comptoir.

— Oh… c'est tellement chaud !

— Lyne, qui ça, « il » ? répéta Laura.

— Hein ?

Elle ouvrait un tiroir pour y prendre un couteau. Laura leva les yeux au ciel, impatiente, et insista.

— T'as dit : « Il est pas ici. » C'est qui, ce fameux « il » ?

— Ah…, répondit Lyne, en s'apprêtant à sortir tant bien que mal la pièce de viande du plat brûlant. C'est… tu sais, tu te souviens de ce gars dont on t'a parlé, Ian et moi, dans ce restaurant, l'été dernier ? J'oublie le nom… Comment il s'appelle, ce restaurant, déjà ? Tu sais ce que je veux dire, non ?

— Me souviens plus, Lyne.

— Oui, tu sais, il y avait une terrasse bondée…

— Peu importe, la coupa Laura. Je me souviens très bien de ce que vous m'avez dit, en tout cas. Vous aviez quasiment essayé de me marier, ce soir-là. Il n'en est pas question, Lyne.

— T'exagères, Laura. On voulait juste te le présenter.

— Je ne veux…

Laura fut interrompue par une sonnerie qui retentit dans toute la maison.

— *Shit,* pas déjà du monde ? s'exclama Lyne. Je suis pas prête !

Elle s'élança vers la porte. Laura soupira. Dans le vestibule, elle entendit la voix familière d'Ian.

— Tu peux m'aider ?

Et celle de Lyne.

— Grands dieux, Ian, tu pouvais pas faire deux voyages ?

— Je fais deux voyages, qu'est-ce que tu crois ?

Laura vit ensuite Lyne revenir dans la cuisine, les bras chargés de deux gros sacs d'épicerie, qu'elle laissa tomber sur la table.

Alors qu'Ian entrait dans la cuisine, portant d'autres sacs qui avaient l'air tout aussi lourds, elle lui lança :

— Pose ça sur la table, ça va aller.

Ian embrassa Laura après avoir déposé les sacs.

— Ça va ? lui demanda-t-il au passage.

Elle n'eut pas le temps de répondre qu'il était déjà reparti.

— Je reviens ! dit-il.

— Et ça, c'est juste les courses de dernière minute, expliqua Lyne, avant de se précipiter dans le corridor à la suite d'Ian.

— Attends, je vais t'aider !

Dans la cuisine, le silence se fit de nouveau. Laura ferma les yeux. Elle était déjà étourdie par le brouhaha et la soirée n'était même pas commencée. Soudain, sans qu'elle sache d'où ça lui venait, elle se rendit compte qu'elle avait soif, et elle savait très bien que, ce soir l'alcool coulerait à flots, qu'il serait partout. Il fallait qu'elle trouve de quoi s'occuper. Elle ouvrit un tiroir, sortit un grand couteau et se mit à couper une pièce de viande.

::

Joe déboutonna sa chemise, un bouton à la fois, avec des gestes lents. Il savait que le pire était à venir : quand il enlèverait le tissu collé sur son dos, et que le sang séché se détacherait des plaies vives, ça serait atroce, mais il n'avait pas le choix, il devait se laver et, surtout, il devait laver ses plaies sinon elles s'infecteraient, si ce n'était déjà fait. Il ne savait pas trop comment il avait réussi à se lever du lit où il avait passé les dernières heures. Après s'être finalement hissé sur le matelas de peine et de misère, et il ne savait même plus si c'était la veille ou le jour d'avant, il s'était endormi sans être sûr qu'il se réveillerait. Pendant les heures qui avaient suivi — où était-ce des jours ? —, il ouvrait l'œil de temps en temps et sombrait à nouveau dans le sommeil. Il avait complètement perdu la notion du temps. Ce qu'il savait, c'est qu'à un moment donné, le soleil avait finir par le réveiller et qu'il s'était levé péniblement parce que c'était la chose à faire.

Voilà, il y était maintenant, il fallait enlever la chemise crasseuse, si sale qu'elle sentait le cadavre. Elle irait directement à la poubelle. Debout dans la petite pièce, appuyé au mur froid, il tremblait. Depuis combien de temps n'avait-il pas mangé ? Il ne le savait pas. En se réveillant, il avait réussi à boire quelques gorgées, faisant passer entre ses lèvres sèches et gercées une petite quantité d'eau à la fois, ce qui lui avait fait du bien, mais il savait que c'était loin d'être suffisant. Il manquait de forces, il avait peine à se tenir sur ses jambes. Devant lui, il y avait de l'eau dans une grande chaudière et du savon. Il ne lui restait plus qu'à s'exécuter. Joe hésita un instant, puis se décida. Il ferma les yeux, prit une grande inspiration et retint son souffle avant de tirer d'un coup sec sur sa chemise. La douleur fut telle qu'il pensa s'évanouir. Elle lui arracha un cri qui se transforma en long sanglot. Comment pouvait-on avoir si mal ? Joe ne se souvenait pas d'avoir éprouvé une telle douleur, et pourtant, il en avait bavé dans sa vie. Il en avait reçu, des coups. Il avait plus souvent qu'à son tour vu le sang pisser et gicler. Il s'était même cassé un bras, un jour, dans une bataille, sauf qu'il était si soûl qu'il ne s'en était rendu compte que le lendemain. Mais ça, cette douleur cuisante, cette brûlure, c'était insupportable. Il se laissa glisser contre le mur et se retrouva assis sur le sol, hors d'haleine, en sueur, le corps secoué de spasmes. Il vit un ruisseau de sang serpenter le long de son corps, mais il ne perdit pas connaissance, pas cette fois. Au bout d'un moment, l'intensité de la douleur diminua. Elle était toujours là, mais moins aiguë. Joe reprit son souffle, puis s'appuya au sol pour se relever lentement, avec des gestes maladroits, en glissant sur les flaques de sang.

Il parvint à se mettre debout, et se regarda enfin dans le miroir pour la première fois depuis l'attaque. Il avait les yeux enflés, les lèvres desséchées, le teint gris. Il faisait peur à voir. Il pivota pour pouvoir jeter un coup d'œil à son dos. Ce qu'il vit lui donna envie de hurler. Sa peau était presque complètement arrachée sur toute la surface et on discernait, imprimées profondément dans les chairs, les longues marques des griffes. Sur sa nuque, on pouvait discerner les traces que les dents de l'ours avaient laissées. Joe sentit ses genoux plier et, croyant qu'il allait tomber, s'agrippa au comptoir. Ensuite, il passa son visage à l'eau et le contact avec le froid lui fit du bien. Quand il se sentit un peu plus solide, il se força à regarder de nouveau, scrutant chacune des plaies, chaque marque. Difficile à dire si sa peau allait même se refermer complètement. Chose certaine, il garderait des cicatrices profondes pour le reste de sa vie, s'il survivait.

Il plongea une débarbouillette de coton dans l'eau froide et fit mousser le savon. À partir de maintenant, il laverait les plaies tous les jours, qu'il en ait envie ou non. Il commença par tamponner le linge sur sa nuque, grimaça. Le savon et l'eau qui entrait dans sa peau, c'était l'équivalent de mille aiguilles qui s'enfonçaient. Il rinça la débarbouillette, et s'arrêta un instant. Il était épuisé. Il s'appuya au rebord du petit comptoir, reprit son souffle, attendit une seconde, puis entreprit de laver son dos. Ce fut une véritable décharge électrique. Il s'entendit hurler encore une fois, tandis que des filets d'eau savonneuse mêlée de sang descendaient le long de son échine. Joe sentit ses jambes se dérober sous lui, et se retrouva à genoux sur le plancher, une envie de vomir lui tordant les entrailles. Il se releva, conscient de faire appel à ses dernières forces. Il rinça la débarbouillette dans le seau, et l'eau se teinta de rouge, puis il fit mousser le savon et recommença à laver les plaies doucement, serrant les dents, espérant que la douleur s'atténuerait. Elle ne fut pas moins vive et il ne put s'empêcher de crier encore, seul dans la pièce exiguë, tandis que l'eau dégoulinait et que le savon pénétrait dans la chair sanguinolente.

:::

Éric appuya sur le bouton de la sonnette. Il se sentait nerveux. Une bouteille de vin dans une main, un bouquet de fleurs dans l'autre, il se trouvait parfaitement ridicule, debout devant la porte d'entrée de cette maison cossue, à attendre qu'on vienne ouvrir. Au bout d'un moment, il sonna de nouveau. Pourquoi avait-il accepté l'invitation d'Ian ? Il ne savait pas vraiment. Pas plus qu'il ne savait, en fait, pour quelle raison Ian l'avait invité. Ils ne se connaissaient que depuis un an ou deux et ils étaient loin d'être ce qu'on appelle des amis. Ils s'étaient rencontrés au palais de justice, alors qu'Éric représentait la banque dans une cause qui avait traîné en longueur. Et Ian témoignait pour la banque. Un midi, ils étaient allés luncher, avaient parlé de tout et de rien, de voyages et de travail. Ils avaient sympathisé.

La porte s'ouvrit et il se retrouva devant une silhouette qui lui parut tout de suite familière, une femme svelte vêtue d'une robe rouge sans manches qui laissait voir des épaules étroites et des bras bien découpés couverts de taches de rousseur. Son visage encadré d'une chevelure rousse sagement coiffée était fin, et ses yeux dont la couleur était difficile à déterminer dans la pénombre, semblaient vifs.

— Bonjour !, lança-t-elle.

C'est à ce moment qu'il la reconnut. Il écarquilla les yeux, surpris : c'était sa joggeuse, celle qu'il avait vue dans la vallée. Il resta sans voix. Jamais il n'aurait cru ni même imaginé la rencontrer ici. Qu'est-ce qu'elle faisait là, au fait ?

— Entrez, ajouta-t-elle.

Éberlué, il obéit et elle referma la porte. Il ne put s'empêcher de sourire à la vue de cette femme dont il ignorait toujours le nom.

::

Un sourire éclatant. C'est ce que Laura se dit de l'homme qui venait de franchir la porte, laissant entrer avec lui l'air frais de l'extérieur. Elle frissonna, fronça les sourcils. Cet homme lui disait quelque chose, mais elle n'arrivait pas à se souvenir à quel endroit elle l'avait vu. Elle jeta un coup d'œil sur les fleurs et la bouteille.

— Euh… c'est pour Lyne, dit-il.

Elle tendit les mains.

— Donnez, je vais apporter ça à la cuisine.

— Vous ne me reconnaissez pas ? lui demanda-t-il sans bouger.

Elle le regarda plus attentivement. Ni grand ni petit, il avait une allure plutôt athlétique : mince, svelte, des épaules carrées. Son visage était bien découpé, ses yeux bleus semblaient chercher votre regard quand il vous parlait. Il était beau, vêtu simplement d'un jean, d'un chandail à col rond et d'un veston.

— D'habitude quand vous me croisez dans la vallée, je suis penché sur mon guidon, et vous avez vos écouteurs aux oreilles, chuchota-t-il en se rapprochant d'elle.

Elle mit la main devant sa bouche, comme pour retenir un cri de surprise. C'était le cycliste ! Le cycliste de la vallée. Elle eut l'impression de le revoir, sur son vélo, descendant la côte Pottery à toute allure. Voilà pourquoi il lui semblait si familier.

— Vous ? C'est très drôle !, Vous êtes… je veux dire, vous connaissez Lyne et Ian ?

— Ian. On se connaît un peu. Par le travail.

Elle secoua la tête.

— Le monde est petit, quand même !

— C'est le moins qu'on puisse dire.

— Sans votre vélo, je ne vous ai pas reconnu.

— Ah ! Si j'avais su, je l'aurais apporté !

Il se tut. Dans le moment de silence qui suivit, la porte s'ouvrit tout à coup et des gens que Laura ne connaissait pas entrèrent. Elle les laissa passer.

— Et vous, demanda-t-il, vous connaissez Lyne et Ian ?

Laura rit franchement cette fois.

— Depuis toujours.

La porte s'ouvrit de nouveau.

— Bon, je vais vous laisser entrer.

Il lui tendit la bouteille et les fleurs et enleva son manteau.

En se dirigeant vers la cuisine, Laura se surprit à sourire, heureuse que ce cycliste débarque, au milieu des étrangers. La soirée ne serait peut-être pas si ennuyeuse, après tout. Dans la pièce, des gens s'entassaient près du comptoir. Elle se faufila jusqu'à une armoire où elle trouva un vase. Tandis qu'elle le remplissait d'eau pour y mettre les fleurs, elle jeta un coup d'œil aux bouteilles alignées sur le comptoir et se dit que ça irait, finalement, que l'envie de boire était passée.

::

Il s'était dit qu'il n'allait tout de même pas la suivre comme un petit chien, alors, au lieu d'emprunter le corridor derrière elle, il s'était plutôt dirigé vers un grand salon, cherchant Ian des yeux, sans le trouver. Le plafond était haut, dans la pièce richement décorée. Au sol, les tapis bordeaux réchauffaient l'atmosphère. Il y avait déjà beaucoup de monde et il réalisa que la seule personne qu'il avait envie de voir, c'était sa coureuse. Il s'en voulait de ne pas s'être présenté — «Quel abruti tu fais!» — et de ne pas lui avoir demandé son nom.

Sans trop savoir comment, Éric se retrouva avec un verre à la main, et se mit à déambuler dans la pièce, croisant de petits cercles d'invités qui discutaient, formant de petites bulles. Papillonnant d'une bulle à une autre, Éric captait des bribes de conversation qui, hors contexte, n'avaient aucun sens, et après quelques minutes, il se rendit compte que son verre était vide. Il le déposa sur un plateau que quelqu'un lui tendait, et prit un verre plein. Il sentit tout à coup une main lui serrer l'épaule sans ménagement, il se retourna pour découvrir Ian, tout sourire, planté devant lui.

— Hé... content de te voir, *man*. Merci d'être venu.

Éric chercha quoi dire et opta pour la première formule de politesse qui lui vint à l'esprit:

— Euh... merci de m'avoir invité. Y a pas mal de monde, continua-t-il, en faisant un geste de la main pour montrer la pièce.

— De plus en plus de monde chaque année. Pas sûr que je les connais tous, constata Ian, en portant son verre à ses lèvres.

Alors qu'il s'apprêtait à ajouter quelque chose, Éric vit Ian détourner le regard, et lever la main pour faire un signe à un petit groupe, à l'autre bout de la pièce.

— Il faut que j'aille les saluer, ceux-là, je reviens dans une minute.

— Bien sûr, dit Éric à Ian qui s'était déjà éloigné.

Alors qu'il contemplait son verre, se demandant ce qu'il allait faire à présent, elle apparut. Elle. Elle, avec sa robe rouge. Elle, pareille à l'opiniâtre coureuse de la vallée et en même temps différente. Elle, à la silhouette fine, ce qui contrastait avec l'endurance dont elle faisait preuve quand elle montait une côte, dans la vallée.

Elle parlait à quelqu'un. Elle ne le regardait pas. Éric se rendit compte que son cœur battait un peu plus vite. Un groupe d'invités bruyants, trois hommes et une femme qui riaient à tue-tête, se déplaça et il perdit de vue sa coureuse. Il tendit le cou, la chercha des yeux, mais ne la vit plus. Elle semblait avoir disparu.

::

Il essuya doucement le bas de son dos, ses bras, sa poitrine, en tentant d'éviter les plaies. La douleur, bien que toujours vive, avait diminué d'intensité. Tremblant, il déposa la serviette blanche sur le petit comptoir, remarqua qu'elle était tachée de sang. Sur le plancher, on pouvait voir de longues traces rouges. Pas question, pour le moment, de nettoyer tout ça, il n'en avait pas la force. Ce qui le préoccupait, par contre, c'est qu'il ne restait plus d'eau. Joe savait qu'il aurait à se rendre au lac pour s'approvisionner. Il lui faudrait s'habiller d'abord, ce qui en soi serait une torture, prendre un seau, sortir, remplir le seau. Très franchement, il ne savait pas s'il en serait capable.

Il marcha vers la chambre torse nu, frissonnant, fiévreux. Frigorifié. Du sang s'écoulait doucement de certaines plaies. Sa démarche était mal assurée, et il se cogna contre l'embrasure de la porte, puis visa le lit. Mieux valait se glisser sous les draps et dormir encore un peu. Il s'y laissa tomber, grimaçant parce que chaque mouvement était douloureux, ferma les yeux et s'endormit presque sur-le-champ.

::

Il était là, il était juste là, au bout du corridor, désinvolte, un verre à la main, seul. Elle l'observait. En fait, il tournait en rond. Il devait drôlement s'ennuyer. Tout à coup, il posa les yeux sur elle, comme s'il sentait qu'on le regardait, et la vit. Elle lui adressa un petit sourire. Elle sentit le sang affluer à ses joues, fit un premier pas, puis un deuxième, et se retrouva près de lui, si près qu'elle pouvait sentir son parfum aux arômes légèrement épicés. Si elle approchait encore un tant soit peu, le silence deviendrait impossible. Elle fit un pas de plus.

— Vous m'avez l'air d'être un bon cycliste...

Laura s'en voulut tout de suite de n'avoir rien trouvé de mieux que ces paroles insipides pour engager la conversation.

— Bof. Je l'ai déjà été, mais je ne le suis plus, dit-il en haussant les épaules.

Une femme les interrompit en leur tendant un plateau sur lequel une dizaine de verres remplis de vin semblaient tenir en un précaire équilibre. Laura refusa l'offre en secouant la tête, tandis qu'il acceptait. Ensuite, il y eut un moment de silence. Elle le vit avaler une grande lampée et planta son regard dans le sien, juste pour voir s'il allait détourner les yeux, mais il soutint son regard. Elle sourit, puis, faisant un geste large du bras, demanda :

— Vous aimez ce genre de soirée ?

Il répondit, visiblement amusé :

— Pas vraiment ma tasse de thé, non. Vous ?

Elle hésita une seconde.

— Si on sortait ? proposa-t-elle.

Quelque chose changea dans son regard. Il était soufflé, manifestement. Laura se mordit la lèvre inférieure. Elle s'attendait à ce qu'il lui pose des questions, à ce qu'il lui demande ce qu'elle voulait, ou tout simplement à ce qu'il refuse, mais, il fit plutôt un signe de la tête, lui prit la main, et l'entraîna vers la porte sans ajouter quoi que ce soit. « Lyne comprendra », se dit Laura. Elle sourit à son cycliste et le suivit. Elle aimait le contact de sa main carrée qui tenait la sienne, juste assez fermement. Il zigzaguait entre les invités, sans se retourner. Comment se passeraient les choses à partir de là ? Elle avait envie d'être avec cet homme dans son lit, de sentir le poids de ce corps sur le sien, le cœur qui explose dans la poitrine, le souffle court, rauque, elle avait envie de se sentir revivre pour quelques heures et de tout oublier. Ils n'étaient plus qu'à quelques pas de la porte quand Laura entendit la voix chantante derrière elle.

— Alors vous vous êtes rencontrés, finalement ?

Elle s'arrêta net, se retourna. Le cycliste en fit autant. Laura vit Ian, un plateau à la main, et Lyne, les joues rouges, plantés derrière eux qui les regardaient, tout sourire. Elle ne savait trop ce que Lyne avait voulu dire, mais elle sentait confusément que quelque chose clochait, qu'il y avait un grain de sable dans l'engrenage. Ils auraient dû pouvoir partir en douce sans être vus et sans devoir répondre à des questions. Lyne les montra du doigt chacun leur tour.

— Éric Dubois, Laura Duquesne.

Voilà, le cycliste avait un nom.

Éric se tourna vers sa coureuse dont il connaissait le nom, à présent : Laura Duquesne. Ça sonnait bien. Il scruta son visage. Elle avait l'air aussi surprise que lui. Il se demanda ce qu'il fallait faire à partir de là. Lui serrer la main, maintenant que les présentations avaient été faites ? Ç'aurait été ridicule.

Lyne ne s'arrêta pas là.

— Éric est avocat. Il travaille dans l'édifice juste à côté de la banque. Hein, Ian ?

Ian regarda Éric.

— Laura est directrice des ressources humaines à la banque.

Il ajouta, à l'attention de Laura :

— Éric et moi, on a des clients communs. On s'est rencontrés au palais de justice devant un juge pas commode du tout. Tu t'en souviens, Éric ?

— Et ce qui est encore plus drôle, ajouta Lyne sans laisser à Éric le temps de répondre, c'est qu'on voulait vous présenter, tous les deux. Il y a une éternité qu'on voulait vous présenter !

Des noms, des lieux, des dates, des faits : autant de détails que Laura aurait préféré ne jamais connaître. Le cycliste était maintenant une vraie personne et, qui plus est, un ami de ses amis, et, pire que tout, la personne que Lyne et Ian, pour une raison qu'elle ignorait, s'acharnaient à vouloir lui présenter. Elle avait l'impression d'être en chute libre.

— C'est super que vous ayez fait connaissance ! se réjouit Lyne.

— On se connaissait déjà, en fait, dit Éric.

Il vit les yeux de Lyne et ceux d'Ian s'agrandir.

— Ah bon ? Je savais pas. Vous vous êtes rencontrés où ?

Laura entendit Éric tout raconter ; le vélo, le jogging, Pottery Road, la vallée, les soirs de pluie, les jours de canicule, les descentes, les montées, les efforts, les sourires timides sous les lampadaires, dans l'épaisseur de la nuit. C'était comme s'il ne pouvait rien garder pour lui. Laura détourna les yeux. Petit à petit, les sons devenaient plus étouffés, lointains. Tout à coup, elle se sentit propulsée hors du groupe, hors du temps, comme si son esprit s'envolait, comme si elle était projetée dans une autre époque, des années auparavant, quand la vie n'était que rires et légèreté, quand tout était facile, qu'elle pouvait s'amuser, que la douleur n'existait pas, quand faire des projets, bavarder, parler de tout et de rien, rire de tout et de rien était encore possible, quand les soirées semblaient ne jamais vouloir finir, tout comme les jours qui les suivaient, quand ils étaient encore quatre, puis six, puis sept, quand Thomas était encore vivant, et que les peines étaient futiles, les larmes inexistantes, que les plaisirs étaient grands et nombreux au point où Laura ne les comptait plus.

— Vous partiez, là ?

La question de Lyne la fit sortir de sa rêverie. Elle se dit qu'elle devait répondre quelque chose, mais ne trouva rien.

— Non…, répondit Éric visiblement mal à l'aise.

Finalement, Lyne se mit à parler d'autre chose et, après un moment, elle et Ian repartirent s'occuper de leurs invités, laissant Laura et Éric seuls au milieu de gens qu'ils ne connaissaient ni d'Ève ni d'Adam. Ils se retrouvèrent là où ils étaient quelques minutes auparavant: au beau milieu du salon. Le charme était rompu. Partir n'était plus possible. Il ne restait qu'à faire la conversation. Elle regrettait déjà ces moments furtifs dans la vallée quand Éric n'était qu'un inconnu.

— Alors… tu viens d'où?

Des questions, une conversation banale. Laura sentit son estomac se crisper, mais répondit malgré tout, parce que… parce qu'elle ne savait comment faire autrement.

— De Montréal.

Il acquiesça d'un mouvement de la tête.

— Tu cours souvent, si j'ai bien compris, ajouta-t-il.

— Tous les jours, ou presque.

Il hochait la tête chaque fois qu'elle parlait. Il y eut d'autres questions, puis des moments de silence, des moments de gêne, des yeux baissés, ou, au contraire levés au ciel, des sourires, des hésitations, du rouge aux joues, des soupirs, des attentes, Laura l'imaginait bien, et la déception que les choses se soient passées ainsi. Tout ce temps, Éric enfilait un verre après l'autre et Laura se demanda jusqu'à quand il pourrait tenir ce rythme. Ils restèrent debout un long moment puis, comme un des sofas finit par se libérer, ils s'y laissèrent tomber. Dans la pièce bondée, il faisait chaud, et Laura ne savait pas à quel moment elle pourrait se sauver.

Après une heure ou deux à bavarder, Éric et elle avaient fait le tour des sujets dont on peut parler quand on se connaît à peine, et qu'on ne veut pas franchir le seuil au-delà duquel on entre dans une discussion intime, ce qui, dans les circonstances, aurait été, pour Laura, franchement désagréable. De toute façon, plus la conversation avançait, plus Éric avait l'air bourré; ses phrases étaient de moins en moins cohérentes, et il avait peine à se tenir réveillé.

— Je pense qu'il est temps de partir, lui souffla-t-elle à l'oreille, dans un moment de silence.

Il hocha simplement la tête, et ils se levèrent. Il titubait. Laura se dirigea vers la porte, attrapant son manteau au passage, Éric sur ses talons. Il mit un temps fou pour retrouver son imper dans le placard de l'entrée.

— Il est de quelle couleur? soupira Laura.

Ils finirent par arriver dehors, à l'air frais, enfin. Laura remonta le col de son manteau et héla un taxi qui passait non loin. Quand l'auto s'arrêta à leur hauteur, elle ouvrit la portière pour se laisser glisser sur le siège. Éric la suivit sans dire un mot. Le chauffeur démarra. Les rues défilaient. La radio jouait en sourdine. Elle se sentait fatiguée. Ils traversèrent le centre-ville en un rien de temps.

— J'ai passé une très belle soirée, Laura, lui dit Éric tandis qu'ils étaient immobilisés à un feu rouge.

Un couple de personnes âgées traversa devant eux. Ils étaient arrivés sur Broadview, où les passants se faisaient rares. Laura ne répondit rien, se contentant d'adresser un petit sourire à Éric.

— J'ai trop bu, je sais, ajouta-t-il.

Laura ne put s'empêcher de penser qu'il avait quelque chose d'attendrissant, en ce moment. Elle rit doucement, secoua la tête.

— C'est le moins qu'on puisse dire.

Puis Éric aperçut son immeuble, longue silhouette qui jetait ses feux dans la nuit, aux étages où les gens avaient laissé allumé.

— J'habite ici, dit-il, montrant l'édifice du doigt.

Le chauffeur ralentit, et arrêta l'auto en bordure du trottoir.

— Merci, lui dit Éric.

Ensuite, il y eut un moment de flottement. Il était temps de se dire au revoir. Laura espérait qu'Éric ne tenterait pas de l'embrasser. Elle en connaissait trop de lui, maintenant, ça serait trop compliqué. Il brisa le silence.

— On va se revoir… je veux dire… on va se revoir dans la vallée, non ?

Elle hocha la tête.

— Ça, c'est sûr, Éric.

Elle le vit étirer le bras, mettre la main sur la poignée de la portière, et tirer.

— Bon, O.K. Bonne nuit alors.

Il eut un hoquet, ce qui le fit rire. Il se déplia.

— Bon, ben…, commença-t-il.

— À bientôt, dit-elle simplement, l'interrompant.

— Oui. À bientôt, ajouta-t-il en s'extirpant tant bien que mal de l'auto.

Tandis que le taxi se remettait à rouler, elle jeta un coup d'œil dans le rétroviseur et vit Éric traverser la rue d'un pas mal assuré, devant deux ou trois autos arrêtées. Il finit par s'engouffrer dans l'édifice.

Éric observa les feux rouges arrière qui s'éloignaient dans la nuit et se mit à marcher en se demandant pourquoi, au fait, il n'avait pas invité Laura à monter chez lui. Un gros VUS beige s'arrêta devant lui et le chauffeur le regarda, un air de reproche dans les yeux, tandis qu'Éric traversait la rue à pas de tortue. Tant bien que mal, il se retrouva sur le trottoir et entendit les autos repartir derrière lui. En poussant les portes vitrées de l'immeuble, il se dit qu'il était soûl, que la soirée avait été chouette, qu'il était heureux d'avoir rencontré Laura, regretta de ne pas l'avoir l'invitée, et s'imagina la tenir dans ses bras. « Tu parles ! T'arrives à peine à te tenir debout, mon vieux ! »

11

Adossé au mur, mi-couché, mi-assis, Joe, les yeux écarquillés, contemplait de son lit la longue trace sombre sur le plancher de bois. Il mit quelques secondes pour comprendre qu'il s'agissait de sang séché, et que c'était son sang. Il savait bien qu'il n'arriverait jamais à faire partir cette tache, eût-il frotté pendant des heures. De toute façon, il n'en avait pas la force. Il avait la tête qui tournait et, même s'il venait de se réveiller, il se sentait extrêmement fatigué et il avait l'impression que sa tête allait exploser tellement elle lui faisait mal. Par contre, la douleur dans son dos et sur sa nuque était sinon disparue, du moins un peu plus supportable. Joe posa les yeux sur le lit défait : il y avait du sang partout, non seulement sur le plancher, mais aussi sur les draps et les couvertures de laine. Il secoua la tête. On pouvait dire qu'il avait vraiment cochonné la maison. Tout à coup, il sentit la honte revenir, et la voix de sa mère se fit entendre au fond de ses tripes. « T'es rien qu'un crotté, Joe Wapachi, un sale ! »

Joe, s'appuyant sur le mur et s'aidant de ses mains, arriva à se lever. Il se traîna les pieds jusqu'à la cuisine, où il prit un seau. À chacun de ses mouvements, sa peau tirait, comme si elle était sur le point de se fendre et le faisait grimacer, mais au moins il ne sentait plus le sang couler dans son dos jusqu'à ses fesses. C'était bon signe. Il inspira profondément avant d'enfiler un manteau et fut surpris de constater que ça n'avait pas fait aussi mal qu'il l'avait craint. Il mit des bottes et sortit. Dehors, la lumière du jour le fit cligner des yeux. Le temps était gris, il faisait froid et humide, et on ne pouvait que deviner le soleil derrière le plafond de nuages. Il marcha lentement vers le lac, faisant attention de ne pas tomber. Il avait les jambes en coton, tout son corps tremblait. Malgré tout, il fit quelques pas dans l'eau. Quand elle lui arriva aux mollets, il déposa le seau dans le fond, l'inclina et regarda l'eau monter à l'intérieur. Après quelques secondes, il était rempli. Joe se demanda s'il aurait la force de le rapporter à la cabane. Il le souleva avec précaution pour ne pas laisser échapper trop d'eau et revint sur ses pas, l'oeil et l'oreille aux aguets. Il ne vit rien, n'entendit rien ; l'ours devait être loin. Joe vit défiler les images de l'attaque dans sa tête et continua à marcher, puis il fut pris d'une envie soudaine. Il posa le seau par terre en fléchissant les jambes pour ne pas se pencher car son dos l'aurait fait beaucoup trop souffrir, ouvrit son manteau, défit la fermeture éclair de son jean, lui aussi taché de sang, et se mit à pisser, surpris de voir à quel point l'urine était foncée, presque brune. Joe détourna la tête, écœuré, et une fois qu'il eut terminé, se sentant un peu mieux, il rentra.

Tout de suite en poussant la porte, il fut saisi par l'odeur. La cabane empestait le poisson pourri, la charogne, la mort finalement. Il jeta un coup d'œil à la truite dont le cadavre reposait toujours au milieu de la pièce. Autour, il y avait des excréments de souris, ou peut-être même de rat, Joe n'en était pas trop sûr. Il n'avait pas la force de se débarrasser du poisson mort pour le moment ; il s'en occuperait dès qu'il le pourrait. Il se rendit à la cuisine d'un pas hésitant, mais ne put empêcher des gouttes d'eau de se répandre sur le sol. Poser le seau sur le comptoir lui demanda un effort considérable. Après, il prit le temps de souffler un peu, immobile, la tête qui tournait, son estomac qui se tordait, des crampes dans les muscles de ses jambes. Dans le grand seau rouge en plastique, l'eau décrivait de petits ronds concentriques.

Joe n'avait presque rien bu depuis des jours. Allait-il mourir? Il avait toujours entendu dire qu'on ne pouvait vivre bien long-temps sans liquide. Il plongea un verre dans le seau et le remplit d'eau fraîche, approcha le verre de ses lèvres sèches, tellement sèches qu'elles étaient gercées, au point où la peau s'était déchirée aux commissures. Il avala quelques gouttes, puis une gorgée, puis une deuxième. Ça faisait du bien, mais ça lui levait le cœur en même temps. Il reposa le verre, se dirigea lentement vers le sofa dans le fond de la pièce, parce que ça lui semblait être la chose à faire. Ses jambes ne le portaient plus et la tête lui tournait de plus en plus. Il laissa échapper un grognement qu'on aurait pu prendre pour celui d'une bête.

::

— La prochaine fois, je ferai vos fenêtres, dit la femme en replaçant son portefeuille dans son sac à main après qu'Éric lui eût donné l'argent qu'il lui devait; une bien petite somme, finale-ment, pour tout ce qu'elle accomplissait.

Elle avait passé trois heures dans l'appartement, et l'avait complètement transformé. Elle leva la tête vers Éric et lui sourit, laissant voir des dents inégales.

— Bon, ben, j'y vais. À la semaine prochaine.

Il la remercia et referma la porte derrière elle, après avoir observé pendant une demi-seconde la silhouette maigre avancer vers l'ascenseur d'une démarche rapide. Ensuite, il se retourna pour regarder le sol qui brillait et les meubles qui reluisaient comme une route asphaltée après la pluie. Ça sentait bon. Il flot-tait dans l'air des odeurs de savon, des parfums citronnés. Ça sentait le propre, finalement. Il avait appelé la femme de ménage recommandée par Sylvie, et ils avaient convenu qu'elle passerait une fois par semaine. Éric se demandait maintenant comment il avait pu vivre sans elle.

Il avait déjà enfilé ses vêtements de vélo. Se dirigeant vers la remise, il jeta un coup d'œil à la fenêtre, en se disant qu'il restait bien peu de temps avant l'hiver et qu'il valait donc mieux en profiter. Le temps gris annonçait même de la neige. C'était probablement la dernière fois de l'année qu'il sortait Rita. Il n'était pas comme ces fous qui roulent toute l'année sur la neige ou sur la glace. Il souleva son vélo, et, le tenant d'une main par le cadre, l'emporta jusqu'à l'entrée.

Il parvint en moins de deux en haut de la côte Pottery, prêt à attaquer la vallée, ses montées abruptes, ses kilomètres de sentiers, ses routes étroites. Dès le premier coup de pédale, il la vit. C'était elle. Elle commençait à monter, la tête baissée, concentrée sans doute. Il eut envie de crier son nom : Laura. Il se demanda si elle avait froid vêtue seulement d'un pantalon et d'un léger blouson noir… non gris, gris foncé avec un peu de vert aux manches, et au col. Il se demanda si elle était essoufflée, si elle avait mal, si elle avait envie d'arrêter, si elle avait soif. Qu'est-ce qu'elle écoutait, dans ses écouteurs ? Quelle musique ? Quelles chansons ? Est-ce que le rythme la poussait à courir plus vite ? Il se surprit à l'observer, tandis qu'un autre cycliste, et deux ou trois coureurs le contournaient pour se lancer dans la descente. Elle était gracieuse, voilà ce qu'elle était. Gracieuse comme une ballerine. Disciplinée comme un soldat. Éric sentit son cœur se mettre à battre plus vite. Il s'élança, sachant qu'il passerait juste à côté d'elle.

Les mains sur le guidon, les pieds sur les pédales, il se laissa emporter dans la descente, en se disant qu'il avait beau avoir parlé avec elle pendant un bon moment alors qu'ils étaient chez Lyne et Ian, il savait peu de chose de Laura. Il savait qu'elle adorait la course et que, quand elle en parlait, ses yeux s'animaient. Il savait à quel endroit elle travaillait et il connaissait certains de ses amis, et d'autres détails, mais c'était à peu près tout. Il ne savait pas, par exemple, pourquoi elle avait quitté Montréal ni pourquoi elle n'avait personne dans sa vie, ni même si elle voulait quelqu'un dans sa vie. Il avait souvent repensé à cette soirée, et surtout à elle, en se disant qu'il allait la croiser de nouveau dans la vallée, mais il ne l'avait pas revue depuis et il n'avait jamais eu le courage de chercher son numéro de téléphone et de l'appeler.

Arrivé à sa hauteur, il se rendit compte qu'il ne savait pas quoi faire ; Laura n'allait probablement pas s'arrêter de courir pour lui parler. Elle allait probablement lui faire un petit signe de la main, et c'était tout. Que se passerait-il, alors ? Ils seraient mal à l'aise tous les deux mais ils poursuivraient leur chemin. Alors qu'il en était à se poser ces questions, Éric passa juste à côté de Laura. Elle ne tourna pas la tête, ne le regarda même pas, et continua sa route, puis, au moment où il allait la perdre de vue, elle pivota ; elle avait dû sentir le regard d'Éric braqué sur elle. Elle le regarda à son tour. Il freina, descendit de son vélo. Elle lui fit un signe de la main. Il lui sourit. Elle lui rendit son sourire. Ensuite, il arriva exactement ce qu'il redoutait : Laura se détourna et il se retrouva tout seul, dépité. « T'as vraiment l'air d'un con, mon vieux : *now what* ? » Il frissonna. Il était en train de se refroidir ; mieux valait se remettre à rouler sérieusement. En jetant un dernier regard vers la côte Pottery, où il vit Laura qui courait sans s'occuper de lui, il s'élança dans la vallée.

::

Est-ce qu'il s'était endormi ou est-ce qu'il s'était carrément évanoui ? Difficile à dire. Joe, qui venait d'ouvrir les yeux, avait les paupières et la tête lourdes, mais il ne sentait plus, comme ça avait été le cas un peu plus tôt, ce mal qui lui martelait les tempes. Il regarda le verre à moitié vide placé sur la petite table devant lui. Il avait réussi, entre deux hoquets et malgré la nausée, à boire un peu. Il attrapa le verre et avala encore quelques petites gorgées. Son corps était toujours secoué de tremblements et de spasmes, mais Joe avait le sentiment confus qu'il échappait peu à peu à la mort, qu'il s'en éloignait. Sa vue était un peu moins brouillée, et il sentait l'énergie revenir en lui petit à petit. Il plongea un grand verre dans le seau d'eau et versa le contenu dans la bouilloire qu'il posa sur le poêle à bois. Il attrapa du papier et du bois et commença à faire du feu. Chaque mouvement lui arrachait une grimace, mais il savait qu'il passerait au travers. Les plaies ne s'étaient pas infectées, par miracle.

Joe regarda le papier prendre feu, et ensuite l'écorce des rondins de bouleau qu'il avait placés par-dessus. Bientôt les bûches s'enflammeraient aussi, et il se mettrait à faire chaud dans la cabane. Joe s'immobilisa une minute, attendit que ses forces lui reviennent quelque peu, puis saisit le poisson, ou ce qu'il en restait par la queue, pour le porter à l'extérieur. L'odeur qui s'en dégageait était pestilentielle. Dehors, Joe fit quelques pas en se tenant aux troncs d'arbre et laissa tomber la truite sur le sol où elle n'aurait même plus le temps de finir de se décomposer avant que le froid ne la fige pour le reste de l'hiver. Il en profita pour faire quelque chose qu'il s'était promis de faire. Il enleva son manteau, ses bottes et tous ses vêtements et s'approcha du lac. Il prit une longue inspiration, et avança sans réfléchir et sans attendre. À mesure qu'il progressait dans l'eau glacée, il avait l'impression que des milliers et des milliers d'aiguilles lui perforaient la peau pour s'enfoncer dans ses muscles, et ses os. Quand il fut dans l'eau jusqu'à la taille, il aspira une goulée d'air et se laissa descendre sous la surface, ses genoux touchant le fond rocailleux.

La douleur mit plusieurs secondes à se manifester, mais quand elle vint, elle explosa, et Joe, remontant à la surface d'un coup, ne put s'empêcher de hurler. On aurait dit que les plaies se rouvraient, que l'ours lacérait sa peau encore. Joe sortit de l'eau et se retrouva sur la grève, transi, dégoulinant, remarquant à peine que de gros flocons tombaient doucement. Courbé en deux, soufflé par la douleur, il attendit, tremblant de tout son corps, d'être capable de bouger. La douleur diminua. Joe ferma les yeux, se demandant s'il n'allait pas s'évanouir, et mourir ici, sur cette plage, où il se ferait dévorer par les animaux. Fouetté sans doute par le froid, il reprit ses esprits, ne perdit pas connaissance, et ne tomba pas sur les pierres grises. Il se dépêcha de rentrer, ses vêtements puants sous le bras. Il ne les remettrait pas.

À l'intérieur, ça sentait encore le poisson pourri, mais l'odeur du feu commençait à s'imposer dans la pièce où il faisait déjà beaucoup plus chaud. Joe poussa un profond soupir et fourra ses vêtements dans le poêle. Des flammes rouges et orange montèrent aussitôt. Joe se fit sécher devant le feu. L'eau commençait à bouillir. Il se dirigea vers la chambre et prit des vêtements dans les tiroirs de l'unique commode ; il n'en était plus à se demander s'il avait le droit de les prendre. Il s'habilla le plus vite qu'il put, et chaussa de gros souliers de marche.

Il faisait maintenant presque noir. Joe n'avait aucune idée de l'heure qu'il pouvait être. Il ne savait pas non plus quelle date on était. Tout ce qu'il savait c'est qu'il s'était fait prendre par l'hiver, que repartir devenait difficile et que les gens à qui appartenait cette cabane finiraient bien par revenir. Il n'avait aucune idée de ce qu'il ferait à ce moment-là. Il ne savait pas non plus comment, ni pourquoi, mais il avait été assez fort pour survivre. Il garderait sans doute des cicatrices pour le reste de sa vie. Joe ricana, malgré lui, juste à penser à la tête que feraient ceux à qui il raconterait sa mésaventure, comme les employés de l'oncle Jim, tiens, pourquoi pas ? Il raconterait qu'il avait survécu à l'attaque d'un ours, tout seul au fond des bois, et ils boiraient ses paroles, les yeux arrondis par la surprise et les poils du dos hérissés en entendant l'effrayant récit. Il y avait fort à parier qu'aucun de ces gars de la ville n'avait jamais vu un ours de si près.

Maintenant, Joe savait ce qu'il avait à faire : il ouvrirait une de ces boîtes de conserve empilées dans l'armoire, ferait chauffer un de ces plats en sauce, avec de la viande et des légumes, et boirait du thé tant qu'il le pouvait, du thé bouillant, qui le réchaufferait, qui l'hydraterait aussi. Il avait soif comme jamais dans sa vie il n'avait eu soif. On aurait dit que son corps tout entier s'était desséché. Ensuite, il s'installerait près du feu, regarderait la neige tomber et s'endormirait sans doute, au bout de ses forces. Avec un peu de chance il se réveillerait plus tard, bien vivant. Voilà ce que Joe ferait, parce qu'il savait que c'était la chose à faire.

Alors qu'il regardait dehors la forêt qui devenait blanche, Joe eut une pensée pour sa grand-mère.

— Si tu savais, Nanny, par quoi je viens de passer, dit-il à voix haute, en se faisant la réflexion que, peut-être, après tout, elle était avec lui, que peut-être elle avait été à ses côtés tout ce temps, ces derniers jours et ces dernières nuits où il s'était retrouvé, errant comme une âme damnée, quelque part entre la vie et la mort.

12

Laura arracha une page du calendrier accroché au mur comme elle le faisait chaque fois qu'un mois s'achevait, puis elle jeta la feuille dans le petit bac bleu sur lequel était écrit : RECYCLAGE. « Novembre est déjà terminé », pensa-t-elle, en se penchant au-dessus de son bureau pour allumer la petite lampe verte qui jeta sur la pièce un éclairage tamisé, ce qu'elle préférait à celui, brutal, qui venait des néons du plafond. La ville avait déjà reçu quelques bordées de neige et il devenait plus difficile de courir dans les sentiers de la vallée, parce que c'était glissant. Quand Laura allait courir, maintenant, de la buée sortait de sa bouche entrouverte. Elle avait troqué ses vêtements légers contre d'autres plus épais.

Elle se planta devant la fenêtre. Le crépuscule commençait à descendre sur la ville dès seize heures trente, obligeant les tours à s'illuminer plus tôt. Laura s'étira le cou : on ne pouvait plus voir la vallée dans cette pénombre. La construction de l'immeuble en copropriété dans le quadrilatère qui faisait face à la banque était presque terminée et cette nouvelle tour de verre — une autre — bloquait maintenant la vue de l'autre côté, sur le lac. Comme le temps avait passé vite depuis l'été ! Laura se surprit à se demander ce qu'elle avait fait ces derniers mois. Elle avait couru, augmentant continuellement la cadence, elle était allée à Montréal et en était revenue après s'être offert une cuite, elle avait survécu à Gabriel, avait eu honte à l'égard de Christian, avait rencontré Éric et...

et elle ne l'avait pas revu. Et maintenant? se demanda-t-elle. Et maintenant, qu'arriverait-il? En décembre? Et en janvier? Et au cours de la prochaine année, et des suivantes? Que ferait-elle? Combien de temps pouvait-elle tenir cette vie à bout de bras?

Elle entendit du bruit dans le corridor, tourna la tête et, par la porte entrouverte, elle aperçut Ian qui passait, marchant d'un pas rapide. Il n'arrêta pas à son bureau, mais lui fit un signe de la main sans la regarder, et disparut. Il était passé en trombe, n'avait même pas ralenti la cadence en arrivant à sa hauteur, mais, même pressé comme il l'était, Ian souriait. Laura avait eu le temps de voir ce sourire dans le visage familier, cet éternel sourire. Quoi qu'il fasse, Ian était heureux. Ian et Lyne étaient heureux. Ils l'avaient toujours été et ils le seraient sans doute toujours. À croire que le malheur n'adhérait pas à eux. Quelquefois, Laura, c'était plus fort qu'elle, enviait cet indéfectible bonheur.

::

Joe, la main sur la poignée de la porte, contempla un instant le terrible désordre qui régnait dans la pièce centrale: des boîtes de conserve vides étaient éparpillées sur le comptoir de la cuisine, des assiettes sales jonchaient le plancher du salon. Dans la chambre, des draps souillés formaient une montagne dans un coin. Joe se dit qu'il aurait dû les brûler aussi, comme ses vêtements, que les taches de sang ne partiraient jamais, pas plus que celles qui dessinaient des ombres par terre, sur le bois blond. Joe haussa les épaules. Il s'était employé à guérir, au cours des dernières semaines, se disant que le ménage pouvait attendre un peu. Et on pouvait dire qu'il avait guéri. Les plaies étaient toujours douloureuses par moments, mais elles cicatrisaient, et Joe reprenait des forces. Il avait recommencé à manger, et surtout à boire. Plus jamais de sa vie il ne voulait connaître encore la soif comme il l'avait connue pendant ces premiers jours d'enfer, juste après l'attaque.

Il ouvrit la porte, mit le pied dehors et fut tout de suite frappé par le silence. Il fit quelques pas. Les oiseaux étaient partis vers le sud, manifestement, car on n'entendait plus leurs chants dans la forêt. Les autres bêtes devaient dormir, sans doute. C'était l'hiver. La forêt était blanche et les arbres, nus. Joe se mit à marcher, s'emplit les poumons d'air frais. Il avait besoin de bouger un peu, de prendre l'air. Il était resté enfermé trop longtemps. Il faisait un temps magnifique avec un ciel bleu comme peuvent l'être les ciels d'hiver. Joe avait enfilé un manteau et chaussé des bottes chaudes, trouvés dans le placard de la chambre. Le manteau était un peu grand parce que Joe avait maigri. Il enfouit ses mains dans ses poches, et ses doigts touchèrent quelque chose qui semblait être du papier. Il jeta un coup d'œil et il eut un choc : c'était de l'argent, beaucoup d'argent. Il s'arrêta, se mit à compter. Il y avait des billets de dix et même de vingt. Il compta deux cents dollars en tout. Deux cents dollars ! C'était toute une somme ! Il y avait une éternité qu'il avait tenu deux cents dollars dans ses mains.

Son cœur battant la chamade, il se remit en marche, fourrant l'argent là où il l'avait trouvé, dans le fond de la poche de ce manteau qui n'était pas le sien. Cet argent n'était pas à lui et il devait le remettre. Il ne le prendrait pas. Il avait déjà pris suffisamment de choses qui ne lui appartenaient pas. Puis il se mit à imaginer tout ce qu'il pourrait acheter avec cet argent, se disant que, si les gens l'avaient laissé dans la cabane, c'est qu'ils n'en avaient pas besoin. Ils ne se souvenaient probablement même plus qu'il était là ; ça ne ferait de mal à personne de le prendre. Puis il se ravisa : il devait laisser cet argent dans la maison, c'était une question d'honnêteté, et de fierté aussi. Peut-être que personne ne s'en rendrait compte, s'il le prenait, mais lui le saurait. Et il ne voulait pas commencer sa nouvelle vie comme ça. Parce qu'au fond, Joe le savait, il était sur le point de partir, autant que ça soit sur de bonnes bases. Il allait partir, cette fois c'était vrai, il prendrait la route avant qu'il ne fasse trop froid et enfin irait rejoindre son oncle Jim. « T'auras une meilleure vie ici, il y aura du travail pour toi. » Joe pouvait presque entendre la voix caverneuse de Jim, et ça le faisait sourire intérieurement. Il marchait entre les arbres, se penchant de temps à autre pour éviter une branche basse. La neige était molle, et il y en avait déjà une bonne épaisseur au sol, assez pour qu'il laisse des traces derrière lui. Que faisait Jim en ce moment ? se demanda-t-il. Il était sans doute au travail, assis à un bureau en train de faire ses comptes, ou au téléphone à régler des problèmes. Lui aussi, lui, Joe Wapachi, aurait ce genre vie, bientôt. Lui aussi serait occupé tous les jours, et lui aussi gagnerait de l'argent, beaucoup d'argent. Et à partir de ce moment, tous les rêves seraient permis. La vie changerait.

Joe repéra une grosse branche tombée au sol, et s'y assit, essoufflé. Il ne pouvait pas encore marcher très longtemps, mais d'ici une semaine ou deux, il aurait complètement récupéré, et c'est à ce moment qu'il partirait. Il nettoierait la cabane de fond en comble, remettrait l'argent, et s'en irait rejoindre Jim à Toronto, sans laisser de traces derrière lui. Joe sentait le sang lui battre aux tempes. Il essuya son front mouillé de sueur de la paume de sa main et resta assis là où il était un bon moment, à ne rien faire d'autre que reprendre son souffle.

— Temps de rentrer, dit-il à voix haute après plusieurs minutes.

Ça lui arrivait souvent, depuis un certain temps, de se parler à lui-même, à voix haute, il ne savait pas trop pourquoi. À force d'être seul, peut-être. Quelquefois, ça le faisait même rire. Il se leva en grimaçant, l'impression que sa peau grinçait quand il bougeait. Il se remit en marche, réalisant qu'il était fatigué. La lumière avait baissé, la nuit s'en venait. Les journées avaient drôlement raccourci depuis qu'il avait élu domicile dans cette cabane dans le fond des bois.

Il marcha une bonne demi-heure avant d'apercevoir la forme noire, un peu plus loin dans les bois. Il remarqua qu'il n'y avait plus de fumée qui sortait de la cheminée : le feu devait être éteint. Tout à coup, alors qu'il approchait de la maison, des sons lui parvinrent et il s'arrêta, aux aguets, son cœur battant la chamade. Il pensa à l'ours et se dit qu'il ne survivrait pas à une autre attaque, qu'il ne pourrait pas endurer une autre fois les griffes et les dents dans sa chair. Immobile, les yeux grands ouverts, il scrutait la forêt quand il entendit distinctement des voix, ce qui le rassura et l'inquiéta à la fois. Ce n'était pas l'ours, mais c'étaient des hommes. Prêtant l'oreille, il arriva à entendre des bribes de conversation et surtout à distinguer d'où venaient ces voix : de la cabane. Il s'approcha doucement, sans faire de bruit, marchant sur la pointe des pieds. Il savait qu'il était hors de vue. Les voix se firent plus fortes, devinrent des cris.

— *Shit !* C'est quoi ce crisse de bordel ?

Des cris de colère fusaient de toutes parts, provenaient des environs de la maison. Joe parvint à voir, malgré la pénombre, des camionnettes et de gros VUS derrière la cabane et aussi des hommes, au moins quatre, qui allaient et venaient, affairés, vociférant.

— *Shitt !!! Oh fuck !!*

— Qu'est-ce qui se passe ?

— Quelqu'un a squatté, *man.*

— Quoi ?!

— Un ostie de cochon qui est entré et qui a tout sali !! C'est dégueulasse !!!

Les voix giclaient dans la forêt, fortes de leur rage, de leur haine. Joe eut l'impression qu'elles vibraient jusque dans ses entrailles et il comprit instantanément qu'il devait partir au plus vite. Il ne fallait pas que ces hommes le voient. Il prit ses jambes à son cou et s'éloigna de la maison aussi vite qu'il le put, sans se retourner, sans même savoir où il allait, chancelant, mais porté par une formidable décharge d'adrénaline qui se diffusa dans ses muscles. Il courut pendant plusieurs minutes, puis ralentit, hors d'haleine. Il continua à marcher encore longtemps, assez longtemps pour se retrouver très loin dans la forêt, et être hors d'atteinte, là où les hommes ne s'aventureraient jamais, surtout pas à cette heure. Le soleil avait complètement disparu et il faisait maintenant nuit.

Il y avait presque deux heures que Joe Wapachi marchait quand il repéra une pierre plate, éclairée par la faible lueur de la lune, à l'entrée d'un sentier. Il s'assit lourdement, se demandant si cette pierre qui lui semblait familière n'était pas précisément celle sur laquelle il s'était assis il y avait des semaines, ou des mois, quand il avait quitté la ville pour se retrouver dans la forêt. Peut-être était-ce celle-là, peut-être était-ce une autre; qu'est-ce que ça changeait? Il appuya la tête sur ses avant-bras. Son dos lui faisait mal, sa nuque aussi. Il était las. Il repassa dans sa tête le fil des événements. Il avait merdé, il savait qu'il avait merdé; il aurait dû partir il y avait bien longtemps, avant que l'ours ne l'attaque, avant qu'il ne fasse froid, bien avant que les hommes n'arrivent. Il aurait dû repartir tout de suite après la première nuit; il serait rendu bien loin, maintenant. Pourquoi est-ce qu'il merdait tout le temps?

Machinalement, il s'empara d'une branche au sol, se leva, et se mit à frapper de toutes ses forces contre un arbre, des morceaux de bois volant dans les airs. Son dos le faisait terriblement souffrir, mais il n'écoutait pas la douleur, parce que frapper le soulageait. La douleur n'était rien comparée à la colère. Et la colère était revenue. Elle bouillait au fond de ses tripes. Joe hurla dans la forêt et continua à frapper et à frapper encore jusqu'à ce que ses forces l'abandonnent. Alors, il lança la branche au bout de ses bras et se laissa tomber par terre sur le sol gelé, essoufflé. Sa tête était un brouhaha où se mêlaient les voix, toutes les voix: celles des chasseurs en colère et celle de sa mère. «Un ostie de sale! T'es un crotté, Joe Wapachi, rien d'autre qu'un maudit crotté. »

Il se boucha les oreilles pour empêcher les voix de revenir dans sa tête et se mit à pleurer comme un enfant. À pleurer de rage et de dépit.

::

Éric referma la porte du débarras après avoir contemplé un instant Rita, suspendue au plafond par la roue avant. Il avait dû faire le ménage du réduit pour arriver à y ranger de nouveau son vélo parce que mystérieusement, les choses s'y étaient accumulées depuis le printemps. Voilà, c'était fini, Rita était remisée pour l'hiver. Il poussa un soupir. « On se revoit au printemps, ma belle. »

Il traversa le couloir et se dirigea vers le salon où il se planta devant la fenêtre. La vallée s'étendait à ses pieds. Avec tous les arbres dénudés, on voyait bien les courbes des collines, maintenant. Éric dessina, mentalement, les trajets qu'il avait faits au cours de l'été et de l'automne et il avait presque l'impression de sentir les muscles de ses cuisses se tendre sous l'effort. Quand le téléphone sonna, il sursauta.

— Je te dérange ?

— Jen ? Non… non, pas du tout. Comment va ?

Il y eut un silence au bout du fil, puis un long soupir. Éric savait que Jennifer pleurait.

— C'est… non, non, ça va pas, Éric. C'est… c'est difficile. Je sais pas pourquoi maintenant…

Sa voix s'étrangla et elle s'interrompit.

— Écoute, Jen, je vais aller te voir, O.K. ?

— Non, je ne suis pas à la maison. Je suis en voyage pour le boulot. Je… je suis dans ma chambre d'hôtel et je me suis mise à penser à Sam et… c'est difficile. Des fois, c'est juste trop difficile.

— Jen, tu ne fais pas de bêtises, O.K. ?

— Non, non, mon Dieu, non, c'est… pas ce que j'ai en tête. C'est juste que… on dirait…

Éric entendit les longs sanglots au bout du fil qui ne semblaient pas vouloir s'arrêter. Il ne dit rien, attendit, puis Jennifer se calma.

— Je suis désolée, Éric, vraiment désolée. Je savais pas qui appeler.

— T'en fais pas, tu sais bien que tu peux m'appeler n'importe quand. N'importe quand.

— Des fois… des fois, j'ai l'impression que ma vie est finie, comprends-tu?

Il reçut cette phrase comme on reçoit une gifle. D'abord sonné, il resta figé un instant, puis comprit que ces mots, il aurait pu les prononcer lui-même, et il sentit une formidable douleur monter en lui.

— Dis pas ça, Jen. S'il te plaît, dis pas ça.

— Non, mais c'est vrai! protesta-t-elle, des sanglots dans la voix. J'ai l'impression que je trouverai jamais quelqu'un d'autre, tu sais quelqu'un qui comprendrait par quoi je suis passée, par quoi les enfants sont passés. Quelqu'un qui serait bon avec les enfants, quelqu'un que j'aimerais. Les gars que je rencontre, c'est tous des *morons* finis, on dirait. Aussitôt que je parle de Sam, aussitôt que je dis qu'il est mort, ils prennent la fuite parce qu'ils savent pas quoi faire avec ça. Ça marchera jamais… et j'ai pas envie de rester toute seule, moi!

À nouveau, la voix s'étrangla.

— Jen…

— J'ai juste peur de vieillir toute aigrie, triste, tu comprends?

Éric baissa les yeux sur sa main gauche. Il portait toujours son alliance. Pourquoi portait-il encore son alliance? Juste pour voir ce que ça faisait, il l'enleva. Il avait tellement perdu de poids depuis le début de l'été qu'elle glissa de son doigt facilement. Il la déposa sur la table en bois vernis devant lui et la regarda, brillante sous la lumière d'une lampe.

— Quand est-ce que tu reviens?

Il entendit Jennifer se moucher à l'autre bout du fil.

— Désolée. Je reviens la semaine prochaine. Les enfants sont chez ma mère.

— J'irai vous voir, O.K.? Si tu veux, j'apporte une grosse pizza et on se fait une soirée cinéma avec les enfants, O.K.?

Un petit rire timide se fit entendre, puis Jennifer renifla.

— Super, Éric.

— Bon. On se reparle.

Il voulait abréger la conversation. Il sentait les images revenir. Il y avait longtemps. Il avait peur d'être au bord de la crise.

— Éric… je… merci. Merci beaucoup.

Après avoir raccroché, il se laissa tomber dans son fauteuil, vidé. Il saisit la télécommande machinalement, alluma la télé, zappa pendant une dizaine de minutes de façon compulsive puis éteignit.

Il repensa à Jennifer et se dit qu'elle avait raison, au fond. Jamais elle ne trouverait quelqu'un qui comprendrait ce par quoi elle était passée, et c'était la même chose pour lui. À quoi bon même chercher? Personne ne pouvait comprendre. Et à quoi bon vivre, au fait? Il se leva finalement, puis, comme dans un état second, enfila un manteau et sortit sans prendre la peine de refermer la porte à clé.

:::

Il y a toujours un moment où, quand le corps s'adapte au froid, respirer est douloureux. C'est comme un entre-deux, un bref instant au cours duquel on ne sait pas si les poumons vont accepter ou rejeter cette masse d'air qui les envahit. Laura toussota. C'était la première vraie journée très froide de la saison. L'air était glacé, tranchant comme un couteau qui entre dans la chair, mais pur. Elle jeta un coup d'œil vers le centre-ville, au loin, au-delà de la Don Valley, de l'autre côté de la rivière. On voyait très bien la tour et les immeubles qui s'alignaient à l'horizon. Les arbres avaient perdu toutes leurs feuilles depuis longtemps, ce qui donnait une impression de transparence, comme si la vallée était devenue de la dentelle, en quelque sorte. On était en décembre. Laura se surprit à penser à Noël et secoua la tête. Un autre Noël; ça faisait combien? Cinq. Cinq Noëls sans Thomas. Cinq Noëls à survivre à l'impossible, à l'impensable. Cinq Noëls au cours desquels la douleur était ravivée. Elle avait envie, comme chaque fois, à ce temps-ci de l'année, de se terrer chez elle et d'attendre que tout ça, toute cette frénésie, cette féerie comme ils l'appelaient, que tout ça soit terminé, pour ensuite s'éveiller et reprendre là où elle avait laissé.

Ian et Lyne l'avaient invitée à célébrer chez eux, le vingt-quatre au soir, comme toujours, mais elle n'avait pas envie d'y aller; s'étourdir dans le bruit et la musique, entendre les conversations à bâtons rompus et les rires, voir des enfants courir partout… Elle savait qu'elle n'arriverait pas à se laisser absorber par ce bonheur ambiant, bruyant, envahissant, et que ça lui rappellerait trop Thomas, que ça lui rappellerait les Noëls d'avant, quand il était petit, ses yeux brillants quand il déballait ses cadeaux, son regard émerveillé devant le sapin décoré de lumières de toutes les couleurs.

«Je t'aime, maman.» Laura croyait entendre les mots, là, maintenant. Les mots résonnaient dans sa tête comme sonne le glas. Elle détestait Noël.

::

Sur le toit, il faisait un vent à écorner les boeufs. Éric se sentait fatigué, simplement fatigué. Et il se demandait qui il avait voulu berner, en fait, avec son histoire de vélo, tout l'été. Il s'était remis au vélo, *big deal,* et ensuite? Il recommencerait comme si de rien n'était? Il s'élancerait sur les routes de campagne en prétendant que tout était comme avant, et que sa femme, son frère et son meilleur ami n'avaient pas été fauchés par un ivrogne qui empestait encore l'alcool quand il s'était extirpé de son camion se demandant ce qu'il avait frappé et si ça n'avait pas endommagé son «*bumper*». «Non, mon vieux, ne pense pas que tu vas refaire ta vie. Ni que tout est encore possible. C'est Jennifer qui a raison : recommencer, c'est impossible.»

Les images surgirent, claires, nettes et belles malgré les circonstances ; des images de routes droites, de ciels bleus, d'arbres qui défilent à toute allure et de champs qui s'étirent à l'infini, Nathalie qui le précède, et qui se tourne vers lui, son sourire aussi lumineux que la journée, «Roule, patate !» lui crie-t-elle, avant d'accélérer et de pédaler comme si elle n'allait jamais s'arrêter.

Éric ferma les yeux, étourdi, et s'approcha de la rambarde. Qu'est-ce qui le raccrochait à la vie ? Franchement, rien. Pourquoi cette rechute maintenant, alors qu'il s'était plutôt bien porté au cours des dernières semaines ? Il n'y avait pas de raison, c'était comme ça. Pas plus qu'il n'y avait de raison de vivre, au fond. Le mieux, c'était donc d'en finir tout de suite ; ne pas regarder au loin, cette fois, ne pas lever la tête. Sauter, simplement. Il posa les mains sur le métal froid.

::

Ses poumons brûlaient. Son corps peinait pour résister au froid. Laura arriva enfin au bas de la dernière côte et entama la montée un pas à la fois, sans regarder en haut, sans mesurer le chemin qui restait à parcourir. Ne pas penser. Dans ses écouteurs, la musique de Thomas battait la mesure. À gauche, il y avait l'immeuble où habitait Éric. Elle pensait à lui de temps en temps, dans la montée de Pottery Road. Quel gâchis, toute cette affaire !, s'était-elle dit, quelquefois. Il avait fallu que Lyne et Ian lui présentent officiellement cet homme : nom, prénom, profession. Elle aurait préféré continuer à le croiser, à apercevoir son sourire éclatant tandis qu'il roulait et qu'elle faisait son jogging. Sans cesser de courir, Laura secoua la tête ; c'était dommage. Il n'était pas inintéressant cet Éric, sauf que dorénavant, ce n'était plus un inconnu et ça changeait la donne. Dorénavant, il était impossible de le revoir sans échapper aux questions, sans avoir à raconter sa vie.

::

Joe ouvrit les yeux et sentit immédiatement la douleur monter dans son corps. Sa peau tirait dans tous les sens, et on aurait dit que ses muscles grondaient. Il se demanda s'il n'avait pas rouvert ses plaies, en frappant avec la branche comme il l'avait fait. Il soupira, secoua la tête, désespéré de constater qu'il avait encore une fois laissé la colère prendre le dessus, la veille. Dieu merci, il n'y avait personne autour, et seuls les arbres avaient écopé. Il était calmé, mais il savait que la colère reviendrait. Elle revenait toujours. Elle n'était jamais bien loin. Il se redressa et passa la main sous son manteau en se contorsionnant. Il toucha les épaisses cicatrices du bout des doigts. Il n'y avait pas longtemps qu'il osait les toucher. Il sentit les renflements de sa peau, mais il n'y avait pas de sang, ni de ce liquide jaunâtre qui avait suinté de ses plaies pendant plusieurs jours, au début, après l'attaque.

La faim le tenaillait. Joe se dit que le mieux était de se mettre en route tout de suite, avant d'être complètement engourdi par le froid. Déjà qu'il avait passé la nuit à grelotter, malgré ses vêtements chauds. Couché par terre, sur le sol humide, il avait eu l'impression que le froid perçait ses vêtements, sa chair, ses os. Maintenant il fallait bouger, ça le réchaufferait. Il se leva, secoua ses vêtements enneigés et commença à marcher. Si ses calculs étaient bons, il arriverait à la ville dans la journée. Là, il pourrait acheter de quoi manger. Il fronça les sourcils tout à coup, se souvint de l'argent trouvé dans la poche, se demanda s'il l'avait toujours et, défaisant les premiers boutons de son manteau, plongea la main dans la poche intérieure, et fut soulagé de constater que les billets étaient encore là ; on aurait pu les lui voler pendant son sommeil, on ne sait jamais, ou il aurait pu les perdre. Il pourrait non seulement manger avec ça, mais peut-être même s'acheter un billet de train, ce qui lui éviterait de faire du pouce sur l'autoroute et de rencontrer encore des bœufs qui ne manqueraient pas de l'arrêter. Il n'avait pas pris le train souvent dans sa vie. L'idée qu'il pourrait se retrouver assis sur un siège confortable à regarder le paysage défiler fit sourire Joe. Ne restait plus qu'à se rendre à la ville, en commençant par retrouver son chemin dans cette immense forêt recouverte de neige, où tout ce que Joe pouvait voir, c'étaient des arbres nus ou des conifères qui se ressemblaient tous.

::

Laura arriva sur Broadview et en contournant la tour où Éric avait son appartement, le seul édifice en hauteur du secteur, elle se demanda s'il était chez lui. Elle prit ensuite par la petite rue qu'elle empruntait toujours. Elle se retrouva chez elle, devant la porte rouge de la maison en quelques foulées et, essoufflée, jeta un coup d'œil à sa montre pour constater qu'elle avait encore amélioré son temps, malgré le froid. Elle tourna la clé dans la serrure et entra.

C'est au moment où elle se déchaussait que Thomas fit une nouvelle fois irruption dans ses pensées. Elle revit son visage, son beau visage ovale, ses cheveux en bataille, ses yeux rieurs. L'image était tellement claire que Laura eut l'impression qu'il aurait suffi de tendre la main pour toucher les joues de Thomas, sa peau satinée. « Je t'aime, maman ! » Les mots retentissaient dans sa tête et une immense douleur, comme un coup de couteau, se logea là où elle se logeait toujours, juste sous le sternum. « Je t'aime, maman. »

::

Il avait passé une jambe au-dessus de la rambarde, puis l'autre, et tout son corps s'était retrouvé de l'autre côté du garde-fou. Ça n'avait pas été si difficile, finalement. Le rebord en ciment était si étroit que ses pieds dépassaient : ses orteils étaient déjà dans le vide. Éric réalisa qu'il venait de franchir un seuil, qu'il était allé plus loin qu'il n'était jamais allé. Il respira profondément et ferma les yeux. Curieusement, il se sentait calme. Calme et léger, comme si on lui avait enlevé un poids sur les épaules. Il savait que tout irait bien désormais, qu'il n'avait qu'à ouvrir les mains, lâcher prise quand bon lui semblerait, et que ça y serait, tout serait fini en quelques secondes. Les images pouvaient bien arriver tant qu'elles voulaient, et les souvenirs affluer ; rien n'était grave, pas même la douleur, parce que de toute façon il n'en avait plus pour longtemps.

Avant de sauter, Éric voulait quand même savourer ce moment, aussi bizarre que cela paraisse. Il y avait tellement longtemps qu'il ne s'était senti aussi bien, libre de toute entrave, enfin décidé. Tout était tellement clair, maintenant, tout était si simple, facile ; on aurait dit qu'une ligne droite venait d'apparaître devant lui et qu'il n'avait plus qu'à la suivre. Enfin, il allait faire ce qu'il se promettait depuis si longtemps. Il resterait là un tout petit moment, puis il sauterait. Pourquoi avait-il hésité, toutes ces années ? Pourquoi avait-il attendu ? Sérénité, voilà le mot qui lui vint à l'esprit. Il se sentait serein. Personne ne pouvait lui enlever ça et personne ne lui ferait faire marche arrière.

:::

Laura, marchant d'un pas rapide dans la petite rue déserte, secouait la tête parce qu'elle n'en revenait pas elle-même de ce qu'elle était en train de faire. Sous son bonnet de laine, ses cheveux étaient encore mouillés. Elle s'était jetée sous la douche en arrivant, avait à peine pris le temps de se sécher, avait sauté dans ses vêtements et était ressortie, une idée folle en tête. La douleur, CETTE douleur avait envahi tout son être. La douleur et le désespoir qui vous donnent envie de vous cogner le front contre un mur ou de vous lancer sous les roues de la première voiture qui passe. Alors elle était ressortie, et sans réfléchir s'était mise à marcher vers l'immeuble aux portes vitrées. Elle y arrivait, d'ailleurs.

Elle poussa une porte, pénétra dans un hall vide et se dirigea tout de suite vers un mur, où l'on pouvait voir un grand tableau sur lequel étaient inscrits des noms et des numéros de porte. La tête levée, elle lut les noms un à un, cherchant celui d'Éric, se mordillant la lèvre inférieure comme une collégienne, nerveuse. Elle savait très bien que c'était une mauvaise idée, une très mauvaise idée, mais, en même temps, elle avait besoin d'échapper à la douleur et de tout oublier pendant un instant : sa vie qui n'en était plus une, Noël qui approchait et qui lui faisait penser à la mort, et le temps qui gommait le contour des visages, mais n'amoindrissait pas la douleur.

Certains jours, il ne suffisait pas de courir à en perdre le souffle, ou à en avoir mal dans tout le corps, et ces jours-là, pour enfouir le passé, pour ne plus penser, il n'y avait qu'une seule chose à faire. Immobile devant le grand panneau, Laura poussa un soupir. Elle n'avait aucune idée de ce qu'elle dirait à Éric ; en fait, elle n'avait même pas pensé à ça. Elle sonnerait à la porte et elle verrait comment les choses se passeraient, voilà. C'est sûr qu'il serait surpris, mais il la ferait entrer et elle trouverait quelque chose à dire, quelque chose de banal qui n'engageait à rien. Il comprendrait. Et s'il n'était pas seul ? se demanda-t-elle tout d'un coup. À ça non plus, elle n'avait pas pensé. Il valait peut-être mieux partir, tout compte fait.

— Vous cherchez quelqu'un ?

En entendant la voix derrière elle, Laura sursauta et se retourna pour se retrouver face à une femme d'un certain âge, plutôt ronde, au regard méfiant.

— Euh… oui.

La femme qui empestait le parfum bon marché la toisa un instant avant de reprendre :

— Je peux peut-être vous aider. Vous cherchez quelqu'un ?

— Éric Dubois.

Le visage de l'inconnue sembla se détendre.

— Ah.

Elle leva le doigt vers le ciel.

— Il est sur le toit, je l'ai vu prendre l'ascenseur tantôt. Il doit pas faire chaud, là-haut, d'ailleurs.

— Sur le… toit ? demanda Laura sans comprendre.

— Il est toujours fourré là. Pour prendre l'air et regarder la ville. Il a bien raison, d'ailleurs. De là-haut la vue est magnifique, vous savez.

Puis la femme s'approcha, fit un sourire qui se voulait complice et chuchota :

— Je suis sûre qu'il sera très content d'avoir de la compagnie.

— Vous pensez ? demanda Laura perplexe.

— Je comprends ! Il est toujours seul. C'est pas une vie. Moi c'est ce que je dis, en tout cas. On n'est pas fait pour vivre seul.

La femme se dirigea ensuite vers la sortie, un sourire toujours accroché à son visage et poussa les portes extérieures. Laura s'élança.

— Madame, madame ! cria-t-elle.

La femme qui était déjà presque arrivée au coin de la rue se retourna.

— Comment je me rends sur le toit ?

— Quinzième étage et ensuite la porte en métal, répondit-elle.

Laura rentra, s'engouffra dans un ascenseur vide et appuya sur le bouton sur lequel était écrit 15 en chiffres noirs. C'était le dernier étage. L'ascenseur décolla doucement et Laura se laissa emporter sans trop réfléchir à ce qu'elle allait faire ni à ce qu'elle allait dire à Éric, tandis que de la musique jouait en sourdine.

En sortant, Laura se retrouva devant une porte de métal, comme le lui avait indiqué la dame au rouge à lèvres coquelicot. Sur cette porte, il n'y avait rien d'écrit; aucune indication, aucun signe, rien. Elle poussa la barre de métal, la porte s'ouvrit et Laura sentit tout de suite l'air frais sur ses joues. Elle fit quelques pas et chercha Éric des yeux, en se demandant ce qu'il pouvait bien venir foutre sur ce toit balayé par un vent d'enfer. « Je veux bien croire que la vue est belle, mais quand même… » se dit-elle, en jetant un rapide coup d'œil à la vallée au loin. Elle ne voulait pas s'approcher du bord, ni regarder en bas. Elle avait le vertige. Elle se concentra plutôt sur le toit : il était immense. Au beau milieu, se dressait un édicule vitré : un truc de ventilation ou de chauffage, sans doute, se dit Laura. Elle fit encore quelques pas et remarqua avec soulagement qu'il y avait une rambarde, qu'on ne pouvait tomber dans le vide comme ça, bêtement. Cette pensée fit surgir le visage de Thomas encore une fois. Elle grimaça.

Soudain, elle aperçut quelque chose qu'elle mit plusieurs secondes à identifier, tellement c'était étrange. C'était une silhouette. Elle semblait irréelle, Laura plissa les yeux, regarda attentivement, réalisa qu'il s'agissait d'un homme, et qu'il était debout, sans bouger, qu'il lui tournait le dos. Il se tenait de l'autre côté du garde-fou. Pourquoi était-il là ? Il avait la tête penchée, comme s'il regardait en bas. Tout à coup, l'évidence s'imposa à elle et Laura comprit ce que cet homme s'apprêtait à faire. Cet homme était sur le point de sauter. Laura s'approcha en silence et fouilla le toit du regard en se disant qu'Éric n'avait sans doute pas vu ça, sinon il serait intervenu. Où était-il, d'ailleurs ? Il était peut-être redescendu. Ils s'étaient sans doute croisés, elle et lui. Elle devait faire quelque chose, elle n'avait pas le choix. Appeler la police ? Les pompiers ? Ils arriveraient trop tard. Elle devait empêcher cet homme de sauter à tout prix.

Elle continua à marcher, en maudissant le gravier qui crissait sous ses pieds. Curieusement, l'homme n'avait pas l'air d'entendre.

Il ne s'était pas retourné. Laura n'était plus qu'à quelques pas de lui. Son cœur battait à tout rompre, elle ne pouvait s'empêcher de se demander ce qu'elle ferait, ce qu'elle ressentirait s'il fallait qu'elle arrive trop tard et que cet homme lâche la rambarde pour sauter dans le vide. Elle ne pouvait quand même pas être témoin de ce suicide, ça n'était pas possible.

L'homme tourna légèrement la tête, il l'avait peut-être entendue marcher. «Pourvu que ça ne le pousse pas à sauter», se dit-elle. Elle accéléra. Elle n'était plus qu'adrénaline et n'avait qu'une idée en tête : empêcher cet homme de faire ce qu'il s'apprêtait à faire. Surpris par le bruit, sans doute, il se retourna brusquement et quand Laura vit son visage elle s'arrêta net dans sa course. C'était Éric. Il n'y avait pas de doute, c'était lui. Elle s'entendit hurler :

— Non ! ! !

Il ne bougea pas et Laura, pendant une seconde, crut qu'il allait se laisser tomber en la regardant droit dans les yeux et que cette image la hanterait le reste de sa vie.

— Éric, non ! S'il te plaît, fais pas ça, je t'en prie.

Sans réfléchir, elle bondit sur lui, lui agrippa un bras et tira de toutes ses forces. Il ne résista pas, se contentant de poser sur elle des yeux inexpressifs. Le corps penché au-dessus du garde-fou en métal, elle tira et tira encore. À la fin, il bascula sur le toit et se laissa retomber au sol sans dire un mot.

— C'est fini. C'est fini, répétait Laura, agenouillée devant lui.

Elle se rendit compte que ses mains étaient toujours solidement agrippées à ses épaules et elle relâcha son étreinte.

— Laura…, commença-t-il.

Puis il s'interrompit, et Laura le vit serrer la mâchoire. Il faisait pitié à voir. Qu'est-ce qui s'était donc passé pour qu'il ait envie de mourir, comme ça, ce soir ? Il la regarda bien en face et Laura comprit qu'il était en colère.

— J'ai failli réussir ! hurla-t-il ensuite. Pourquoi est-ce que tu m'en as empêché ?

Il avait le visage écarlate, les yeux exorbités, les muscles du cou tendus. Laura, bouleversée, avait peine à reconnaître l'homme qu'elle avait déjà croisé dans la vallée, souriant sur son vélo, ou celui, maladroit, qui avait sonné à la porte, un bouquet à la main, chez Ian et Lyne, il n'y avait pas si longtemps.

— Je... j'ai voulu... je pouvais pas te laisser faire ça, bredouilla-t-elle.

— Je ne veux pas qu'on me sauve! cria-t-il encore.

Laura se sentit frissonner, rabaissa son capuchon sur sa tête. Elle avait les mains glacées. Que dire, à présent? Elle ne savait pas si elle allait trouver les bons mots, mais elle savait qu'elle ne pouvait le laisser seul, et repartir. Elle devait rester avec lui, qu'il soit en colère ou non et qu'il le veuille ou non.

— Éric..., commença-t-elle d'une voix douce.

C'est alors qu'il s'effondra. Laura vit des plis se former sur son front, ses yeux se fermer et tout son visage grimacer. Il se mit à pleurer, et en un rien de temps les larmes devinrent des torrents, des sanglots, les cris devinrent de longues plaintes. Laura le regardait avec l'impression de se voir elle-même; elle reconnaissait la douleur. Elle savait pourquoi l'homme qu'elle avait devant elle avait voulu en finir.

— Éric...

Elle prit son visage entre ses mains.

— J'y étais, pour une fois, réussit-il à articuler entre deux sanglots. Laisse-moi faire, s'il te plaît.

Laura secoua vivement la tête.

— Non, dit-elle fermement. Non, pas question que tu fasses ça. Je te laisserai jamais faire!

Elle avait haussé le ton. Il la regarda, le visage inondé de larmes, de salive, de toute sa peine crachée, suintée, transpirée, les yeux suppliants.

— Pourquoi, pourquoi, bon Dieu, pourquoi? Qu'est-ce que ça peut te faire?

À ce moment, Laura sentit au fond d'elle-même qu'un barrage venait de céder, que les vannes venaient de s'ouvrir. Une peine immense, contenue pendant des années, allait se déverser et avec elle cette colère, cette rage qu'elle avait enfouie pendant des années. Elle hurla à son tour :

— Parce que mon fils est mort comme ça !

Avait-elle jamais vraiment prononcé ces mots ? Éric la regarda comme si les mots n'avaient pas de prise sur lui, comme s'il ne les enregistrait pas. Laura continua :

— Mon fils est mort y a cinq ans et j'ai voulu mourir moi aussi. Je veux encore mourir. Tous les jours. Mais je reste en vie, Éric !

Il avait cessé de pleurer.

— Pourquoi ? demanda-t-il d'une voix posée.

— La vie a été vache avec moi. Et je lui en veux de tout mon cœur. Elle m'a pris ce que j'avais de plus précieux.

La voix de Laura tremblait.

— Elle m'a pris ce que j'avais de plus précieux, mais elle n'aura pas ma peau, tu comprends ? C'est comme ça que je me suis vengée.

— En restant en vie ?…

Laura hocha la tête et essuya les larmes qui roulaient sur ses joues, lourdes comme les premières pluies du printemps. Ils restèrent là, face à face, silencieux, leur peine à fleur de peau, à fleur de mots, de ces mots lancés au visage l'un de l'autre.

Puis, dans un mouvement que rien n'annonçait, que personne n'aurait pu prévoir, Éric se rua sur Laura et l'embrassa furieusement. Elle ouvrit les bras, l'embrassa à son tour, agrippa ses vêtements pour l'attirer encore plus près d'elle. Sa bouche avait un goût de sel, ou était-ce la sienne ? Il lui arracha son manteau, puis son chandail. Ses gestes étaient brutaux, sans appel, sans douceur, sans précaution. Il fit glisser ses mains sous le soutien-gorge et serra ses seins sans ménagement. Elle défit la fermeture éclair de son manteau. Il le lança sur le sol, et s'étendit sur elle.

Il remonta ensuite sa jupe, ôta sa culotte. Elle dégagea un de ses bras et fit descendre sa main jusqu'à toucher la peau, les muscles de son abdomen, l'autre main sur son dos. Elle glissa sa main sous le slip. Il était en érection. Elle le guida et il la pénétra immédiatement, brusquement. La pression sur son bassin était énorme, comme s'il pesait de tout son poids, et elle savait que la peau de son dos serait écorchée sur le gravier, mais elle s'en foutait. Elle ne voulait qu'une chose maintenant qu'il était à l'intérieur d'elle et qu'elle pouvait le sentir, dur comme du fer : qu'il s'enfonce à grands coups de reins.

Il mordit son cou offert, sa mâchoire. Laura renversait la tête en arrière, chaque fois qu'il s'enfonçait davantage. Plus fort il la baisait, plus elle criait et ce cri aigu et rauque en même temps le rendait fou et lui donnait envie de la baiser encore plus fort, presque de lui faire mal. Il savait qu'il l'écrasait de tout son poids, mais elle le tirait vers lui, pinçait sa peau, griffait ses bras, son dos. Il ne sentait pas la douleur. Il ne sentait que le plaisir brut et il ne pensait à rien d'autre.

Ils mêlèrent leur salive, leur peau, leur douleur et, sans dire un seul mot, firent l'amour rapidement, sans tendresse et sans se poser de questions, là, sur ce toit balayé par le vent glacial de ce début d'hiver, se moquant superbement du froid.

13

On pouvait voir le soleil se lever entre les édifices. Il était pâle, mais il était bien là. Joe poussa un soupir de soulagement. Enfin, il allait pouvoir prendre le train, manger un morceau, et surtout être au chaud. Il n'avait pas fermé l'œil de la nuit tellement il avait eu froid. Au fond de cette ruelle, couché à côté des poubelles, il avait grelotté sans arrêt. Quand il était arrivé dans la ville, il était déjà tard et tout était fermé. Il avait erré un peu, s'était buté aux portes fermées de la gare et il avait aperçu une voiture de police, alors il s'était dit qu'il valait mieux se faire discret. Il s'était retrouvé ici, entre ces maisons à étages, sous les escaliers en fer forgé qui communiquaient avec des sorties de secours, parce que ça lui semblait la chose à faire.

Joe entendit du bruit qui venait de derrière la poubelle. Il sursauta et vit avec horreur passer un énorme rat qui lui jeta un coup d'œil. Du coup, Joe se leva et se mit à marcher vers la gare, qu'on pouvait apercevoir de l'autre côté du parc, un gros édifice en briques beiges percé de grandes fenêtres, sur lequel était écrit *TRAIN STATION*. Joe, la veille, en avait déduit que c'était bel et bien ça, qu'il n'y avait pas de doute. Il se sentait courbaturé, il avait mal au dos, aux jambes. Il traversa la rue tant bien que mal et un automobiliste klaxonna. Joe continua jusqu'à ce qu'il arrive au parc où il se traîna, dessinant sur la neige de longues traces qui lui firent penser aux traces de sang qu'il avait laissées dans la cabane, et à tout le reste, le désordre, la saleté, la puanteur. Le cadavre de la truite avait empesté pendant des jours. Repenser à tout ça faisait naître en lui un sentiment de honte. Il aurait tellement voulu que les choses se passent autrement. Si seulement il avait pu avoir le temps de ranger, de tout nettoyer ; peut-être même qu'on ne se serait jamais aperçu de sa présence. Joe entra dans la gare, le dos voûté et les larmes aux yeux, à cause de ces souvenirs et de la honte, mais aussi parce qu'il avait froid et faim. Il aboutit dans une grande pièce où des gens marchaient, traînant une valise, l'air pressé. Ses pas résonnaient. Joe repéra une série de guichets et en déduisit que ça devait être là que l'on achetait les billets. Il se planta devant l'un d'eux. Un homme derrière la vitre le toisa, méfiant.

— Je peux vous aider ?

Joe sortit son argent et l'employé vêtu d'un uniforme bleu changea d'expression, son visage devenant plus avenant. Joe paya le billet et l'homme, après avoir soigneusement compté l'argent, lui tendit un bout de carton jaune sur lequel étaient inscrits la date, le numéro de train, et le numéro du siège qui lui était assigné ; son siège. Un siège bien à lui.

— Vous avez tout juste le temps de vous rendre sur le quai, le train part dans dix minutes, lui lança l'homme en lui montrant du doigt la grande horloge au mur.

— Dix minutes ?

L'homme hocha la tête et sa casquette, visiblement un peu trop grande, se déplaça, ce qui lui donna un drôle d'air, qui contrastait avec son visage sérieux.

— Merci.

Joe se mit à courir, son billet à la main, dans la direction que l'employé lui avait indiquée, paniqué à l'idée que le train puisse partir sans lui. Il s'engouffra dans un corridor au bout duquel on pouvait voir un escalier roulant. Sans hésiter, Joe s'engagea dans l'escalier et se laissa porter. En haut, un vent frais qui lui souffla au visage lui indiqua qu'il était enfin arrivé sur le quai.

— Quelle voiture, monsieur ? lui demanda un homme qui portait le même uniforme que l'autre, derrière les guichets.

Joe faillit ne pas répondre en s'entendant appeler « monsieur », puis, hésitant, il tendit son billet. L'homme fit un geste du bras vers une des voitures.

— C'est ici, monsieur.

Joe monta quatre marches qui l'emmenèrent à l'intérieur où il se retrouva au bout d'un couloir recouvert de moquette. Des passagers étaient assis dans les sièges de chaque côté, attendant que le train parte. Certains parlaient à voix basse avec leur voisin, d'autres lisaient, d'autres dormaient. Joe trouva le siège, côté fenêtre, dont le numéro correspondait à ce qui était écrit sur son billet, et s'installa après que la femme assise sur le siège côté allée se fût levée pour le laisser passer.

— Merci, dit-il, en se laissant tomber lourdement.

Il était à peine assis qu'il sentit le train se mettre en branle. Ça y était, ils partaient, ils roulaient vers le sud, et Joe laissait derrière lui tout son passé : des années de misère, de beuverie, et si peu de bons souvenirs qu'ils se comptaient sur les doigts d'une main, et encore. Il allait commencer une nouvelle vie et il sentait son cœur sur le point d'exploser, de joie et de fierté. Il avait déjà réussi quelque chose : il avait réussi à partir, à tout quitter, et à se rendre plus loin qu'il n'avait jamais été dans sa vie.

Une voix nasillarde au micro cracha des informations et des mots de bienvenue aux voyageurs, une véritable litanie qui dura si longtemps que plus personne n'avait l'air d'écouter. La passagère à côté de Joe était plongée dans un roman. De l'autre côté du couloir, un homme lisait des documents sur un ordinateur. Une femme passa et attira l'attention de Joe parce qu'elle était drôlement élégante, avec sa jupe noire et ses bottes en cuir. Elle était mince, avait une peau diaphane et des cheveux blonds remontés en chignon. Joe ne se souvenait pas d'avoir vu une femme en jupe dans la réserve ; elles portaient toutes des jeans et des chandails à capuchon. En passant à côté de lui, la femme lui jeta un regard froid et continua son chemin. Joe ne baissa pas la tête, et, au contraire, soutint son regard. Il n'avait pas à avoir honte d'être là, il avait payé son billet, comme tout le monde. On ne pouvait pas le déloger. Il était à sa place, ici, sur ce siège.

Il enleva son manteau, l'accrocha à son dossier, et se cala confortablement. Dans quelques heures, il serait enfin arrivé, mais entre-temps, il se laisserait aller au sommeil, il en avait besoin. Déjà la chaleur du train lui donnait envie de fermer les yeux. Il mangerait une bouchée puis dormirait un peu.

Il jeta un coup d'œil aux paysages blancs qui défilaient à toute allure de chaque côté de la voiture. On pouvait voir des conifères, dont certains poussaient dans le roc, se succéder, pour former des forêts denses. Plus tard, Joe le savait, il y aurait des lacs, puis des villes, et des autoroutes. Le décor changerait drôlement, au fur et à mesure qu'ils s'avanceraient vers le sud. Plus tard le train s'arrêtait et au bout de cette longue route, au bout de son voyage, il arriverait à Toronto, la plus grande ville qu'il ait vue de sa vie, avec ses immeubles qui n'en finissaient pas de monter vers le ciel. Joe ne pouvait penser à la grande ville sans penser à son oncle Jim et sans entendre la voix de sa mère.

— Ton oncle s'en vient. Essaie de pas me faire honte pour une fois, Joe Wapachi.

Joe devait avoir dix ans, pas plus, quand Jim était venu au village. Il avait fait le voyage inverse : parti du sud, il était monté vers le nord jusqu'aux bords de la baie d'Hudson pour venir dire bonjour à son frère, le père de Joe. Tout le monde attendait celui qui revenait de la ville, et qui était devenu une véritable légende. Parti à vingt ans pour Toronto où il avait trouvé un emploi dans une entreprise de construction, il avait gravi les échelons jusqu'à en avoir le vertige. Personne ne savait trop ce qu'il faisait, mais tout le monde disait qu'il était devenu riche et qu'il donnait des ordres à plein de gens, même à des Blancs, ce qui faisait rire bien du monde, au village.

Jim était arrivé ce jour-là chargé de cadeaux et tout de suite en entrant dans la maison il avait serré le père de Joe dans ses bras. Ils étaient restés comme ça très longtemps, puis Jim s'était penché vers Joe et lui avait pincé une joue.

— Tu grandis, mon garçon. La dernière fois que je t'ai vu, t'avais la couche aux fesses !

Jim était resté deux bonnes semaines. Comme c'était au cœur de l'hiver et que les soirées étaient longues, après le souper toute la famille s'installait près du feu, et Jim racontait ses aventures dans le Sud. Joe buvait les paroles de cet oncle étrange dont les histoires abracadabrantes le fascinaient. Quand il était reparti, Joe avait eu l'impression qu'on lui arrachait quelque chose. Oncle Jim n'était plus jamais revenu parce qu'il était trop occupé, mais il avait laissé dans la mémoire du petit Joe un souvenir indélébile. Et voilà que Joe Wapachi, lui qui n'était jamais allé très loin dans sa vie et qui n'avait, très franchement, pas fait grand-chose, voilà qu'il allait à son tour vivre comme oncle Jim.

Au fil des ans, oncle Jim avait donné de moins en moins de nouvelles, mais, de temps en temps il envoyait à Nanny une longue lettre dans une enveloppe blanche. Puis, un jour, Joe reçut ce mot : « *Viens donc me voir à Toronto. Il y aura du travail pour toi. Ton oncle Jim.* »

— Vous voulez quelque chose, monsieur ?

Joe sursauta, tourna la tête et comprit que la femme en uniforme bleu qui se tenait debout dans l'allée, un gros chariot en métal devant elle, lui adressait la parole. Il commanda un sandwich, du chocolat et un thé, et le tout atterrit sur la petite tablette que la femme déplia devant lui. Il avait tellement faim qu'il mangea trop vite, après quoi il but son thé d'une traite, même s'il était brûlant, se leva, s'excusa auprès de sa voisine et se dirigea vers les toilettes. Repu, soulagé, fatigué, Joe revint à son siège, ferma les yeux et s'abandonna à un sommeil profond, comme s'il n'avait pas dormi depuis longtemps.

C'est en sursaut qu'il s'éveilla, longtemps plus tard, ouvrant les yeux d'un coup, comme si son père venait de le réveiller pour aller à la chasse. Qu'est-ce qui l'avait réveillé? Le train qui tanguait davantage, peut-être, comme un bateau sur une mer agitée, à moins que ce ne soit un passager qui avait fait du bruit, il ne le savait pas trop. Il promena son regard sur les autres sièges non loin, un peu hébété, encore à moitié endormi, se redressa sur le sien, bâilla, s'étira, puis se rendit compte que plusieurs passagers commençaient à ramasser leurs affaires éparpillées à leurs pieds: sacs, journaux. Il vit une jeune femme, deux places plus loin, glisser son ordinateur dans une petite valise. Joe tourna la tête vers la fenêtre et ce qu'il vit fit bondir son cœur dans sa poitrine, d'émerveillement et même de surprise, car il avait eu beau s'attendre à ce moment, il avait eu beau se répéter cette scène dans sa tête, ce qu'il avait devant lui dépassait tout ce qu'il avait pu imaginer. La silhouette de la ville se dessinait et on pouvait déjà voir les édifices, les grandes tours de verre et de béton s'élever, les unes contre les autres. Il reconnut tout de suite l'une d'elles, si caractéristique, vue mille fois sur les photos que l'oncle Jim avait apportées: la grande tour CN, droite comme une flèche, pointée vers le ciel. La même voix nasillarde qu'au début du voyage se fit entendre dans les haut-parleurs et expliqua qu'on arriverait en gare d'ici quelques minutes. Maintenant, le train roulait près des enchevêtrements de routes et d'autoroutes où des milliers de véhicules — jamais Joe n'aurait cru qu'il pouvait y en avoir autant en un même lieu — filaient, se croisaient, se dépassaient.

Joe enfila son manteau parce qu'il voulait être prêt à descendre dès que le train s'arrêterait, et grimaça: par moments, son dos lui faisait encore mal. Les plaies étaient bien refermées, mais la peau tirait encore sous les cicatrices. Ce faisant, il regardait défiler les édifices tandis que le train approchait du centre-ville, prenant, du coup, la mesure de la ville qui serait désormais la sienne : elle était immense. Le train commença à ralentir quand ils arrivèrent en gare, passant près d'autres voies ferrées, d'autres rails entrelacés, sur lesquelles d'autres trains arrivaient. Joe eut un vertige pendant une seconde. Tout était si grand, tout semblait aller si vite que c'en était étourdissant.

Le train s'immobilisa enfin et Joe sentit son cœur battre plus fort. Il fut le premier de la voiture à se lever et à s'avancer vers la porte, mais d'autres le suivirent pour se poster derrière et attendre, comme lui, de pouvoir sortir. Il serait le premier à descendre. Quand les portes s'ouvrirent sur la foule qui marchait sur les quais, il n'osa pas descendre. Il y avait là, dans cette gare, plus de monde qu'il n'en avait jamais vu de sa vie ; les gens se déplaçaient tous d'un pas rapide, en ayant l'air de savoir où ils allaient. Lui ne savait pas où il allait. Tout ce qu'il avait, c'était une adresse, et des milliers de rêves. Il n'avait aucune idée de la direction à prendre, ni même de comment sortir de cette gare et tout allait très vite, tout à coup. Il entendit la voix d'une femme dans son dos.

— Excusez-moi.

Elle se faufila et passa devant lui, sans attendre. Il la regarda descendre le petit escalier, et mettre le pied sur le ciment du quai. Il ne serait pas le premier, finalement. Il lui emboîta le pas, et se retrouva au milieu de la foule, dont il suivit le mouvement. Il aboutit dans un grand hall dont le sol de marbre résonnait sous les pas des voyageurs, le traversa, et passa des portes tournantes aux poignées dorées. Ça lui semblait être la chose à faire parce que c'était ce que tout le monde faisait.

Dehors, Joe fut surpris par l'odeur qui lui parvint : ça sentait les égouts, et l'essence. Le temps était gris et humide et il était difficile de dire s'il allait pleuvoir ou neiger. Il leva la tête, encore étonné par la hauteur des tours, cherchant du regard celle du CN, et, en s'étirant le cou, l'aperçut, plus loin, entre deux édifices. Il resta là, bouche bée, un moment, avant de se faire bousculer par un passant qui ne s'excusa même pas. Joe fit quelques pas, question de s'éloigner de la gare, et se retrouva sur un coin de rue tout comme une vingtaine de personnes, si ce n'était pas plus.

— Excusez-moi, comment je peux aller vers le nord ? demanda-t-il, timidement, à une jeune femme qui attendait à ses côtés, que le feu passe au vert.

Elle ne prit pas la peine de lui répondre, et indiqua tout simplement la direction d'un geste de la main. Quand le groupe se mit en branle, Joe l'imita, et commença marcher dans la direction qu'on lui avait indiquée, se répétant mentalement l'adresse de la maison de l'oncle Jim.

Quelques coins de rues plus loin, il tomba sur un kiosque où l'on vendait de quoi manger. Ça sentait la friture. Deux hommes en costume-cravate étaient en train de commander quelque chose. Il se plaça derrière eux et attendit son tour, constatant encore une fois que personne ne le regardait. Depuis qu'il avait mis les pieds dans cette ville, on ne faisait pas attention à lui, on ne posait pas sur lui des yeux dans lesquels se lisaient la peur, ou la colère, ou le dégoût. Ici, on ne voyait rien dans les yeux des gens. Ici, il était invisible. Difficile, il faut dire, de se sentir différent dans un lieu où tout le monde l'est. Il avait vu, depuis qu'il était arrivé, des gens de tous les âges, de toutes les races, de tous les styles. On aurait dit une mosaïque.

La femme à l'intérieur du kiosque lui tendit ce qu'il avait commandé — un hot-dog et un Coke, parce que la bière était trop chère et qu'il n'avait presque plus d'argent — et il paya, alors que d'autres clients qui attendaient en file derrière lui commandaient à leur tour. Il s'éloigna. Dans la rue, les autos défilaient sans arrêt et, sur les trottoirs, les piétons se croisaient sans dire un mot, s'entrecroisaient, changeaient de direction, continuaient leur route ou s'arrêtaient quand le feu passait au rouge puis repartaient quand il devenait vert. C'était un véritable ballet. Joe prit à gauche dans une rue où s'alignaient des boutiques avec de grandes vitrines. Il leva la tête pour voir le nom : Queen. Il continua et déboucha dans une rue transversale où circulaient des tramways qui faisaient un bruit d'enfer. Il continua à marcher vers le nord. Cette rue-là s'appelait Spadina. « Drôle de nom, pensa Joe, ça ne veut rien dire. Tout est étrange ici, même le nom des rues. »

Joe lança la canette vide dans une poubelle à côté d'un arrêt d'autobus. Du coup, il remarqua que les noms des commerces dans le quartier où il avait abouti étaient tous écrits dans une langue étrangère qui semblait être du chinois. Il n'y avait rien à comprendre de ces signes. Des animaux bizarres qui ressemblaient à des dragons difformes découpés dans du papier aux couleurs vives ornaient certaines vitrines. Partout dans les petits restaurants s'entassaient des clients qui mangeaient avec des baguettes. Les visages qu'ils croisaient avaient tous les mêmes yeux bridés et tout à coup les gens semblaient être devenus minuscules. Des femmes hautes comme trois pommes et toutes voûtées traînaient de gros sacs sur roulettes et s'arrêtaient de temps en temps pour tâter des légumes ou des fruits vendus dans de petits commerces. Des jeunes filles vêtues de jupes courtes, les cheveux attachés, riaient aux éclats en se cachant la bouche derrière leur main, comme si elles avaient honte. De jeunes hommes transportaient des bacs de bois remplis de légumes que Joe n'avait jamais vus de sa vie. Il passa devant une petite épicerie aux portes grandes ouvertes dont les étals avaient été installés dans la rue et se surprit à imaginer un instant, sourire aux lèvres, l'épicier de son village sortir ses légumes et ses fruits, dans le froid et la neige.

Les gens que Joe croisait avaient tous un téléphone à la main. De temps en temps, il captait des bribes de leurs conversations. C'était sans doute une des premières choses qu'il achèterait quand il aurait de l'argent : un portable. Ensuite, ça serait des vêtements. Comme ça, il serait bien mis et, qui sait, il rencontrerait peut-être quelqu'un, une femme qu'il inviterait dans un bon restaurant, comme il y en avait des tas dans cette ville. Peu à peu, les enseignes étranges disparurent et les gens aux yeux bridés se firent plus rares. Joe réalisa qu'il changeait de quartier. Il y eut moins de commerces, davantage de maisons. Il passa devant une bibliothèque, puis un parc, puis un édifice sur lequel on pouvait lire : SWIMMING POOL. Des gens promenaient leur chien au bout d'une laisse. Joe marcha encore une bonne heure, et, tout à coup, une affiche sur la devanture d'un immeuble attira son attention. C'était écrit, en grosses lettres, que c'était un centre d'aide aux Autochtones. Interloqué, il s'approcha. Un petit groupe, cinq ou six personnes, faisait le pied de grue devant la porte. Joe ne put s'empêcher de remarquer qu'avec leurs vêtements en lambeaux, leur dos voûté à force de traîner leur misère, leur regard hagard, leurs mains sales, leurs cheveux hirsutes, ces personnes, ces étrangers au visage familier lui ressemblaient, et il ne savait pas s'il fallait s'en réjouir ou s'en désespérer. Il retrouvait tout ce qu'il avait fui. « Qu'est-ce qu'ils attendent comme ça ? » se demanda-t-il. Quelqu'un ouvrit les portes, sortit la tête, fit un signe, et les personnes entrèrent toutes, en se pressant. Alors Joe comprit : ces gens étaient là pour de la nourriture, et un endroit pour dormir, sans doute. Il s'éloigna en se disant que jamais il n'aurait besoin d'aller dans un lieu comme celui-là, qu'il était chanceux, qu'un travail l'attende, et un toit sous lequel s'abriter. Et un lit confortable où dormir.

Alors qu'il se remettait en marche, des gouttes commencèrent à s'écraser sur l'asphalte, laissant des traces sombres, de grosses gouttes lourdes, qui annonçaient tout une averse. Pas de chance. Joe continua, mais la pluie était glaciale et le vent se levait. On pouvait même voir des grêlons qui sautillaient en touchant le sol. Il chercha des yeux un abri où se réfugier et fit comme plusieurs passants : il se mit à courir. Un coin de rue plus loin, il arriva à l'entrée d'un petit centre commercial, et, déjà complètement trempé, s'engouffra dans le premier commerce qui se présentait : une librairie. Joe, qui n'avait jamais mis les pieds dans une librairie de sa vie, remarqua tout de suite l'ambiance feutrée de l'endroit. On n'entendait que des chuchotements, comme si les clients n'osaient pas parler à voix haute. Il y avait des rayons de livres partout, dans la pièce aux plafonds hauts, et même à l'étage, auquel on accédait par un grand escalier mécanique. Joe se dit que tant qu'à être là, aussi bien prendre le temps de visiter : ça lui semblait être la chose à faire. Il se mit donc à marcher entre les rangées qui débordaient de livres, se demandant comment ils pouvaient tous tenir sur les étagères, et de quoi ils pouvaient tous parler, ces livres que des gens prenaient entre leurs mains, sur lesquels ils jetaient un coup d'œil, lisant parfois une page ou deux, puis qu'ils reposaient, avant de se remettre à fouiller les rayons du regard.

Joe continua à errer, mains dans le dos, pendant de longues minutes. Au bout d'un moment, il finit par remarquer que des employés lui jetaient des coups d'œil de côté, de temps en temps. Ils étaient faciles à reconnaître, ils portaient tous la même veste bleue sur laquelle était imprimé, en grosses lettres, le nom de la librairie.

— Monsieur ? Je peux vous aider ?

D'abord, il ne prêta pas attention à la voix derrière lui.

— Monsieur, monsieur ?

Quand elle se fit insistante, il se retourna, un peu surpris.

— Est-ce que je peux vous aider, monsieur ?

Un homme vêtu d'un uniforme sur lequel était écrit en toutes lettres le mot « SECURITY » se tenait devant lui. Il était grand, noir.

— Non, je… je me promène, c'est tout, répondit Joe.

— C'est une librairie ici, monsieur, pas une bibliothèque. Si vous n'avez pas l'intention d'acheter de livres, je vous demanderais de partir.

Joe nota que des clients s'étaient retournés et le regardaient. Tout de suite, il se sentit rougir. Il n'était pas à sa place ici, il n'aurait pas dû s'y trouver. Ce n'était pas un endroit pour lui, après tout. Joe baissa la tête, jeta un coup d'œil à son pantalon trempé, son manteau sale et reconnut le sentiment qui l'habitait à nouveau : la honte. Il croyait qu'il l'avait laissée derrière, mais voilà qu'elle le rattrapait. Il mit la main dans sa poche pour constater qu'il ne lui restait presque plus d'argent ; pas assez pour acheter un livre, ni même un magazine. « *Shit*, se dit Joe, dommage, parce que ça lui aurait fermé le clapet, à ce gars-là. Pour qui est-ce qu'il se prend ? ».

— Monsieur, je vous demande de partir, insista l'homme.

La honte fit place à la colère. Joe sentit la colère monter en lui, forte comme un coup de tonnerre dans un ciel d'été.

C'est sûr que s'il s'emportait ici, ils appelleraient la police. Contenir la colère. L'homme fit un pas vers lui. Joe recula.

— O.K., O.K., je m'en vais, *man*.

Il tourna les talons et se dirigea le plus vite possible vers la sortie sous le regard hébété des clients qui étaient sans doute en train de faire leurs emplettes des Fêtes. Alors qu'il marchait vers la porte, Joe sut qu'il était sur le point d'exploser : il éprouvait une furieuse envie de frapper, frapper sur les murs, sur les rayons, sur le comptoir derrière lequel des jeunes filles bien mises, aux ongles peints, à la peau lisse, aux cheveux lustrés, le toisaient comme elles auraient regardé une merde de chien étalée sur le trottoir. Il avait envie de les bousculer, juste pour voir la peur dans leurs yeux, il avait envie de faire éclater la tête de cet agent de sécurité minable qui venait de le jeter dehors sans ménagement.

À l'extérieur, sans trop se rendre compte de ce qu'il faisait, Joe s'empara d'une poubelle en métal, posée là juste devant lui, la souleva dans les airs sans aucune difficulté et la lança de toutes ses forces contre la vitrine de la librairie. Il n'était plus qu'adrénaline, il ne pensait plus, ne ressentait plus rien, sauf ce besoin de détruire tout ce sur quoi il pouvait mettre la main. Quand la vitre se brisa en mille morceaux dans un bruit d'enfer, il sursauta, réalisant seulement à ce moment ce qu'il venait de faire. Il baissa les bras tandis qu'une alarme retentissait. Dans la rue, les passants le regardaient, bouche bée. Joe savait qu'il n'avait pas le choix, maintenant, qu'il devait quitter cet endroit au plus vite. Il prit ses jambes à son cou, et, sans regarder derrière, s'enfuit par une ruelle. Il courut aussi longtemps qu'il le put, jusqu'à ce qu'il n'ait plus de souffle, et finit par s'arrêter dans une petite rue où plus personne ne le regardait. « Joe, qu'est-ce que t'as encore fait ? » La voix de sa mère retentissait à ses oreilles et la peur lui tordait les tripes. Joe n'osait même pas repenser à ce qu'il avait fait. Les événements se bousculaient dans sa tête et tout se mêlait. Avait-il blessé quelqu'un ? Non, non, sûrement pas. Il ne pouvait pas avoir blessé qui que ce soit, il avait simplement brisé la vitre. Pourquoi ? se demanda-t-il. Pourquoi n'arrivait-il jamais à contrôler la colère ?

Joe réalisa qu'il pleuvait à boire debout, c'était de la pluie mêlée de neige, en fait. L'eau ruisselait sur ses épaules. De quoi aurait-il l'air, en arrivant chez oncle Jim ? Il releva son capuchon et se remit en marche, tête baissée, voûté sous son lourd manteau, les mains enfoncées dans les poches. La noirceur était tombée. Dans la rue, les passants se faisaient plus rares, et Joe dut se rendre à l'évidence : il n'arriverait jamais à trouver son chemin jusque chez Jim dans la noirceur, et par ce temps, dans cette ville qu'il ne connaissait pas. En plus, il commençait à avoir faim.

La neige mouillée rendait les trottoirs glissants. De temps en temps, Joe dérapait et devait faire attention de ne pas tomber ; manquerait plus que ça. Sans vraiment en prendre conscience, il avait fait demi-tour il y avait déjà un moment, marchant lentement, longeant les murs, évitant les rues principales, sursautant chaque fois qu'il entendait une sirène de police. Il déboucha, ébahi, devant un immeuble qu'il reconnut tout de suite : le Centre devant lequel il s'était arrêté, plus tôt dans la journée. Comment l'avait-il retrouvé ? Il n'en avait aucune idée. C'était comme si, instinctivement, il s'y était dirigé. Il s'approcha. Devant la porte fermée, il hésita, mais il savait qu'il n'avait pas le choix. Que pouvait-il faire d'autre, de toute façon ? Il sonna. Ses mains, rougies par le froid, tremblaient. Il attendit un long moment, puis vit apparaître, dans le petit carré de la fenêtre, un visage méfiant, à la peau cuivrée. Quand la porte s'ouvrit finalement, Joe entra, résigné. Un homme plutôt petit, mince, avec des cheveux aussi longs que les siens le salua de la tête et l'observa un instant.

— Cri ? demanda-t-il dans une langue que Joe n'avait pas entendue depuis qu'il avait quitté sa réserve.

Il hocha la tête.

— Suis-moi, ajouta l'homme. Tu dois avoir faim ?

Joe ne répondit pas. L'homme le fit entrer dans un vestibule au décor épuré et Joe enleva son manteau en silence, tandis que l'homme le regardait sans lui poser de questions. Ensuite, il l'emmena dans une pièce rectangulaire qui servait de salle à manger, où des tables nues s'alignaient. Ça sentait bon. Il y avait encore deux ou trois personnes attablées, même si, visiblement, l'heure du repas était passée depuis longtemps. Il s'installa et un autre homme, un tablier à la propreté douteuse noué autour de la taille, la tête recouverte d'un mince filet qui tenait ses cheveux gris, lui apporta une assiette. Joe jeta un coup d'œil. Il y avait de la viande, de la vraie viande, et des légumes.

— Bon appétit, lui dit l'homme aux cheveux gris.

Avant d'attaquer la première bouchée, Joe prit le temps de regarder les quelques personnes qui s'étaient attardées dans la salle à manger, tous des hommes. Ceux-ci avaient en commun la même peau cuivrée que lui, et les mêmes yeux noirs, mais là s'arrêtait la ressemblance. Joe avait de l'espoir ; eux, affichaient un visage inexpressif, comme s'ils étaient déjà morts.

— Hé, lui lança quelqu'un à une autre table, t'es nouveau ?

Joe le regarda un instant, se demanda si l'homme pouvait lire dans son regard la honte qu'il avait de se retrouver dans cet endroit où on lui faisait la charité, lui qui s'était juré de ne jamais avoir besoin de ça.

— C'est seulement pour la nuit, répondit-il.

Contre toute attente, l'homme à l'autre table se mit à rire, à rire à tue-tête comme un dément. Pris au dépourvu, Joe en laissa tomber sa fourchette qui heurta le rebord de l'assiette en plastique. L'homme ne s'arrêta pas de rire pour autant, on aurait même dit qu'il riait plus fort. On aurait dit qu'il n'allait jamais cesser de rire et, plus il riait, plus Joe sentait la colère le gagner. Il baissa la tête, continua à manger et l'homme finit par s'arrêter, avant de se lever, et de sortir de la pièce. Les autres firent comme lui, laissant Joe seul avec le cuisinier, qui ne s'occupait pas de lui. Le silence se fit à nouveau et Joe soupira. Il était fatigué. Tout ce qu'il voulait, c'était dormir, refaire ses forces, repartir au petit matin, oublier cet endroit et ne plus jamais y remettre les pieds.

III

14

— Cent vingt chansons! Cent vingt? demanda Éric, les yeux arrondis par la surprise.

— Trois pour chaque année, ajouta Laura.

Il siffla. Le soleil jaunâtre de la fin de l'après-midi déclinait et, dans la pièce, il commençait à faire sombre. Éric ne s'était pas donné la peine de tirer les rideaux quand ils étaient entrés dans la chambre, se disant que personne ne pouvait les voir de toute façon, qu'il n'y avait que la vallée qui s'étendait à leurs pieds, et plus loin, les édifices du centre-ville qui se dressaient comme un mur de lumière. Les dernières feuilles mortes de l'automne avaient maintenant disparu sous une couche de neige blanche.

Laura sourit. Pour rien, comme ça, parce qu'elle en avait envie. De contentement, et de bonheur, sans doute. Ils étaient allongés sur le dos, se tenant la main comme si ça allait de soi, comme ils le faisaient souvent, après l'amour. Dehors, au loin, la sirène d'une ambulance retentit. Quelqu'un, quelque part, souffrait, quelqu'un allait peut-être mourir.

— C'est parce que c'étaient tes chansons préférées?

— Oui et non. Pas toutes. Au fond, je m'en fous, des chansons.

Laura avait l'impression d'entendre encore la voix de Thomas, son ton moqueur: «Celle-là, maman, c'est celle qui était au top des palmarès quand t'avais quinze ans. Tu te rends compte comme ça fait longtemps?»

— C'est pas les chansons, c'est pas ça, c'est…, ça me garde proche de lui, tu comprends? C'est comme s'il était dans mes oreilles, dans ma tête, comme s'il était avec moi chaque fois que je cours.

Éric se tourna vers elle pour mieux la regarder, et appuya sa tête sur sa main, son bras replié sur l'oreiller.

— Je comprends.

« *Je comprends.* » Deux mots, deux petits mots, qui avaient toujours ce même effet sur elle, chaque fois qu'il les prononçait. « Je comprends. » Deux petits mots et elle avait l'impression d'être apaisée, réconciliée. Elle posa sa main sur la poitrine d'Éric. Ses doigts s'emmêlèrent dans les poils châtains.

— Il t'a donné ça quand, au juste? demanda-t-il.

Laura prit une longue inspiration et ferma les yeux. Le temps était venu de raconter. Raconter ce qu'elle n'avait jamais dit, jamais expliqué. Se livrer, dire, c'était rendre les choses, les événements, inéluctables, les figer dans le temps, dans la réalité. Raconter les choses, c'était les faire exister. Elle n'avait jamais raconté à qui que ce soit la mort de Thomas, parce que… parce que les gens qui devaient savoir savaient et que les autres, elle ne les gardait jamais assez longtemps dans sa vie pour en arriver là. Mais voilà que ce moment était venu. Le temps des questions était venu. Elle ouvrit les yeux, se tourna sur le dos et commença à parler comme on monte une côte, un pas à la fois.

— À mon anniversaire. On avait loué une salle… un bar, en fait. On fêtait mon anniversaire et le sien.

— Il avait quel âge?

— Il avait vingt ans.

Laura se souvenait des mots exacts qu'il avait prononcés quand il lui avait donné le baladeur. Elle se remémorait la lumière qui balayait les cheveux de Thomas, ses gestes à ce moment-là, sa voix, son sourire, son si beau sourire; moments furtifs, fugaces, derniers instants d'une vie trop courte. S'il y avait une minute, une seconde, un instant, un seul instant qu'elle n'oublierait jamais, c'était celui-là. Il ne sombrerait jamais dans la brume, ne pâlirait pas. Il resterait intact malgré les années.

Au milieu de la soirée, Thomas s'était approché d'elle, lui avait tendu le bras maladroitement et ses joues s'étaient empourprées.

— C'est Evelyne qui l'a emballé, avait-il avoué, un petit sourire en coin. C'est pour toi, maman.

Laura avait ouvert délicatement le cadeau. À l'intérieur, il y avait le baladeur.

— Les cent vingts plus belles chansons des quarante dernières années ! Je t'avais dit que je le ferais !

Il avait justement ce sourire, à ce moment-là. Ce sourire à la fois fier et timide qui était le sien. Personne d'autre au monde n'avait jamais eu ce sourire, personne d'autre au monde n'aurait jamais ce sourire. Laura était restée bouche bée un instant.

— C'est… oh mon Dieu !, c'est un merveilleux cadeau, Thomas ! Et tu… quoi… t'as enregistré tout ça ?

Il avait hoché la tête. Elle l'avait pris dans ses bras.

— Bon anniversaire.

— Merci !

— Je t'aime, maman.

« Je t'aime, maman. » Laura tourna la tête vers Éric, essuya une larme qui roulait sur sa joue et sourit, surprise elle-même de constater qu'elle pouvait encore pleurer.

— Il a compilé lui-même toutes ces chansons, continua-t-elle. Il a dû travailler là-dessus pendant au moins un an.

— Tu dois les connaître par cœur, maintenant.

Elle rit franchement.

— Tu parles !

Éric, d'une main, se mit à caresser les cheveux de Laura.

— Comment il est tombé, au juste ?

Elle redevint grave. De toutes les questions, c'était celle-là la plus difficile, mais il fallait continuer à dire, tout dire, trouver le courage de revivre encore les événements. Éric avait le droit de savoir, elle ne pouvait pas lui donner que des bribes d'information. Il remarqua son hésitation.

— T'es pas obligée, tu sais.

Elle fit un geste de la main, balayant l'air devant elle, comme pour dire « ça ne fait rien », et commença à raconter d'une voix blanche, monocorde :

— Il est tombé à la fin de cette soirée-là, le jour de ses vingt ans, cette fameuse soirée où il m'a donné le baladeur. Avec des amis, après que tout le monde a été parti, il est monté sur le toit, parce qu'il y avait une belle vue sur la ville et parce que les jeunes voulaient continuer à s'amuser, tu comprends… continuer à fêter.

Laura s'éclaircit la voix. Elle sentit la main de son amant se poser sur son épaule.

— Les amis… Ils… ils avaient pris de l'ecstasy. J'avais aucune idée. Je l'ai su seulement après. Va savoir ce qui lui est passé par la tête ce soir-là. Il voulait probablement tout essayer, il fêtait ses vingt ans. C'était comme si tout était permis, tu sais. Ce que les policiers nous ont dit, après, c'est que Thomas… à cause de la drogue, Thomas a pensé qu'il pouvait voler.

Laura s'arrêta une seconde. Éric attendait.

— Il s'est pris… pour un ange, finalement. Sa copine, Evelyne, elle était arrivée au *party* avec des ailes, de grandes ailes blanches… des vraies plumes, crois-le ou non. C'était un truc, une espèce de pari qu'ils avaient fait. Ils étaient tous habillés en blanc. Bref, il a enfilé les ailes d'Evelyne et il est allé sur le rebord du toit. Il a marché sur le rebord, paraît-il, en tendant les bras de chaque côté de lui, tu vois. Ils devaient probablement tous trouver ça drôle, je sais pas. Et ce qui s'est passé c'est qu'il a entendu quelque chose… du bruit… un chat, un oiseau, on sait pas trop. Ça l'a déstabilisé. Il a sursauté, paraît-il, et il est tombé.

Voilà, c'était fait, elle avait raconté l'histoire. L'histoire était sortie d'elle et elle existait pour quelqu'un d'autre, maintenant, et Laura n'était pas morte au bout de sa peine, elle ne s'était pas effondrée, elle avait tenu le coup, elle était toujours là, dans ce lit, vivante. Éric garda le silence une seconde ou deux.

— Et ses amis ? demanda-t-il ensuite. Ça a dû être difficile pour eux aussi.

— Oh… ses amis. Je pense qu'ils ne s'en sont pas vraiment remis, tu sais. Evelyne a arrêté de venir nous voir. Je sais qu'elle a déménagé.

— T'as plus de contact ?

Laura secoua la tête.

— Tu sais, ma vie a tellement changé depuis. C'est comme si je n'étais plus la même personne.

— Je comprends.

Laura glissa de nouveau sa main dans celle d'Éric et serra ses doigts entre les siens.

— Et pour toi ? Ça s'est passé comment ? demanda-t-elle.

Il prit Laura dans ses bras et la pressa contre lui un instant, puis il se détacha, jeta un coup d'œil à la fenêtre — il faisait noir maintenant — et il commença à raconter ce qui s'était passé le jour de l'accident. À un moment donné, Laura posa sa tête sur la poitrine d'Éric, écouta battre son cœur à un rythme régulier, et ses cordes vocales vibrer quand il parlait. Son histoire, tous ces morts dans les champs dorés, était, étrangement, à la fois belle et triste. Elle écouta sans dire un mot. Curieusement, au milieu de l'horreur, au milieu de leurs histoires à tous les deux, de leurs morts et de leur peine, elle se sentait en paix. Éric, lui, réalisa, au fur et à mesure qu'il racontait, que même si les images revenaient par vagues successives, il n'avait pas peur d'elles. Pour une fois, il n'était pas seul avec les images.

::

Joe se réveilla en sursaut, se redressa à moitié sur son lit en se demandant où il pouvait bien être, puis il se souvint du Centre et ce qui l'y avait amené, la veille, et fit la grimace. La pièce était vide. Les pensionnaires avaient dû partir, et c'était tant mieux, parce qu'il n'avait aucune envie de parler à qui que ce soit. Il se leva lentement, un sentiment d'angoisse au creux du ventre. Joe n'avait plus d'argent, il était seul dans cette ville qu'il ne connaissait pas, il n'avait plus le choix, maintenant, il fallait qu'il se rende chez oncle Jim.

Le pas traînant, il se dirigea vers la pièce où il avait mangé la veille. Son corps était raide et son dos, endolori. La peau tirait, brûlait. Joe se demanda si ça allait être comme ça tout le temps, pour le reste de sa vie. Ses jambes lui faisaient mal aussi, mais il faudrait quand même encore marcher beaucoup au cours de la journée. Il s'assit à la première table qu'il vit. Le même homme qui l'avait servi le veille déposa devant lui un bol qui contenait ce qui semblait être du gruau. Ça avait l'air chaud, ça sentait bon. Puis apparurent du pain grillé dans un petit panier et un café.

— Merci, dit-il d'une voix rauque, encore endormie.

L'homme lui fit un petit signe de la tête, sans dire un mot. Joe souffla sur le bol, prit une bouchée, tourna la tête vers l'unique fenêtre, qui donnait sur une ruelle. Il faisait encore gris, mais il ne pleuvait plus. Il mangea rapidement son gruau, étala des confitures sur le pain et l'avala. Il finit son café, et resta un instant à rien faire, à ne pas penser.

— Ça va?

L'homme qui le regardait en souriant et qui lui parlait en cri, était celui qui l'avait accueilli la veille à la porte.

— Ça va, répondit simplement Joe.

L'homme leva le bras en direction d'un corridor à la sortie de la pièce.

— Douches, et salle de lavage, c'est par là. *All right?*

Il disparut et Joe s'essuya la bouche avec une petite serviette de table en papier qu'on lui avait donnée, la froissa, la jeta dans son assiette, qu'il repoussa, se leva et se dirigea vers les douches.

Il resta longtemps sous le jet d'eau chaude, après avoir laissé ses vêtements à laver. Il termina et sortit, ruisselant, posant ses pieds sur le petit tapis par terre. Il essora ses cheveux, pensa à regret qu'on lui demanderait sans doute de les couper quand il travaillerait.

Après s'être lavé, avoir enfilé des vêtements propres qui sentaient bon la lessive, rassasié, Joe ouvrit la porte du Centre, prêt à commencer sa nouvelle vie.

— T'en as pour deux bonnes heures, lui indiqua celui qui semblait être le directeur, en l'accompagnant jusque sur le trottoir. Bonne chance ! ajouta-t-il.

Joe se mit en marche en remontant le col de son manteau. Il faisait beaucoup plus froid que la veille. Il hâta le pas.

::

Un pas à la fois, un pas de plus. Laura se sentait légère. De la buée sortait de sa bouche quand elle respirait. C'était une journée froide et ensoleillée, une journée comme elle les aimait, parfaite pour courir. Dans ses oreilles, CCR rythmait ses pas, avec un refrain lancinant. « *Someone told me long ago. There's a calm before the storm... I know; it's been comin' for some time...* »

En montant Pottery, elle passa comme d'habitude devant l'immeuble d'Éric et ça lui rappela qu'ils avaient rendez-vous le soir même, chez elle. En fait, ils ne s'étaient plus vraiment quittés depuis le soir où ils avaient fait l'amour sur le toit. Cette soirée-là, Laura ne pouvait y repenser sans qu'un frisson lui monte dans le dos, jusqu'à la nuque. Elle ne pouvait s'empêcher de penser que s'il avait fallu qu'il saute et qu'elle assiste à ça, impuissante, ça l'aurait sans doute brisée à jamais. Cette image se serait imprimée dans sa tête pour le reste de sa vie et se serait superposée au visage de Thomas. Mais ce n'était pas arrivé et Laura chassa ces pensées. En haut de la côte, elle jeta un coup d'œil à sa montre et, voyant l'heure, elle accéléra. Il était plus tard qu'elle ne l'aurait cru. Elle ne voulait pas être en retard, elle voulait que tout soit parfait pour ce souper. Elle savait déjà ce qu'elle cuisinerait, ce qu'elle servirait à boire, ce qu'elle porterait. Et, bien sûr, comment la soirée finirait. D'ici là, il lui restait beaucoup de choses à faire.

Arrivée à la maison, elle ne prit pas la peine de ranger ses chaussures à leur place et les laissa simplement par terre, dans le vestibule. Le téléphone sonnait et elle se précipita. Au bout du fil, la voix était enjouée.

— Comment ça va ?

C'était Michel. Laura, surprise, mit une seconde pour répondre.

— Il y a une urgence ?

— Non, fit-il, non, non… Je voulais juste… je voulais prendre des nouvelles, c'est tout.

— Ah… ça va. Et toi ?

— Ça va.

— Bon… O.K… je, écoute, je viens d'aller faire mon jogging, je vais me jeter sous la douche, alors…

Michel l'interrompit.

— Mélissa est enceinte, Laura.

Interdite, sous le choc, elle se laissa tomber sur une des marches de l'escalier.

— Je voulais te le dire moi-même avant que tu l'apprennes.

Les images défilaient dans la tête de Laura : le premier test de grossesse, la naissance de Thomas, la joie de Michel quand il avait tenu cette petite chose entre ses bras.

— Laura… Laura, dis quelque chose.

Elle déglutit, tenta de trouver les mots, les bons mots, ceux qu'il fallait prononcer dans un moment comme celui-là.

— Écoute, je… je savais pas que c'était ton intention. Je sais pas trop quoi te dire. Félicitations, j'imagine.

— Merci. Toi… je veux dire, ça va ? Tu… tu vois quelqu'un ?

— Oui, répondit-elle sans réfléchir. Oui, je vois quelqu'un.

— Ah. Tant mieux. C'est… c'est sérieux ?

Laura s'efforça de se poser la question. Est-ce que c'était sérieux avec Éric ? Non, évidemment non, parce qu'ils venaient tout juste de se rencontrer.

— Oui, répondit-elle.

Oui, évidemment oui, parce qu'ils n'avaient ni l'un ni l'autre de temps à perdre, qu'ils savaient l'un et l'autre, sans même se le dire, que c'était sérieux.

— C'est bien. Je suis content pour toi.

— Est-ce que vous savez ce que c'est ?

— Quoi ?

— Le bébé, c'est une fille ou un garçon ?

— Ah. C'est une fille.

Laura raccrocha, resta assise sur la marche, incapable de bouger, tandis que des larmes roulaient sur ses joues encore froides.

::

Debout, un bouquet de fleurs à la main, Éric fouillait le salon du regard en se demandant où la femme de ménage pouvait bien avoir mis les clés. Il se sentait perdu, au fond, quand tout était rangé. Il finit par les trouver sur la petite table du vestibule, dans un panier en osier où il était parfaitement logique de les placer. Il sortit, referma derrière lui, et se dirigea vers les ascenseurs en se demandant si ses fleurs allaient survivre au froid, dehors. Il avait pensé à acheter des fleurs en se disant que c'était une bonne idée, que ça ferait plaisir à Laura, mais maintenant, il n'en était plus trop sûr. D'abord, il fallait qu'elles tiennent le coup jusqu'à ce qu'il arrive chez elle, ensuite, il ne savait même pas si elle aimait les fleurs. Elle pouvait être allergique, qu'il ne l'aurait même pas su. En fait, il ne savait encore que peu de chose d'elle. Pourtant, ils avaient parlé pendant des heures. Elle lui avait parlé de Thomas, de Michel, de sa vie d'avant. Il lui avait raconté Nathalie, Samuel, Pierre. Ils avaient tout déballé de leurs deuils, de leurs peines, de leurs regrets, mais il y avait encore tant de choses qu'Éric voulait savoir d'elle, de sa vie, de ce qu'elle était, de ce qu'elle aimait. Il savait qu'elle dormait sur le dos, qu'elle avait un grain de beauté sous le pied gauche, qu'elle aimait lui agripper les épaules quand ils faisaient l'amour, et qu'après, quand ils avaient repris leur souffle, qu'ils restaient dans le noir à parler à voix basse, Laura aimait se tourner vers lui, enrouler ses jambes autour des siennes et poser la main sur sa poitrine. Il savait qu'elle mettait un seul sucre dans son café, qu'elle aimait l'hiver, qu'elle portait du vernis sur ses ongles d'orteil, qu'elle montait les marches de son escalier quatre à quatre, légère, toujours pressée, qu'elle portait des jeans le week-end, qu'elle lisait attentivement les annonces nécrologiques dans le journal, le samedi, qu'elle aimait les portes rouges et les fenêtres blanches, qu'elle travaillait dans une banque, mais il ne savait pas si elle aimait les fleurs.

Par contre, ce qu'il savait c'est qu'il aimait le parfum de son corps, la douceur de sa peau, la façon dont elle gémissait, la tête renversée, les yeux fermés, quand il pesait de tout son poids sur elle et qu'il la pénétrait. Il savait aussi qu'il ne pouvait la voir sans avoir envie de lui sauter dessus, où qu'ils soient, et que le seul fait d'aller chez elle, la perspective de passer la soirée et la nuit avec elle le rendait heureux. Heureux comme il ne l'avait pas été depuis des années. Bien sûr c'était un bonheur timide, un bonheur qui marchait sur la pointe des pieds, mais c'était du bonheur.

Au moment où il sortait, essayant tant bien que mal de glisser le bouquet entre les pans de son manteau ouvert, pour le protéger du froid, son portable sonna.

::

Assise sur le sofa, Laura tentait de lire, sans y parvenir. Son esprit vagabondait, elle ne pouvait s'empêcher de penser à ce que Michel lui avait appris et qui lui avait donné un coup au cœur. Son mariage avec Mélissa l'avait laissée indifférente. Même chose quand elle avait signé les papiers de divorce, quasiment les yeux fermés ici même dans ce salon, il y avait des années déjà. Mais ça… ça c'était autre chose. Un enfant. Une fille. La petite sœur de Thomas, qui ne saurait jamais qui avait été ce grand frère autrement qu'en regardant des photos. Devant cette nouvelle vie, ce cœur qui battait déjà, il était plus que jamais une ombre, un fantôme, un souvenir. Elle essuya ses yeux du revers de la main, l'impression qu'elle avait versé plus de larmes aujourd'hui qu'au cours des cinq dernières années.

Laura se leva, se rendit à la cuisine, la vue brouillée, le cœur lourd. Elle ouvrit la porte du four, constata que la lasagne était prête, et jeta un coup d'œil à l'horloge. Éric était un peu en retard et elle avait si hâte de le voir que c'en était douloureux. Elle poserait sa bouche sur la sienne dès qu'il arriverait, plongerait les mains dans ses cheveux, se blottirait contre lui. Elle ne savait pas si elle pleurerait, mais elle savait que si c'était le cas, il comprendrait.

::

— T'es jamais venu me voir.

Il y avait des reproches dans le ton de Jennifer, mais Éric ne pouvait pas lui en vouloir, parce qu'elle avait raison, il n'était pas allé la voir, ni elle, ni les enfants. Il n'avait pas tenu sa promesse, et n'avait jamais organisé cette soirée pizza-cinéma.

— Je sais, Jen. Je sais.

Elle soupira.

— C'est son anniversaire. J'ai besoin que tu sois là, Éric. J'ai besoin de toi.

Il ferma les yeux, se tapa le front de la paume de la main. Une angoisse sourde venait de se loger au creux de son estomac.

— *Fuck!* lança-t-il, réalisant tout à coup qu'il avait oublié.

C'était l'anniversaire de Samuel, et il l'avait oublié. Il avait oublié l'anniversaire de son propre frère. Comment avait-il pu oublier? Cette date, il l'avait soulignée chaque année, surtout depuis la mort de Sam; ces chiffres sur le calendrier lui rappelaient son frère, année après année. Comment avait-il pu faire ça? Il sentit ses mains se mettre à trembler, son cœur faire des bonds dans sa poitrine.

— Merde, Jen…

Il y eut un silence au bout du fil.

— T'as pas oublié, Éric… T'as oublié? Vraiment? T'as oublié l'anniversaire de Sam?

— Je suis désolé. Je… je ne sais pas quoi dire, Jennifer.

— Qu'est-ce qui se passe avec toi, merde?

— Je sais pas, je…

Jennifer l'interrompit:

— Je m'en vais au cimetière et j'ai vraiment besoin que tu sois avec moi, Éric. Toute seule, c'est trop dur.

— Quoi, là, maintenant? Y a pas quelqu'un d'autre qui peut aller avec toi?

— Mes parents sont en Floride, les enfants sont avec eux toute la semaine en vacances, j'ai pas de frère, pas de sœur et j'ai plus de mari, donc non, j'ai personne.

Éric poussa un soupir, c'était plus fort que lui. Le vent se levait et il monta son capuchon sur sa tête, tout en traversant une rue. Il était presque arrivé chez Laura. Il se résigna à aller au cimetière puisque c'était ce que Jennifer lui demandait.

— Bon. Je vais y aller, dit-il cachant du mieux qu'il put le fait qu'il venait d'accepter à contrecœur.

— Fais-moi pas faux bond là, O.K. ?

— Non, Jen, c'est sûr.

Il raccrocha et resta là, immobile, un instant, serrant davantage les fleurs contre lui.

::

La sonnette la fit sursauter. Elle se leva d'un bond et se dirigea vers la porte, où elle aperçut Éric qui se tenait de l'autre côté, derrière la vitre dépolie.

— Il paraît que ça fait toujours plaisir, des fleurs dit-il, en lui tendant le bouquet.

Elle le prit, étonnée du ton de sa voix. Il semblait fatigué.

— Ça va ? demanda-t-elle en ouvrant la porte davantage pour le laisser entrer.

Il entra dans le vestibule. Laura nota qu'il ne la regardait pas droit dans les yeux. Dans l'attente des mots qui allaient sans nul doute jaillir d'une seconde à l'autre, Laura sentit son cœur s'emballer.

— Je… je dois aller au cimetière. Je sais, c'est bizarre, mais c'est comme ça.

— Quoi ?… Maintenant ?

— C'est… c'est l'anniversaire de mon frère. J'avais promis à ma belle-sœur…

— Ah. J'imagine que tu ne viens pas souper, alors.

Il secoua la tête.

— Bon, très bien. Je vais mettre les fleurs dans l'eau. Tu entres une minute, quand même ?

Alors qu'elle se dirigeait vers la cuisine pour aller chercher un vase, elle comprit qu'Éric ne la suivait pas. Elle se retourna.

— Tu… tu veux que j'aille avec toi ?

Éric secoua la tête. Ce n'était pas une bonne idée que Laura rencontre Jen. Pas maintenant, pas comme ça. Il ne savait pas comment Jennifer réagirait, puis il faudrait expliquer. C'était compliqué.

— Non… non, j'aime mieux pas, très franchement.

— Bon, très bien.

— Écoute, il faut que j'y aille. Je… je suis vraiment désolé, Laura. Vraiment.

Ce fut tout. Il ouvrit la porte, et s'en alla sans autre explication. En le regardant s'éloigner d'un pas rapide, Laura, dépitée, sentit son cœur se presser dans sa poitrine et remarqua qu'Éric ne se retournait pas. Elle referma la porte comme une automate, déposa les fleurs dans un vase et monta à l'étage. Là, elle ôta sa robe neuve qui glissa sur le sol, enfila un pyjama de coton et redescendit pour s'installer au salon devant l'écran du poste de télé.

::

Joe ne pouvait s'empêcher d'accélérer, au fur et à mesure que les nombres qui ornaient les portes des maisons, des édifices, des petits commerces, augmentaient. Il approchait, les yeux rivés sur les portes, le cœur qui s'emballait. Joe se rapprochait d'oncle Jim un chiffre à la fois. Alors qu'il traversait une rue, il croisa un homme à la peau noire comme du charbon, si noire qu'on arrivait à peine à voir ses yeux. Difficile de dire quel âge il avait ; il marchait lentement, le dos voûté, la tête penchée. Quand Joe arriva à sa hauteur, l'homme lui jeta un bref coup d'oeil. Son regard était étrangement éteint, comme si plus rien ne pouvait l'animer. Comme s'il avait déjà tout vu.

Joe, qui s'était réchauffé à force de marcher, enleva son capuchon. Ses longs cheveux volèrent au vent. Il ne pouvait empêcher les questions de surgir dans son esprit : où vivait oncle Jim, dans quel genre de maison ? Est-ce qu'elle était grande, belle ? Il se sentait nerveux, incapable de contenir sa hâte, et d'imaginer ce moment où il sonnerait à la porte. En même temps, il le redoutait cet instant, parce qu'il ne savait pas trop ce qu'il allait dire à Jim. Peut-être qu'il n'aurait pas à parler, finalement, parce que Jim, après tout, dès qu'il le verrait, saurait tout de suite quoi dire, lui, et quoi faire. L'adresse de Jim dans la tête de Joe résonnait comme une chanson mille fois répétée, comme une prière, même, un mantra. Il était proche, maintenant.

Après un tournant, il déboucha sur une série d'immeubles en briques brunes de quatre ou cinq étages, reliés entre eux par de petits trottoirs en ciment, au milieu desquels il y avait un petit parc où l'on pouvait voir de vieilles balançoires rouillées se balancer dans le vide, poussées par le vent. C'était comme un îlot, presque une ville dans la ville. Devant certaines fenêtres, des draps qu'on faisait sécher, pendaient. Des vitres étaient brisées. Il manquait même une porte à un des immeubles, comme si elle avait été arrachée. Quelque part, une femme cria. Surpris par le spectacle, Joe s'arrêta un instant. Ce dénuement, ces immeubles décrépits, ça ressemblait, finalement, à la réserve où Joe avait grandi, d'où il arrivait. La seule différence, c'est qu'ici il n'y avait pas de forêt où aller se réfugier pour échapper à sa vie. Il devait y avoir une erreur ; Jim ne pouvait pas avoir quitté le Nord pour retrouver… ça.

Joe regarda encore attentivement les adresses, se remémora les chiffres. Il ne se trompait pas. Alors qu'il approchait d'un des bâtiments, il vit deux hommes qui sortaient un matelas, passant tant bien que mal par la porte étroite, le tenant chacun par un bout. Arrivés à la rue, ils l'envoyèrent valser sur un tas de vieilleries amoncelées là ; une table à laquelle manquait un pied, deux chaises en bois, un vieux téléviseur. L'adresse sur la porte correspondait à celle de Jim. C'était là, c'était bien là. Un petit chemin de ciment menait à l'immeuble de quatre étages. Les fenêtres s'alignaient, toutes identiques. Sur la façade, pas de balcon, pas d'ornement. Au rez-de-chaussée, un homme ouvrit une fenêtre et disparut à l'intérieur. Joe, troublé, s'avança sur le petit chemin alors que les deux hommes revenaient sur leurs pas, sans doute pour aller chercher autre chose. Dès qu'il passa la porte pour pénétrer à l'intérieur, il fut saisi par l'odeur. Ça sentait la friture, la poussière, et la pisse de chat. Il regarda autour de lui : une volée de marches menaient au sous-sol et une autre à l'étage d'où provenaient des voix fortes. Quelque part, un bébé se mit à pleurer, à s'en faire éclater les poumons.

À sa gauche sur un mur, s'alignaient des boîtes aux lettres dorées avec les numéros des appartements et les noms des locataires. Il les parcourut des yeux et s'arrêta sur un J. Wapachi, appartement 103. « Ça y est », se dit-il, poussant un soupir de soulagement ; il n'était pas venu ici pour rien. Alors qu'il s'apprêtait à monter, les deux déménageurs le bousculèrent en passant à côté de lui, transportant un gros fauteuil, cette fois. Joe attendit qu'ils fussent sortis, et se dirigea vers le premier étage.

— Vous cherchez quelque chose ? lui demanda un petit homme qui se tenait dans l'embrasure d'une porte.

L'homme était vêtu d'un jean et d'une chemise à manches courtes. Il avait les cheveux blancs et rares, et le regard mauvais. Des poils sortaient, drus, de ses oreilles. Joe se racla la gorge.

— Appartement 103, répondit-il.

— C'est ici, dit l'homme en se croisant les bras.

Joe écarquilla les yeux, surpris. Il devait y avoir erreur.

— Je... je cherche quelqu'un. Je sais pas si vous pouvez m'aider.

— Qui ? demanda l'homme, méfiant.

— Euh... Jim. Jim Wapachi.

— C'est bien ici.

— Ah. Je...

L'homme tourna les talons, laissant Joe à son étonnement et à ses questions. Est-ce que Jim était en train de déménager ? Joe étira le cou pour mieux voir à l'intérieur de l'appartement. Personne ne s'occupait de lui, il n'existait pas.

— Jim? cria-t-il, dans l'espoir que son oncle réponde. Oncle Jim?

Le petit homme revient, tenant un papier à la main.

— Qu'est-ce que vous voulez? demanda-t-il à Joe sur un ton brusque.

— Est-ce que… est-ce que je peux entrer?

— Non, dit l'homme.

C'était sans appel.

— Mais… je dois voir mon oncle Jim, vous m'avez dit qu'il habitait ici.

L'homme le regarda bien en face.

— Aucune chance. Il est mort il y a deux semaines. Le diabète, paraît-il.

— Quoi?

Joe eut l'impression que le sol s'ouvrait brusquement sous ses pieds. Sonné, étourdi, il s'appuya au mur, le souffle coupé. Ça n'était pas possible! Jim ne pouvait pas mourir!

— Vous saviez qu'il était malade, non?

Joe secoua la tête.

— Il sortait plus, à la fin. Faut dire qu'il y voyait plus rien. Il est devenu aveugle y a longtemps.

Les mots tournaient dans la tête de Joe : diabète, aveugle, mort. Il essayait de comprendre ce que cet homme lui disait, mais il n'était pas sûr d'y arriver. Jim ne pouvait être mort, ça n'était pas possible! Sa bouche était sèche tout à coup, il avait l'impression d'être incapable d'articuler un mot.

Dans l'appartement le spectacle était désolant. Les murs étaient crasseux, jaunis, les meubles y avaient laissé des traces noires. Les fenêtres étaient si sales qu'on ne voyait presque plus au travers et des excréments de souris ou de rat jonchaient le sol. Joe eut un haut-le-cœur et détourna le regard.

— Il faut vous enlever de là, mon vieux, lui dit le petit homme, visiblement irrité.

Joe s'écarta.

— Écoutez, vous ne pouvez pas rester là, ajouta l'homme, brandissant devant lui le papier qu'il tenait à la main. Je dois vider l'appartement. Regardez, je viens de le louer à quelqu'un d'autre. Votre oncle avait deux mois de loyer en retard, vous savez. J'ai perdu beaucoup d'argent.

Joe, sonné comme un boxeur qui vient de se prendre un magistral coup de poing à la mâchoire, fit quelques pas en direction de l'escalier, puisque ça semblait être la seule chose à faire, mais, avant de descendre, demanda :

— Et… sa compagnie ? Vous savez, son entreprise, vous savez où elle est ?

L'homme eut l'air étonné. Il fit entendre un petit rire sarcastique.

— Une compagnie ? Ah. Jamais vu votre oncle travailler.

Joe baissa la tête. Il avait honte, tout à coup. Honte d'avoir été berné, honte d'avoir cru si fort en cette idée, cette idée complètement folle que tout serait maintenant différent et qu'il allait commencer une nouvelle vie. Honte de ses rêves, de ses espoirs. Honte d'être à ce point naïf qu'on pouvait lui raconter n'importe quoi, se jouer de lui, lui mentir. Jim avait menti. Depuis combien de temps racontait-il des histoires ? Avait-il jamais été ce qu'il prétendait qu'il était ? Avait-il jamais fait toutes ces choses qu'il avait racontées dans le détail, et que Joe avait crues, buvant ses paroles comme du petit-lait ? Avant de descendre, il s'informa tout de même :

— Où est-il enterré ?

— Ah ça, mon vieux, aucune idée, lui répondit l'homme avant de retourner dans ce qui avait été l'appartement de Jim et de claquer la porte derrière lui.

Une seconde plus tard, Joe se retrouva dehors. Il venait de passer, quoi ? dix minutes dans cet immeuble. Peut-être moins. En dix minutes, sa vie avait basculé. Il prit une longue inspiration et commença à marcher. C'était la seule chose à faire.

::

Assise devant la télé, Laura zappait comme une automate, sans s'intéresser à aucune des émissions qu'on présentait. Dans sa tête, les paroles d'Éric repassaient en boucle. Elle pensait et repensait à ce qu'il avait dit, analysait chaque mot, chaque intonation, et elle arrivait toujours à la même conclusion : il s'était sauvé en courant, prétextant n'importe quoi. On ne va pas au cimetière le soir, on ne s'y précipite pas comme il l'avait fait. Quelque chose lui disait que son histoire avec lui était finie, avant même d'avoir vraiment commencé. Que s'était-il passé entre la dernière fois qu'ils s'étaient vus, et ce soir, ça, elle n'en avait aucune idée, et elle ne chercherait pas à savoir. Ce qu'elle savait, en revanche, c'est qu'elle s'en voulait de s'être attachée à Éric si vite, sans même penser à se protéger, d'avoir baissé la garde. Elle n'aurait pas dû.

Tant pis, elle s'en remettrait. Ça ne ferait jamais aussi mal que la mort de Thomas, de toute façon. Rien, jamais, ne pourrait faire aussi mal.

::

Éric se frotta les mains. Elles étaient glacées. Il regretta de ne pas avoir apporté de gants.

— Jen…

Jennifer, les yeux fixés sur la pierre tombale, ne réagit d'abord pas à son arrivée, puis, dans un geste qui le prit de court, elle se précipita vers lui, l'agrippa par les bras, l'embrassa férocement, comme si elle avait attendu ce moment toute sa vie. Le réflexe d'Éric fut de la repousser.

— Jennifer…, commença-t-il.

Elle le regarda, surprise, et, au milieu du cimetière qui avait pour tout éclairage la lueur blanchâtre de la lune, il comprit qu'elle pleurait.

— En venant ici, sur la tombe de Sam, l'homme avec qui je vivais, le père de mes enfants, c'est à toi que je pensais, Éric. À toi.

Elle lui offrait son beau visage aux lignes parfaites. Quand elle respirait, de la buée sortait de sa bouche. Il faisait humide. Jennifer remonta le grand col de son manteau rouge vif. Il enfonça ses mains dans ses poches.

— C'est pas possible, Jen. Je… écoute, pour moi, t'es toujours la femme de mon frère.

Elle posa les mains sur le revers du manteau d'Éric. Il ne bougea pas d'un poil.

— Même quand j'étais avec lui, c'est à toi que je pensais.

Il se contenta de baisser la tête. Il n'y avait rien à répondre à ça.

— Je t'aime. Je t'aime plus que j'ai aimé Sam.

— Dis pas ça, Jen.

Elle s'éloigna, se planta devant la tombe, regarda les lettres, comme elle l'avait fait tant de fois. *Samuel Dubois.*

— J'ai mis trois ans à m'avouer que Sam était pas le grand amour de ma vie. Trois ans. C'était comme si j'avais pas le droit, tu comprends? On les idéalise, on se refuse des tas de choses. On se refuse le droit de vivre, finalement.

Jennifer se tourna vers Éric.

— Arrête de penser que tu le trahis.

Il ne répondit pas. Ils restèrent silencieux. Éric se rendit compte qu'il tremblait de froid. Jennifer brisa le silence.

— Je sais que tu ressens quelque chose pour moi, tu sais. Je l'ai vu dans ton regard. Souvent, d'ailleurs. Même avant. Avant l'accident.

— Arrête ça, Jen.

Elle pencha la tête de côté.

— C'est pas à cause de Sam, Éric Dubois, c'est à cause de Nathalie, c'est ça ? Tu te sentirais comme si tu la trompais, c'est ça ? Han ? C'est ça ? Comme si tu la trahissais ?

— Oui ! cria Éric. Oui, oui, oui !

Les mots résonnèrent autour d'eux.

— Rien que parce que je suis en vie et pas elle, je la trahie. Même chose pour Sam. Et Pierre. Tu penses que c'est facile pour moi, de vivre avec ça ? Chaque matin quand je me réveille, Jen, chaque matin je me demande pourquoi moi ? Pourquoi je suis en vie et pas eux ? Et je n'ai jamais de réponse. Jamais. Chaque jour, chaque minute de chaque journée je me dis que j'ai pas le droit d'être en vie.

Jennifer secouait la tête.

— On a le droit, tu sais, Éric. On peut pas nous demander de plus vivre simplement parce qu'eux sont morts… On pourrait être ensemble, y a rien qui nous empêche.

— J'ai rencontré quelqu'un, laissa-t-il tomber.

Pendant un instant, Jennifer ne bougea pas, comme si elle essayait de comprendre, de saisir le sens des mots, puis elle baissa la tête. À ce moment-là, il aurait voulu la serrer dans ses bras, la réconforter, la consoler, mais il savait que ce n'était plus possible.

— Est-ce que c'est sérieux ? demanda-t-elle sans le regarder.

Il dut réfléchir avant de répondre :

— Oui, oui, je crois que c'est sérieux.

— Tu l'aimes ?

Le ton de Jennifer était devenu glacial.

— Je… je sais pas… oui, je pense que oui.

Il s'arrêta. Jennifer pleurait doucement, en silence. Il n'y avait plus rien à ajouter. Il commença à s'éloigner. Elle ne fit rien pour le retenir.

— Je suis désolé, ajouta-t-il.

Dans l'auto, Éric s'assit sur le siège glacé et quand il mit le contact, ses phares illuminèrent une mer de pierres tombales, autant de vies qui s'étaient achevées. Des dates, des noms inscrits en toutes lettres, gravées à jamais dans la pierre sombre, en témoignaient. Il appuya son front sur le volant, repoussa les images qui l'assaillaient. Un visage s'imposa à son esprit. C'était celui de Laura. Éric ferma les yeux, s'efforça de respirer lentement. La crise allait passer, il le savait. S'il arrivait à se concentrer sur le visage de Laura, la crise allait passer.

::

Laura sursauta, ouvrit les yeux. Elle avait entendu un bruit : trois petits coups frappés à une porte quelque part. Elle se souleva sur les coudes, tendit l'oreille, s'étonna de ne pas être dans son lit, puis se rendit compte qu'elle s'était endormie sur le sofa. Elle éteignit le poste de télé resté allumé, et attendit, immobile, dans le noir. Le même bruit se fit entendre de nouveau. Laura comprit que c'était à sa porte qu'on frappait. Elle se leva d'un coup, et, après avoir jeté un coup d'oeil par la fenêtre, ouvrit. Devant elle, Éric les mains enfoncées dans les poches, l'air grave. Une brise glaciale entra.

— Je sais, il est très tard, dit-il, en guise d'introduction.

Elle recula pour le laisser passer dans le vestibule.

— Entre, on gèle.

Il fit deux ou trois pas.

— Laura…

— Non, l'interrompit-elle, tandis qu'elle refermait la porte.

Surpris, il se tut. Elle le regarda droit dans les yeux, complètement réveillée, maintenant, son cœur qui battait la chamade.

— Si t'es venu me dire…

Sa voix se mit à trembler, mais elle s'efforça de continuer :

— Si t'es venu me dire que c'est fini, dis-le maintenant, dis-le sans détour.

Elle vit la surprise passer dans les yeux d'Éric.

— Non, Laura, mais non.

Il secouait la tête.

— Je suis venu te dire que je t'aime et que je ne veux pas, entends-tu, je ne veux pas, je ne peux pas me passer de toi. Je suis désolé d'être parti ce soir. Si tu savais comme je suis désolé. Je… je ne voulais pas te faire de peine. Je… il fallait que j'aille au cimetière… ça a été difficile.

Laura se laissa tomber sur le sofa, l'impression que ses jambes ne la portaient plus, une envie de pleurer qui lui montait à la gorge, et une envie de rire en même temps.

— Et toi? demanda-t-il.

Elle était incapable de parler. Elle hocha la tête, les yeux fermés.

— Est-ce que tu veux de tout ça, Laura? Est-ce que tu t'en sens capable?

Elle alla vers lui, se plaqua contre son corps glacé.

— T'es frigorifié!

Il ne répondit pas, se pencha, passa un bras sous ses jambes et la souleva, sans la quitter des yeux. Il l'emmena ensuite vers l'escalier et commença à monter, une marche à la fois, un pas à la fois, et Laura se dit que c'était la seule façon de monter, de marcher, de courir : la seule façon de vivre, au fond.

15

Bientôt Noël. En ville, il n'y avait aucun risque de l'oublier, parce qu'on ne pouvait pas marcher sans tomber sur une boutique décorée de lumières dorées ou multicolores ou sans voir se dresser, sur les places et dans les parcs, d'immenses sapins illuminés qui jetaient sur la neige fraîche un éclairage rouge, vert, ou doré. Laura se tenait debout devant la grande fenêtre de son bureau et, le front appuyé contre la vitre glacée, regardait distraitement dans la tour de l'autre côté de la rue un couple échanger un baiser passionné sous d'austères néons.

Un cercle de buée apparut devant elle. Du bout du doigt, elle traça un chiffre, puis un autre et recula d'un pas, juste pour voir disparaître le petit nuage blanc et ce qu'elle y avait dessiné : 23. Vingt-trois décembre. Elle sourit. Pour la première fois depuis des années, elle avait un rendez-vous en ce vingt-trois décembre, un vrai rendez-vous. Pour une fois, à deux jours de Noël, elle avait quelque chose à faire. Elle allait rejoindre dans un pub l'homme qu'elle aimait. Elle, Laura Duquesne, allait prendre un verre après son travail, à l'heure où les gens ordinaires vont prendre un verre. Ensuite, elle ferait des courses dans les grands magasins du centre-ville, comme tout le monde, et, à la fin de la soirée, elle irait manger une bouchée dans un restaurant à l'ambiance feutrée, assise près de la fenêtre d'où elle regarderait tomber la neige sur le square bondé. Et elle se sentirait légère. Et vivante.

Ensuite, Éric et elle rentreraient, feraient l'amour sans attendre et s'endormiraient sans tirer les rideaux sur le clair de lune hivernal. C'était une soirée qui semblait si normale que c'en était étourdissant. Enivrant.

Elle regarda sa montre. Il était presque dix-sept heures. Elle se dépêcha de ranger ses dossiers et d'éteindre son ordinateur. Elle poussa la porte de ce bureau où elle ne remettrait les pieds qu'après les vacances des Fêtes qui allaient s'étendre sur deux semaines, et se dirigea vers les ascenseurs. Quand elle arriva devant les portes, elle se trouva face à Christian.

:::

Joe avait marché comme un automate, traversant des rues, des parcs, des places, refaisant à l'envers le chemin parcouru plus tôt dans la journée. Il s'était dirigé vers le seul endroit qu'il connaissait dans cette ville, le seul endroit où il savait qu'il pourrait passer la nuit, où on l'accepterait, même s'il n'avait pas d'argent, et malgré son allure : le Centre d'aide aux Autochtones, où il venait d'arriver. Il faisait noir, maintenant. Curieusement, on aurait dit que les dernières heures qui venaient de passer avaient disparu de son esprit : gommées, envolées, évaporées. Depuis sa rencontre avec le petit homme, le propriétaire de l'immeuble, c'était comme s'il n'y avait plus qu'un grand trou noir dans sa tête. Les seules images qui revenaient de temps en temps, c'était l'appartement crasseux qui avait été celui de Jim, et le petit homme teigneux qui l'avait accueilli dans l'immeuble, et il ne savait pas encore ce qui lui avait causé le plus grand choc : apprendre la mort de Jim ou découvrir comment il avait vécu.

Joe réalisait qu'il faisait froid, maintenant, et qu'il n'avait pas mangé de toute la journée. Il se sentait mal assuré sur ses jambes, chancelant. Il regarda la porte un instant, puis sonna, parce qu'il ne savait pas trop ce qu'il aurait pu faire d'autre. Dans la petite fenêtre, une tête apparut. Joe reconnut l'homme qui l'avait accueilli la veille, le gérant. L'homme le scruta un instant et la porte s'ouvrit dans un déclic qui fit sursauter Joe.

— Tiens bonjour!, dit le gérant, en cri.

Joe hocha la tête sans répondre et entra. À l'intérieur, à bout de force, il se laissa tomber dans le vieux fauteuil qui meublait le vestibule.

— Ça va, mon vieux? lui demanda l'homme, en se penchant vers lui.

Joe fit un signe de tête. Il n'avait pas envie de parler. Dire quelque chose semblait au-dessus de ses forces. Il voulait seulement dormir. Dormir jusqu'à demain, jusqu'à la semaine prochaine, jusqu'à la fin de l'année. Il était épuisé. L'homme ne lui posa pas d'autres questions, heureusement.

— Il reste encore de la soupe. On te la fera réchauffer si tu as faim, ajouta-t-il simplement avant de se diriger vers la petite salle à manger.

Joe se leva, enleva son manteau avec des gestes lents, l'accrocha à l'une des patères, se rendit au dortoir, repéra un lit vide, et s'y jeta lourdement, tout habillé. Il rabattit les draps sur sa tête et se laissa glisser vers le sommeil.

::

Éric ne vit jamais venir l'auto. Ce n'est qu'en entendant le klaxon qu'il comprit. Par réflexe, il fit un bond en avant et elle passa si près de lui qu'il sentit le métal l'effleurer. Il ferma les yeux une seconde, sûr et certain que son heure était venue, puis il réalisa qu'il était toujours en vie et qu'il l'avait échappé belle. En montant sur le trottoir, il se rendit compte que ses jambes étaient en coton. Deux ou trois passants le regardèrent d'un drôle d'air, étonnés eux aussi de le voir toujours debout.

— Ça va ? lui demanda un jeune homme aux cheveux courts, avec une grosse barbe blonde.

Éric fit signe que oui. Son cœur lui donnait l'impression de vouloir sortir de sa poitrine, mais, somme toute, pour quelqu'un qui avait failli se faire renverser par une grosse BMW qui roulait trop vite, il allait assez bien. Il avait eu peur, cependant. Peur de quoi ? se demanda-t-il. La réponse ne se fit pas attendre et c'est à ce moment qu'Éric sut qu'il venait de se passer une chose inouïe dans cette rue, à cet instant : il avait eu peur de mourir. Lui qui avait tant souhaité mourir, qui avait attendu, espéré la mort, cette fois il l'avait évitée et il en était heureux, il était tout simplement content d'être en vie. Cette pensée le frappa et il s'arrêta net au beau milieu du trottoir, si brusquement qu'un passant dut faire un pas de côté, pour l'éviter. Personne ne s'en rendit compte parce que les gens étaient tous plus occupés à regarder les vitrines des boutiques qu'à regarder les milliers d'autres passants qui arpentaient le centre-ville de Toronto ce jour-là, mais Éric essuya une larme qui roulait sur sa joue, une larme de joie, pour une fois.

Il se remit en marche. Tandis qu'il se dirigeait vers le petit bar où il avait donné rendez-vous à Laura, il ne put s'empêcher de sourire et de se répéter encore et encore les mots dans sa tête, ces mots qui semblaient irréels : heureux d'être vivant.

::

— Tu descends ? demanda Christian.

Laura hocha la tête en guise de réponse et ils entrèrent tous les deux dans l'ascenseur vide.

— En vacances ?

— Depuis cinq minutes, répondit-elle, souriante.

Il recula un peu, la regarda de la tête aux pieds.

— En tout cas, ça te va bien parce que tu es... t'es radieuse.

Elle ne répondit rien, se tourna vers les portes. Ils continuèrent la descente, puis la cabine d'ascenseur s'arrêta dans bruit de sonnerie. Laura sortit la première.

— T'as le temps de prendre quelque chose ? Un verre ?

Cette fois, elle le regarda dans les yeux en secouant la tête et s'entendit dire :

— J'ai un rendez-vous, désolée.

« J'ai un rendez-vous. » Les mots sonnaient étrangement dans sa bouche. Elle s'habituerait. Elle planta là Christian, après l'avoir gratifié d'un sourire, se retrouva dans le hall et sortit dehors où elle fut accueillie par un vent froid qui faisait virevolter de timides flocons. Elle marcha vers le nord, traversa un petit square, où elle vit deux ou trois sans-abri enroulés dans des sacs de couchage, et déboucha dans King Street, en face du théâtre à la devanture lumineuse, attendit qu'un tramway ait fini de passer pour se rendre de l'autre côté de la rue. Les gens allaient et venaient, certains les bras chargés de sacs aux logos reconnaissables entre mille, d'autres, les mains enfoncées dans les poches, d'autres encore, portable à la main, parlaient à voix haute. Tout à coup, Laura se rendit compte qu'elle marchait rapidement, qu'elle avait hâte d'arriver au pub, qu'elle était heureuse, et que jamais elle n'aurait cru ça possible.

Elle arriva finalement au coin de Queen Street, et prit à gauche. La rue était bondée. Les magasins fermaient tard, et les gens, de toute évidence, étaient nombreux à être restés au centre-ville pour faire des emplettes de dernière minute. Un client qui sortait du bar au moment où elle entrait retint la porte.

— Merci, dit-elle.

À l'intérieur, il faisait chaud et c'était bruyant. Des serveuses, plateau à la main, circulaient entre les tables. Laura repéra tout de suite Éric dans un coin. Affaissé sur une banquette en cuir noir, il regardait un écran où l'on projetait un match de hockey, une bière à laquelle il n'avait pas touché, devant lui. Il ne l'entendit pas arriver.

— Ça va ? lui demanda-t-elle en se glissant sur le siège.

Il tourna vers elle un regard flou tandis que Laura enlevait son manteau.

— J'ai failli me faire tuer, répondit-il, avant de déposer un baiser sur sa bouche.

— Quoi ?

Il souleva la pinte de bière et commença à boire comme s'il n'allait jamais s'arrêter. Quand il la reposa, elle était à moitié vide.

— Une auto m'a foncé dessus. Je l'ai évitée de justesse.

Une serveuse les interrompit. Laura commanda sans quitter Éric des yeux.

— Ah bon… mais… ça va ? Je veux dire, t'es O.K. ?

— C'est rien du tout. C'est même quelque chose d'assez extraordinaire.

Laura haussa les sourcils, étonnée. Éric s'approcha d'elle, prit les mains froides de Laura dans les siennes.

— Je te raconte.

Il se mit à conter son histoire, tandis que la serveuse apportait un verre à Laura, qui la remercia distraitement. Autour d'eux, le bruit devint sourd, comme un brouhaha confus, et peu à peu la foule disparut jusqu'à finir par ne plus exister. Laura et Éric, assis côte à côte, deux verres devant eux, parlaient sans se quitter des yeux, comme rien si d'autre au monde ne comptait que les années à rattraper, et les projets qu'ils faisaient pour la soirée.

16

Quelle sorte de vie allait-il avoir? Comment refaire sa vie sans Jim, et toutes ses promesses? Joe se réveilla avec un mal de tête carabiné, et une boule dans l'estomac. Il mit du temps à se lever. On aurait dit qu'il pesait mille, deux mille, dix mille kilos. Néanmoins, il finit par sortir du dortoir, et se rendit dans la salle à manger. Il avait trop dormi, assurément, parce que l'heure du petit-déjeuner semblait être passée depuis longtemps ; il n'y avait plus que quelques personnes attablées dans la pièce. Après s'être assis exactement à la place où il s'était installé la dernière fois, il se retrouva devant un copieux repas, mais mit une minute ou deux avant de pouvoir s'activer. Depuis qu'il avait appris pour oncle Jim, il se sentait comme dans un état second, comme s'il n'était plus tout à fait conscient de ce qui se passait autour de lui.

L'homme au filet sur la tête le regardait d'un drôle d'air.

— Mange pendant que c'est chaud, *buddy*, lui lança-t-il, planté devant la cuisinière où il s'affairait.

Dans la pièce, ça sentait le café et le bacon grillé. Joe souleva sa fourchette machinalement et se mit à manger sans grand appétit. Alors qu'il en était à la moitié de son assiette, un homme que Joe reconnut tout de suite vint s'asseoir en face de lui. Joe lui lança un regard chargé de haine. Cet homme, c'était celui qui s'était esclaffé, deux jours plus tôt, celui dont le rire caverneux et méchant résonnait encore dans la tête de Joe. Cet homme-là, un habitué, aurait dû lire un avertissement les yeux de Joe. Il aurait dû comprendre et se tenir tranquille, mais apparemment il ne lut rien du tout et, sarcastique, pointa vers lui un doigt noir de crasse.

— Hé… je te l'avais bien dit que tu reviendrais, jeta-t-il, la bouche pleine, en faisant entendre un rire qui ressemblait au grognement d'un cochon.

Puis il se mit à rire franchement, laissant voir des dents jaunies. Joe détourna les yeux, essaya pendant un instant de se concentrer sur autre chose, mais l'homme ne s'arrêta pas pour autant. Au contraire, il se mit à rire de plus belle, d'un rire aigu.

— Han, pas vrai que je te l'avais dit ? Pas vrai ?

L'homme ne vit rien venir. Joe se leva d'un bond, renversa la table et tout ce qui était posé dessus, et se rua sur l'homme qu'il fit tomber sur le sol, tandis que la surprise se dessinait sur le visage émacié. Joe tira le chandail et asséna un premier coup de poing en plein visage. Le sang gicla. Joe lui donna un autre coup, puis un autre, puis un autre encore, la colère l'habitant tout entier, l'empêchant de voir autre chose qu'elle.

Alertés par le vacarme et sans doute par le cuisinier, deux employés du centre, deux jeunes hommes arrivèrent en trombe, et se jetèrent sur Joe pour l'arrêter. En vain. Malgré les bras qui le tiraient, le poussaient, l'entravaient, Joe continuait à frapper de toutes ses forces. Au sol, l'homme ne bougeait plus, il ne réagissait même plus aux coups. Joe entendit quelque part quelqu'un parler au téléphone et réalisa qu'on appelait la police. Il vit le cuisinier qui hurlait dans l'appareil :

— Il va le tuer ! Il va le tuer !

Puis la voix altérée par la panique, le cuisinier donna l'adresse du Centre. Joe comprit qu'il ferait mieux d'arrêter. Le bras toujours levé dans les airs, le poing fermé, il considéra l'homme sur qui il était agenouillé, son visage et son chandail couverts de sang. Il était tellement amoché, que même sa mère ne l'aurait pas reconnu. Joe se débarrassa des deux hommes à ses côtés en les poussant contre un mur, après quoi il détala vers la porte, prenant son manteau au passage, et sortit à toute vitesse. C'était la seule chose à faire. Dehors, il se mit à courir, sans savoir où il allait, prit des ruelles, de petites rues, s'éloigna du centre le plus possible en évitant de se faire voir. Puis, à bout de souffle, la tête qui tournait, il finit par ralentir. Il était déjà rendu loin.

Joe marcha pendant des heures, malgré le froid, tête baissée, aux aguets, se demandant, chaque fois qu'il débouchait dans une nouvelle rue, si une auto de police n'allait pas s'arrêter, et des boeufs en descendre pour l'embarquer. « Qu'est-ce que t'as fait, Joe Wapachi? Qu'est-ce que t'as encore fait? » Dans sa tête, la voix de sa mère retentissait, alors que le film des événements rejouait en boucle et qu'une question obsédante revenait: « Est-ce que je l'ai tué? Est-ce que j'ai tué cet homme? » Joe revoyait le visage ensanglanté, déformé, croyait entendre le bruit du crâne qui cognait contre le sol sous les coups, celui des os qui se broyaient, croyait voir le corps inarticulé, inerte. À la fin, il avait eu la sensation de frapper sur quelque chose de mou.

Dans sa vie, Joe Wapachi ne comptait plus les fois où il s'était battu, où il avait frappé, fait gicler le sang. Il ne comptait plus les fois où il avait reçu des coups, et rendu ces coups, mais jamais il n'avait tué. Jamais un homme n'était mort sous ses yeux, à cause de lui. Personne, dans la réserve, ne lui aurait pardonné ça. Joe, soudain, pensa à Nanny et des larmes lui montèrent aux yeux. Si elle avait su… Mieux valait qu'elle soit morte, à l'heure actuelle.

Plus il marchait, plus les rues devenaient désertes, et plus les maisons s'espaçaient. À un moment donné, Joe remarqua que le quartier où il avait abouti, avec ses grandes propriétés, et ses arbres aux larges troncs, était complètement différent de ceux qu'il avait laissés derrière lui. Des riches habitaient ici.

Sa main droite lui faisait mal, maintenant. Il regarda ses jointures couvertes de sang séché où l'on pouvait voir des ecchymoses et fit bouger ses doigts. Il n'avait rien de cassé, mais il savait que sa main resterait enflée plusieurs jours. Joe avait faim, aussi, et se demanda à quel moment, et dans quelles circonstances il pourrait manger de nouveau. Il n'avait plus d'argent. En fait, il n'avait plus rien, réalisa-t-il tout à coup, plus rien que les vêtements volés qu'il portait, et, en tête, l'adresse de Jim, qu'il ferait mieux d'oublier. Et les remords, aussi, bien sûr, les remords qui lui tordaient les entrailles et lui serraient le cœur. Il savait qu'il n'aurait jamais dû frapper cet homme. Il aurait dû sortir de la pièce, s'en aller, fuir, faire n'importe quoi sauf frapper, mais quand la colère surgissait en lui, quand elle s'emparait de lui, Joe ne voyait plus rien, ne réfléchissait plus, il perdait ses moyens, il le savait bien.

Il remarqua que la lumière baissait et il se dit que c'était la fin de l'après-midi, déjà, que la nuit arriverait bientôt : il n'avait aucune idée de ce qu'il ferait. Il n'avait nulle part où aller. Il scruta les alentours. On ne voyait plus d'immeubles, ici, et le terrain était plus accidenté. Il devait y avoir des parcs, plus loin, parce qu'on pouvait voir des arbres. Beaucoup d'arbres. Joe crut distinguer des sentiers qui allaient se perdre dans des boisés. On aurait dit une vallée, un endroit qu'il n'aurait jamais imaginé voir en ville. Un train siffla quelque part. Arrivé au coin d'une rue, Joe leva la tête pour lire le nom, sur la pancarte : Pottery Road. Cette rue serpentait, et, plus loin, on pouvait voir un petit pont. Il devait y avoir une rivière à proximité.

Joe s'avança dans cette rue au drôle de nom, franchit le petit pont en bois sous lequel, effectivement, passait une rivière très étroite. On ne l'entendait pas couler parce qu'elle devait être gelée, mais on pouvait la voir, bien qu'il fît de plus en plus noir. Il eut alors l'impression de respirer un peu mieux. L'impression que ses épaules, crispées depuis des heures, se détendaient et que ses jambes le portaient plus facilement. Il en vint à se dire que, peut-être, l'homme n'était pas mort, que les médecins l'avaient sauvé, que tout ça ne serait plus qu'un mauvais souvenir, rien de grave. Il passa ensuite sous un viaduc, ce qui le plongea dans le noir total pendant quelques secondes. Il avançait prudemment : il ne s'agissait pas de croiser des policiers, quand même. Il se retrouva ensuite devant une bâtisse en briques blanches, sur laquelle un écriteau annonçait : Todmorden Mills. C'était un ancien moulin, sans doute. Devant lui, il y avait une montée très prononcée. Il ne se sentait pas la force ni l'énergie pour s'y lancer, d'autant plus qu'il ne savait pas où menait cette rue. Il fit demi-tour, repassa le viaduc, le petit pont, et se retrouva à l'intersection de Pottery Road et de Bayview. Il prit à gauche.

Une auto arriva à sa hauteur. Joe sentit son cœur bondir. Elle continua sa route et quand elle fut loin, le silence revint. Après quelques minutes, Joe aperçut, au milieu d'un grand terrain de stationnement désert, un bâtiment faiblement éclairé, sur lequel était écrit, en grosses lettres : Toronto Bricks. Joe s'approcha. Il lui semblait que c'était la chose à faire. Il traversa le stationnement. Il remarqua une porte de côté, sur un des murs de l'édifice. Et si elle était ouverte ? On ne sait jamais, se dit-il.

Arrivé devant, il tourna la poignée et la porte s'ouvrit, ce qui ne le surprit qu'à moitié. Ce n'était pas la première fois qu'il voyait ça ; les gens oubliaient souvent de verrouiller les portes, c'en était étonnant. À l'époque où il avait commis plusieurs vols, avant de se faire pincer par les policiers, il était souvent entré dans des maisons comme ça, tout simplement en passant par la porte d'entrée comme s'il y avait été invité. Il resta là une seconde, le cœur battant, attendant de voir ce qui allait se passer. Au bout d'un moment, comme il n'avait rien entendu, il entra.

À l'intérieur, il n'y avait pas un bruit et il faisait totalement noir. Joe entendit la porte se refermer derrière lui. Presque par réflexe, il étendit le bras le long du mur et, après avoir tâtonné un peu, trouva l'interrupteur. La lumière se fit. Ébloui, Joe ferma les yeux. Après un instant, il put les rouvrir et découvrit qu'il était dans une petite pièce qui ressemblait à un réduit : plancher en béton, murs nus, néons au plafond. Dans un coin, il y avait un balai, un seau, des linges pliés. Joe s'approcha. Sur une tablette, on pouvait voir des bouteilles qui contenaient des liquides colorés et qui sentaient les produits chimiques. Plus loin, dans un coin, il aperçut un sofa. Joe n'avait qu'une idée en tête : dormir. Peu importe qui le trouverait demain, peu importe ce qui se passerait, Joe voulait dormir.

Il éteignit la lumière, se laissa tomber sur le sofa et s'endormit dans les secondes qui suivirent. Cette nuit-là, Joe Wapachi rêva qu'il était enfant à nouveau et qu'il partait à la chasse avec son père.

::

— La phrase la plus importante, pour toi ?

— « Je t'aime, maman », sans l'ombre d'un doute.

Éric hocha la tête, en guise d'approbation. Ils jouaient aux réponses spontanées, un jeu qu'ils avaient plus ou moins inventé, et qui consistait à répondre à des questions au sujet de « leurs morts » comme ils les appelaient, le plus vite possible, sans réfléchir et surtout sans mentir.

— Le moment le plus important ? continua-t-il.

— Euh… le jour de ses vingt ans.

— Le plus beau souvenir ?

— Ouf… il y en a tant !

— Tu triches ! On a dit « interdit de réfléchir ». Spontané.

Il martelait les mots et il avait l'air si sérieux que Laura ne put s'empêcher de rire.

— O.K., O.K. Le plus beau souvenir ? Euh… son premier jour d'école, je crois. Je le revois encore, avec son sac à dos qui avait l'air plus grand que lui, sa boîte à lunch… Je le revois planté devant l'autobus scolaire, puis monter les marches et se retourner pour m'envoyer la main. Il était tellement content de commencer l'école ! Il avait tellement hâte !

Ils pouvaient parler pendant des heures, de tout et de rien, à bâtons rompus.

— Le plus mauvais souvenir, à part sa mort ?

— Je n'en ai pas.

« Ça ne fait pas mal », pensa Laura, étonnée elle-même de pouvoir parler, répondre aux questions sans que ses entrailles se tordent ou sans qu'elle glisse dans un abîme sans fond. Encore au lit, dans la chambre de Laura, étendus entre les draps blancs, ils prenaient le café, alors que le soleil entrait timidement dans la pièce. Le jour s'annonçait radieux. On était la veille de Noël et Laura et Éric avaient décidé que rien ne pressait, que le reste du monde pouvait attendre. En soirée, ils se rendaient chez Ian et Lyne pour le réveillon, mais d'ici là, ils n'avaient rien à faire, ils étaient libres comme l'air.

— On devrait faire un voyage, partir quelque part. Partir long-temps, dit Éric tout à coup.

Laura posa sa tasse sur la table de chevet. Dehors, une auto klaxonna. Éric se tourna vers elle. Quelque chose venait d'allu-mer son regard.

— C'est vrai, continua-t-il, on pourrait, je sais pas, moi, tout balancer, tout vendre, tout quitter et partir.

— Tout quitter ?

Il passa sa main dans les cheveux de Laura.

— Il y a vraiment quelque chose qui te retient ici ?

Laura ferma les yeux. C'était bon de sentir sa main, ses doigts qui s'emmêlaient à ses cheveux. Elle réfléchit une seconde.

— Rien, dit-elle enfin.

Éric ne répondit pas, et s'approchant, posa ses lèvres sur la nuque de Laura, qui sentit un frisson la parcourir.

— Je t'aime, chuchota-t-il.

Ces mots semblaient tout naturels. Ils allaient de soi. Ils venaient tout seuls. Comme les marées, comme la neige en hiver, comme le soleil se lève le matin.

— Je t'aime aussi. Plus que tout.

— Quelle chance on a, ajouta Éric.

Elle hocha la tête.

— Quelle chance on a.

::

« Quel jour on est ? Quelle heure il est, est-ce qu'il y a quelqu'un, ici ? » Joe Wapachi se réveilla, des questions plein la tête, dans ce local sans fenêtres où il avait passé la nuit. Il alluma la petite lampe, s'assit. Il frissonnait. Il regarda sa main endolorie et il lui sembla qu'elle était encore maculée du sang de l'homme qu'il avait frappé à plusieurs reprises. Aussitôt, l'angoisse lui fit une boule dans le ventre et il se demanda encore une fois s'il l'avait tué, si, par sa faute, un homme était mort. Il se précipita vers le lavabo et tourna les robinets. Il passa ses mains sous l'eau tiède, prit le savon qui reposait sur une petite tablette de métal, le fit mousser entre ses paumes. Longtemps. Jusqu'à ce que de grosses bulles blanches naissent dans le creux de ses mains, et il frotta de toutes ses forces, même si ça lui faisait mal. Il frotta encore et encore, grimaçant de douleur. Puis il déposa le savon et rinça ses mains rougies. Il avait l'impression qu'il n'arriverait jamais à faire disparaître les traces de sang. Combien de fois ? se demanda-t-il, combien de fois avait-il abattu son poing sur le corps de l'homme ? Il ne s'en souvenait pas.

Il contempla de nouveau ses mains. Il avait l'impression qu'elles étaient toujours couvertes de sang. Tellement, qu'on n'en distinguait plus les lignes. On aurait dit qu'elles étaient effacées, qu'il n'y en avait plus. Quel avenir ? se demanda-t-il. Quel avenir l'attendait, maintenant ?

Dans la petite pièce, il y avait deux portes : une qui donnait sur l'extérieur, d'où il était arrivé la veille, et une autre, juste en face. Joe se dirigea vers celle-là, l'ouvrit, et déboucha sur un grand espace aux murs de béton, dont le plafond, très haut, était traversé par des poutres d'acier. On aurait dit un entrepôt ou quelque chose du genre. Des néons pendaient des poutres. Joe siffla, impressionné. Il entendit le son se répercuter en écho. Visiblement, il n'y avait personne. Les gens devaient être en vacances. Joe se dit que c'était peut-être Noël, ou le jour de l'An. Il ne savait plus. Il avait perdu la notion du temps. S'avançant lentement dans l'entrepôt où seulement quelques néons jetaient un éclairage sommaire, ce qui rendait l'endroit plus mystérieux encore, Joe se demanda ce qu'on faisait ici, exactement, ce qu'on y entreposait. Il fit plusieurs pas et aboutit à une espèce de carrefour d'où partaient des allées. De chaque côté, on pouvait voir des comptoirs frigorifiés, qui semblaient tous à peu près vides, ou des tablettes, vides aussi pour la plupart.

Joe continua son exploration et finit par tomber sur un frigo vitré dans lequel il semblait rester quelque chose. Il approcha, ouvrit les portes, et mit la main sur un dessert glacé, emballé dans un papier aux couleurs criardes qu'il emporta, s'en retournant vers le petit réduit où il avait bien l'intention d'établir ses quartiers, du moins jusqu'à ce que quelqu'un vienne l'en déloger. Il savait que ça arriverait tôt ou tard, mais il avait besoin d'un peu de temps, à l'abri et seul, non seulement pour se faire oublier, mais pour tenter d'oublier lui-même tout ce qui s'était passé au cours des dernières heures.

Il déballa le dessert, croqua. C'était froid et sucré. De retour dans la pièce, il entreprit de fouiller un peu, question de voir ce qu'il pourrait trouver d'intéressant. Sur une étagère recouverte de poussière, il trouva une radio, un vieil appareil en plastique dur et en métal, le genre de truc qu'on ne voyait plus souvent, même dans la réserve, tellement c'était désuet. Par curiosité, Joe brancha l'appareil dans la prise la plus proche, en se demandant si ça allait marcher et, à sa plus grande surprise, de la musique emplit l'espace aussitôt. Joe resta interdit un instant, essayant de deviner ce que c'était que cette musique. Ça ressemblait à un orchestre avec des violons. Et un piano, aussi. Un des instruments ressemblait à un piano. En tout cas, c'était si beau qu'il augmenta un peu le volume, et s'assit sur le vieux sofa, pour écouter attentivement.

Après quelques minutes, la musique s'arrêta et une voix annonça que quelqu'un allait présenter les nouvelles. Une autre voix, plus haute celle-là, une très belle voix, se fit entendre. La femme parlait de bombardements survenus dans un pays que Joe ne connaissait pas, où il y avait une guerre. Puis elle continua avec ce qui se passait dans la ville, et Joe tendit l'oreille. À la troisième nouvelle, il eut l'impression de recevoir un coup au cœur. «La police recherche toujours le suspect qui a tué un itinérant dans un centre pour Autochtones de Toronto. L'homme s'est enfui à pied. Il est considéré comme dangereux. L'itinérant est mort à son arrivée à l'hôpital», dit-elle.

La musique recommença, mais Joe n'écoutait plus. Il se pencha, plié en deux comme si on lui tordait l'estomac, enfouit sa tête entre ses mains et ferma les yeux, alors que son cœur battait à toute vitesse, qu'il avait l'impression que sa tête allait exploser, et que sa mère hurlait: «Qu'est-ce que t'as encore fait, Joe Wapachi? Qu'est-ce que tu as fait, pourriture?»

— J'ai tué un homme, maman. J'ai tué un homme! cria Joe en sanglotant, du fond de son abri.

17

Un pas à la fois. Laura prit une grande inspiration, et de la buée se forma quand elle expira. Il faisait froid. Il avait neigé la veille et la chaussée était glissante, elle devait très souvent ralentir le tempo. Les Who chantaient *My Generation* dans ses oreilles. Ce soir, Laura se sentait contrariée. Les vacances de Noël étaient terminées, et elle n'avait aucune envie de recommencer à travailler. Éric était retourné chez lui, après avoir passé toutes les vacances chez elle. Avec elle. Justement elle arrivait devant son immeuble, et se demanda s'il était là. Elle leva la tête, vit de la lumière jaillir de son appartement.

::

Pourquoi regarda-t-il par la fenêtre précisément à ce moment-là ? Éric ne savait pas du tout ; un hasard, sans doute. Quoi qu'il en soit, il vit passer Laura, ses écouteurs à ses oreilles. Il la vit lever la tête vers l'appartement, puis retourner à sa course. Elle devait se concentrer, probablement, calculer ses pas. « Un pas à la fois », lui avait-elle dit si souvent. Cette pensée le fit sourire.

Éric ouvrit les portes de l'armoire, choisit l'un de ses meilleurs scotchs, et en remplit un verre, se disant qu'il y avait longtemps qu'il n'avait pas fait ça, mais ce soir, il le méritait bien. Il s'assit dans son fauteuil en cuir, et poussa un soupir. Il était courbaturé.

Il s'était attelé, dès le début de la journée, à une tâche qui le rebutait, mais qui devait se faire un jour ou l'autre : le ménage de la remise dans laquelle il avait accumulé pendant des années des choses toutes plus inutiles les unes que les autres, et surtout des photos. Des photos et des souvenirs. Il avait dû sortir temporairement Rita et, après avoir terminé, il l'avait replacée sur son crochet.

Il avait trié, jeté, rangé des dizaines et des dizaines de photos, chacune lui rappelant une tranche de vie, un événement enfoui dans sa mémoire. Bien sûr, il avait pleuré, bien sûr son cœur s'était broyé et ses mains avaient tremblé, mais c'était fait. C'était fini. Maintenant, des boîtes s'empilaient, droites, bien rangées, bien étiquetées. Sa vie avec Nathalie se comptait en huit boîtes et des milliers de souvenirs qui, avec le temps, s'effaçaient, qu'il le veuille ou non. Voilà, il avait fait ce ménage qu'il se promettait de faire depuis trois ans et il avait survécu. Il n'était pas monté sur le toit et il n'avait pas voulu mourir. Il avala une gorgée, ferma les yeux et se cala davantage dans son fauteuil.

::

Joe fronça les sourcils. Juste au moment où il s'apprêtait à sortir du réduit pour aller voir s'il ne trouverait pas quelque chose d'autre à manger dans l'entrepôt, il crut entendre du bruit. Il resta immobile. Il aperçut un rai de lumière qui passait sous la porte et le bruit de pas qui s'approchaient lui parvint distinctement. Quelqu'un venait. Il se précipita vers la porte qui donnait sur l'extérieur, mais il était trop tard ; l'autre porte s'ouvrit et un petit homme maigrichon entra. Sur le coup, il aurait été difficile de dire qui, de Joe ou du petit homme, fut le plus surpris. Ils se regardèrent en chiens de faïence un instant, puis l'homme, pointant vers lui un doigt tremblant, articula quelque chose que Joe mit une seconde ou deux à comprendre.

— Vous ici, interdit, interdit.

Puis il sortit de la pièce en courant et en vociférant. Il laissa dans la serrure des clés qui se balançaient dans le vide, en produisant un drôle de cliquetis. Joe ouvrit la porte extérieure pour constater qu'il faisait extrêmement froid, et qu'avec son manteau d'automne, il ne tiendrait pas le coup longtemps. Il referma, sans trop savoir ce qui allait se passer. Le petit homme bizarre était sans doute parti chercher des renforts et Joe aurait à s'expliquer. Une certaine lassitude s'empara de lui. Il savait qu'il aurait dû fuir à toutes jambes, s'en aller sans demander son reste, mais la perspective de se retrouver dehors où il n'avait pas mis les pieds depuis plusieurs jours maintenant, au froid, sans rien à manger, seul et sans argent, le paralysait. Il était fatigué. Las et fatigué. Il resta là sans bouger.

Le petit homme revint, accompagné d'un autre, beaucoup plus grand, les cheveux roux, et des lunettes carrées sur le nez.

— Mais… mais qu'est-ce que vous faites ici ? tonna l'autre homme, le visage rouge, et le souffle court.

Curieusement, malgré les circonstances, même si ces hommes pouvaient appeler la police, même s'il risquait gros, Joe se dit que ça faisait du bien de parler à quelqu'un. Il se racla la gorge.

— Rien, je… je m'en vais, répondit-il.

— C'est un endroit privé, ici. Comment êtes-vous entrés, pour l'amour ? lui demanda le plus grand.

Joe baissa la tête. Il regarda à ses pieds, les magazines qui traînaient, à côté des emballages de chocolat roulés en boule, et du reste d'une pomme qui pourrissait sur le sol, autant de choses glanées dans l'entrepôt. «Un crotté, Joe Wapachi, c'est tout ce que t'es. Un crossé, un bon à rien. Une merde, tu comprends ? Je regrette de t'avoir mis au monde, Joe Wapachi ! » Il n'avait pas douze ans, quand sa mère lui avait balancé ça. Il avait senti des larmes rouler sur ses joues, et il était allé se réfugier dans la forêt sans rien dire, ravalant sa peine et sa colère. Fuir, il avait fait ça toute sa vie. Là, devant ces deux inconnus, il avait envie de faire face, de lever la tête, peut-être pour la première fois de sa vie, même s'il savait très bien qu'il se trouvait dans une position plus que délicate, après avoir squatté ce local aussi longtemps. Il regarda le plus grand des deux hommes droit dans les yeux.

— Je suis entré parce que la porte était ouverte. J'avais faim, j'avais soif, je savais pas où aller. Appelez pas la police, je vous en prie.

Joe vit les yeux de l'homme s'assombrir, et quelque chose comme de la tristesse y passa. Il sembla réfléchir un instant, dans un lourd silence. Puis, comme à regret, ou comme s'il doutait de lui-même, l'homme murmura :

— Vous ne pouvez pas rester ici, c'est un commerce, ici. Les employés vont arriver bientôt, et les clients, aussi.

Joe mit la main sur la poignée.

— Je sais dit-il d'une voix éteinte. Je m'en vais.

Il sortit sans jeter un regard derrière lui, et, saisi par le froid, commença à marcher droit devant, parce qu'il n'y avait rien d'autre à faire, en se disant qu'il aboutirait, au bout du grand stationnement, dans la rue par où il était arrivé, Bayview, s'il avait bonne mémoire, et, au-delà, les beaux quartiers et les maisons cossues qui surplombaient la ville. Joe pensa qu'il ne serait jamais riche, finalement, qu'il n'habiterait jamais une de ces maisons, qu'il ne serait jamais le patron de qui que ce soit, qu'il ne posséderait sans doute jamais rien, qu'aucune femme ne voudrait de lui, qu'il n'aurait pas d'enfants, ni de petits-enfants, ni aucun souvenir digne d'être raconté et que personne ne le saluerait jamais avec respect. Sa vie avait basculé quelque part entre le moment où il avait appris la mort de Jim et celui où il avait tué un inconnu. Et maintenant ? ne put-il s'empêcher de se demander. Qu'est-ce qui allait se passer à partir de maintenant ? Est-ce qu'il serait en cavale pour le reste de sa vie ? Connaîtrait-il un jour la paix ? Survivrait-il jusqu'à la fin de cette journée froide ?

Joe avait envie de vomir, envie de mourir, envie de se coucher là, sur le trottoir, pour attendre que la mort vienne, mais il savait qu'elle ne viendrait pas si facilement, que les policiers arriveraient bien avant elle, et qu'ils l'arrêteraient. Ils découvriraient bien assez vite ce qu'il avait fait, et alors ils l'enfermeraient jusqu'à la fin de ses jours, et Joe ne verrait plus jamais le soleil qu'à travers les grilles d'une prison. Ça, il ne pourrait pas le supporter.

Tout à coup, il avait envie d'espace, envie de nature, envie de se promener dans la forêt, l'hiver, quand on ne voit que la trace de ses pas derrière soi. Au fond, il ne lui restait plus que ça, maintenant, la forêt.

— Attendre! Vous, attendre!

Il avait franchi la moitié du terrain de stationnement quand il entendit la voix derrière lui. Il se retourna, étonné et méfiant, pour voir le petit homme accourir. Qu'est-ce qu'on lui voulait encore? Il se demanda une seconde s'il ne devait pas prendre ses jambes à son cou sur-le-champ et courir jusqu'à ce qu'il soit si loin que plus une voix ne pourrait l'atteindre.

— Seconde, une seconde!

Il remarqua que l'homme portait un paquet. Il s'arrêta, intrigué.

— Pour vous. Ça, pour vous.

L'homme finit par arriver à sa hauteur et lui dit avec son drôle d'accent :

— Mon patron donner ça à vous.

L'homme tenait au bout de ses bras un grand sac vert foncé, genre surplus d'armée. Joe le dévisagea. L'homme avait les yeux bridés, des taches brunes sur le visage, la peau tendue sur ses joues et son front. Il aurait été difficile de lui donner un âge, mais Joe remarqua qu'il y avait quelque chose comme de la bonté dans son regard. Il n'avait pas vu ça si souvent, au cours de sa vie. L'homme, qui ne portait pas de manteau, frissonna. Joe prit le sac et l'homme sourit.

— Vous revenir si besoin quelque chose. Vous revenir.

Joe fit un signe de tête, sans parvenir à articuler quoi que ce soit. L'homme le salua, et retourna vers l'entrepôt en courant. Joe, abasourdi, regarda la porte s'ouvrir et se refermer. Il jeta un coup d'œil dans le sac, et découvrit des bouteilles d'eau, ce qui semblait être du chocolat, et des noix puis, tout au fond, quelque chose de mou. Au moment où il allait vider le sac de son contenu, une voiture arriva. Joe comprit tout de suite qu'il s'agissait d'une auto de police qui patrouillait sans doute. Il ne s'éternisa pas et s'éloigna en s'efforçant de ne pas courir, de peur d'attirer l'attention des policiers.

Marcher faisait du bien, ça réchauffait. Malgré tout, Joe sentait ses genoux secoués de spasmes. Il avait froid. Il aboutit dans la petite rue Pottery, exactement là où il s'était retrouvé avant de découvrir l'entrepôt. Il repassa sur le petit pont, sauf que, cette fois, au lieu de prendre vers le haut de la rue et d'arriver immanquablement dans des rues plus passantes, il tourna à gauche et se retrouva au milieu des arbres, sur un sentier désert, qu'il suivit jusqu'à une petite éclaircie, un endroit qui semblait coupé du monde. N'eût été un immense pylône électrique, Joe aurait pu jurer qu'il était au milieu du bois, loin de la ville, chez lui.

Il s'arrêta. Les mains tremblantes, il ouvrit le sac et renversa son contenu par terre, pour découvrir finalement ce qu'il y avait dans le fond. C'était un sac de couchage roulé en boule et quelque chose en nylon plié plusieurs fois. Joe déplia l'objet, arrondissant les yeux au fur et à mesure qu'il comprenait de quoi il s'agissait. C'était une tente. Joe avait donc maintenant de quoi se protéger du froid et de la neige, et de quoi manger et boire. De quoi survivre. Il s'assit sur une pierre, son matériel à la main, et là, seul au pied du pylône géant, il se mit à pleurer comme un bébé.

18

Quand il ouvrit les portes de l'édifice et qu'il se retrouva dehors, Éric respira un bon coup. L'air était froid, vivifiant. Il prit direction sud. Entre deux immeubles, on pouvait apercevoir le lac. Il sortit son portable de sa poche, composa le numéro de Laura tout en relevant le col de son manteau.

— Éric ? demanda-t-elle aussitôt, de l'étonnement dans la voix.

— Tu fais quelque chose pour le lunch ?

— Euh… j'ai une réunion, pourquoi ?

— Tu peux l'annuler, ou la repousser ?

— Je peux toujours… qu'est-ce qui se passe ?

Éric traversa Lakeshore parce que le feu venait de passer au vert.

— Rien. J'ai envie de te voir. Je voudrais te parler de quelque chose qui me trotte dans la tête depuis un bon moment.

Après avoir raccroché, il s'approcha de la petite cantine mobile installée, comme toujours, au coin de cette rue passante. Un souffle chaud émanait de l'intérieur où un homme, vêtu d'un manteau d'hiver ouvert sur un tablier plus ou moins propre, et coiffé d'un bonnet de laine, s'activait. Pourtant, il n'y avait personne dans les parages. Le ferry qui menait aux îles ne circulait plus depuis le début de l'hiver et le lac était gelé. Les touristes avaient déserté ce coin de la ville.

— Deux hot-dogs, s'il vous plaît.

Il continua à marcher et se retrouva près d'un petit pavillon. C'est là qu'il avait donné rendez-vous à Laura. Il se mordit la lèvre inférieure : les petits bancs de bois étaient recouverts de neige et un vent glacial tournoyait. Il espéra qu'elle aurait mis des vêtements chauds. Il déneigea sommairement un banc avec ses mitaines, prit place et attendit en contemplant le lac devant lui.

::

Joe Wapachi, assis sur le sac de couchage imperméable, regarda ses mains. Il avait souvent l'impression qu'elles étaient encore couvertes du sang de l'homme qu'il avait tué. Quelquefois, comme maintenant, il lui semblait voir le sang apparaître dans les lignes au creux de ses paumes rugueuses. Il les plongea dans la neige et frotta vigoureusement, puis il se leva et se glissa hors de la tente que le Chinois lui avait donnée. Il quitta la clairière, laissant là son matériel, en espérant que personne ne le lui volerait, et s'engagea dans le petit sentier. Il savait qu'en quelques minutes il se retrouverait sur Bayview et qu'en prenant à gauche, il arriverait à l'entrepôt. Il connaissait maintenant la vallée et tous ses recoins par cœur. Et il commençait à connaître également les habitués de la vallée ; quelquefois, à l'abri dans sa tente, il observait les gens qui passaient dans les sentiers, courant, titubant sur la neige et la glace. Certains portaient des écouteurs sur les oreilles, d'autres circulaient à vélo, roulant tant bien que mal sur les sentiers glissants.

Joe avait l'estomac vide, comme toujours, et comme toujours il se demanda si l'on s'habitue à vivre avec la faim qui vous tenaille. Il traversa le stationnement désert. Il arrivait tôt à l'entrepôt, avant les clients ; c'était ce qu'il fallait faire, parce que quand les clients étaient arrivés, le patron n'aimait pas trop voir Joe traîner dans le coin. C'est ce que le Chinois lui avait expliqué. Au fond, on ne pouvait pas le blâmer, se dit Joe, tandis qu'il approchait de la porte. Vêtu de haillons comme il l'était, sale la plupart du temps, il faisait peur, c'était sûr. Il frappa trois petits coups et le Chinois apparut, souriant comme toujours. Ils avaient leurs habitudes, maintenant. Le petit homme tendit à Joe un sac en papier brun et Joe le prit entre ses bras. Il savait très bien ce qu'il contenait. Il sourit, inclina la tête.

— Merci le Chinois, dit-il simplement.

— Toi bonne journée, répondit le petit homme avant de lui faire un signe de la main, et de refermer la porte.

Joe repartit, se demandant s'il avait jamais eu des amis dans sa vie, de vrais amis sur qui on peut compter comme ce curieux petit homme perpétuellement souriant. Chemin faisant, il pensa soudain au chevreuil, celui qui venait chercher sa nourriture à la petite cabane dans les bois avant d'y retourner aussitôt. Voilà ce qu'il était devenu lui-même maintenant : une bête sauvage qui vient quêter sa pitance. Fallait-il en rire ou en pleurer ? Joe n'en savait trop rien. Il arrivait à la tente quand une petite neige fine se mit à tomber. Joe repensa à la cabane dans la forêt, avec nostalgie. Il lui semblait que ça faisait si longtemps qu'il l'avait quittée, une éternité. En ce moment, il aurait tout donné pour se trouver de nouveau à cet endroit, dans cette petite maison. Quatre murs, un toit, un lit confortable, de quoi faire du feu, de quoi pêcher, de quoi chasser : au fond, c'était tout ce dont un homme avait besoin, se dit-il. Pourquoi n'avait-il jamais pu avoir ça, ne serait-ce que ça, dans sa vie ? Les questions recommençaient à tourner dans sa tête : « Que faire, à présent ? Comment trouver de l'argent ? Comment repartir pour le Nord ? »

Quand les questions tournaient, Joe sentait son estomac se contracter. Il ouvrit le sac. À l'intérieur, il y avait une pomme, des noix, du fromage, du chocolat et de l'eau, comme d'habitude. Tous les jours, depuis qu'il l'avait découvert dans le réduit, le Chinois lui donnait de quoi survivre. Tous les jours.

Joe mangea sans entrain, se souvenant, allez savoir pourquoi, de ce lapin qu'il avait fait cuire, dehors, devant la cabane de pêcheurs, et qui sentait si bon. C'était il y avait si longtemps, maintenant.

: :

— J'ai fait le plus vite que je pouvais ! lui lança Laura, de loin, en arrivant.

Éric la prit dans ses bras. Ils s'embrassèrent.

— Qu'est-ce qui se passe ? demanda-t-elle, encore essoufflée.

Le téléphone d'Éric sonna, mais il ne répondit pas.

— Laura, je… comment dire ? Tu te souviens quand je t'ai dit que je voulais qu'on parte, toi et moi, qu'on décampe, qu'on quitte tout, qu'on…

— Très bien. Je me souviens très bien, l'interrompit-elle. Qu'est-ce… qu'est-ce que tu as en tête ?

— Sais pas. N'importe quoi. J'ai des vacances, des journées accumulées. Tellement de journées, je sais même plus quoi en faire. Achetons un bateau. Partons loin.

— Un bateau ?

Éric tendit à Laura le hot-dog enveloppé dans du papier rouge et blanc, et mordit sans attendre dans le sien.

— C'est pas tout, continua-t-il, tandis qu'elle mangeait, les joues rougies par le froid. Je veux qu'on se marie. Je veux rester avec toi pour le reste de ma vie, Laura.

Elle demeura un instant silencieuse, mâchouillant distraitement, puis hocha la tête.

— O.K., répondit-elle, simplement.

— C'est… ça veut dire oui ?

— C'est oui.

— À tout ?

— Oui. À tout.

Il sourit, puis il rit. Laura aussi, leurs voix, leurs rires s'envolant dans l'air froid vers le lac, alors que des goélands, apeurées, s'envolaient aussi.

:: :

Joe montait Pottery Road, suant et soufflant, déjà épuisé alors qu'il n'en était qu'à la moitié de cette côte abrupte. Il se sentait vieux tout à coup, et se dit qu'il était bien loin le temps où il vivait dans la réserve, avec Nanny. Il arriva tout en haut après de longues minutes et beaucoup d'efforts, s'arrêta un instant pour reprendre son souffle et admirer la ville, parce que, de là, la vue était spectaculaire. Ensuite, il se remit en marche, jetant un coup d'œil de temps en temps aux autos qui passaient à côté de lui, s'assurant qu'il n'y avait pas de policiers dans les parages. C'est qu'il ne fallait pas se faire remarquer. Il fallait passer sous le radar, comme à la chasse, comme son père le lui avait appris. Ne pas être vu. Ni entendu. Ne pas exister, finalement. C'est qu'avec son allure négligée, n'importe quel agent de police le trouverait suspect.

Sortir de la vallée pour se rapprocher des rues commerçantes et des gens était risqué, Joe le savait, mais il n'avait pas le choix ; c'était le seul moyen d'arriver à trouver de l'argent. Il lui en faudrait, pour retourner dans le Nord. La seule façon d'en obtenir, c'était d'aller vers ceux qui en avaient. Il avait pesé le pour et le contre, pendant les longues soirées passées sous la tente, à tenter en vain de se réchauffer, il avait réfléchi longuement, et c'est la conclusion à laquelle il avait abouti. Il devait repartir. Il n'y avait plus rien pour lui ici, dans le Sud, dans cette ville plus grande que nature. Et dans la réserve, Georges devait bien s'être remis de ses blessures, sa mère devait avoir oublié l'incident. Il y avait fort à parier qu'ils le laisseraient revenir sans lui causer de problème. Il ferait des excuses, il prendrait un air contrit, il promettrait tout ce qu'ils voudraient, et tout rentrerait dans l'ordre. La réserve : c'était, finalement, le seul endroit où il pouvait vivre, c'était clair, maintenant. Il avait bien essayé d'en sortir, il avait fait ce qu'il avait pu et il avait échoué, voilà la vérité. « Tu réussiras jamais rien, Joe Wapachi. »

Pour trouver de l'argent, maintenant, et repartir pour là d'où il venait, il n'y avait qu'une solution : quêter. Jamais de sa vie il n'avait eu à faire ça, mais il n'avait pas le choix.

Sur Broadview, il prit à gauche. Il y avait deux ou trois passants, mais pas de policier à l'horizon. Il approcha d'un immeuble au moment où une femme entrait, et il vit bien qu'elle le regardait avec un air méfiant. Il ne s'en offusqua pas : avec son allure, c'était normal. Il avait vraiment l'air d'un sans-abri maintenant. Elle bloqua la porte, et se retourna pour s'adresser à lui et lui demander, d'un ton bourru :

— Qu'est-ce que tu veux ?

Il ne répondit rien, tout simplement parce qu'il ne savait pas quoi répondre.

— Va-t'en ou j'appelle la police, menaça-t-elle.

Les yeux de Joe s'arrondirent. Si elle appelait les boeufs, ils l'embarqueraient, ça, c'était sûr. Il fit demi-tour, accéléra le pas et s'éloigna le plus vite possible, en se dirigeant vers le sud. Rester dans les grandes rues, se dit-il, parmi la foule, comme ça, il sera plus facile de se cacher.

::

— Ils entrent ici et ensuite ils vont voler dans les appartements ! lança madame Stewart, furieuse. Non, mais, c'est vrai, vous trouvez pas ? Je vous jure qu'il a détalé sans demander son reste !

— C'est sûr, dit Laura, alors que les portes de l'ascenseur s'ouvraient.

Elle arrivait d'une course difficile. Il y avait beaucoup de glace sur les sentiers. Dans ces conditions, elle avait abandonné avant d'avoir fait ses douze kilomètres habituels. Ensuite, elle s'était rendue chez Éric directement et était tombée sur madame Stewart qui était encore dans tous ses états.

— Il y a des abris pour eux, ils ont juste à y aller !

Laura lui sourit poliment sans répondre, tandis qu'elle entrait dans l'ascenseur. La voix de madame Stewart se perdit quand les portes se refermèrent et Laura soupira, soulagée. L'ascenseur l'emmena rapidement au onzième. Éric l'attendait et à peine eut-elle frappé à l'appartement qu'il lui ouvrit, pieds nus, vêtu d'un jean et d'un t-shirt blanc, les cheveux encore humides. Le cœur de Laura bondit dans sa poitrine, et elle s'avança vers lui.

— Tu sors de la douche…

— Bonjour, championne. Bonne course ?

Elle ne répondit pas et l'embrassa. Il sentait bon, il était rasé de près. Laura ferma les yeux, comme on fait quand on a le vertige.

::

Joe frissonna. On aurait dit que le froid pénétrait sous ses vêtements, sous sa peau, et venait gruger ses os. Dans la rue Danforth, les gens marchaient rapidement, pressés. Ils allaient et venaient, entraient et sortaient des boutiques, des restaurants, passaient devant lui sans même le voir. Il s'adossa à un lampadaire et tendit sa main recouverte d'une vieille mitaine noire qu'il avait trouvée dans un sentier. Ça lui semblait être la chose à faire.

Il avait rêvé, pendant la nuit. Il avait rêvé que ses mains dégoulinaient, rouges de sang. Alors il était sorti de sa tente, frissonnant, et, au clair de lune, il les avait plongées dans la neige, s'était mis à frotter, et à frotter encore pour faire disparaître les traces rouges. Dans la vallée, à ce moment-là, le silence était complet ; personne ne passait, on n'entendait pas une auto ni même une sirène au loin. Dans le Nord, on aurait entendu les loups, s'était-il dit avant de retourner se coucher.

Alors qu'il repensait à son rêve, Joe sentit quelque chose tomber au creux de sa main. Il baissa les yeux, surpris, et vit que quelqu'un y avait déposé un dollar. C'était, de toute évidence une pièce neuve. Elle était dorée, brillante. Joe aperçut un homme d'un certain âge qui s'éloignait sans se retourner et il se demanda un instant pourquoi cet homme lui avait donné cette pièce. Pourquoi des gens décident-ils de donner à quelqu'un qui tend la main ? Puis, la réponse apparut, claire, comme si elle venait de sa mère : « Parce qu'ils ont pitié de toi, Joe Wapachi. » Il se demanda ce qui était pire : les gens qui ne donnaient rien parce qu'ils se fichaient éperdument de lui, ou les gens qui le prenaient en pitié. Qu'était-il devenu ? Un sans-abri comme il y en avait sans doute des milliers dans cette ville. Un quêteux venu du Nord, un itinérant à la peau cuivrée.

Dans la réserve, quand il était petit, les gens parlaient de ceux qui partaient pour le Sud, pour la ville, et qui finissaient sur des bancs de parc, à mendier. Des sans-abri. Ils en parlaient avec pitié, en hochant la tête et en chuchotant, parce que ces choses-là, on ne les dit pas à voix haute. Voilà ce qu'il était devenu à son tour, comme si c'était écrit dans le ciel, comme s'il ne pouvait en être autrement.

19

Déjà la moitié du trajet ; plus que cinq kilomètres et elle aurait terminé. Laura respira profondément. Ça allait bien. Elle se demanda tout à coup, sans raison, combien de temps, combien d'années elle pourrait encore courir. Quelquefois, elle croisait des joggeurs qui, à première vue, devaient bien avoir la soixantaine. Il lui restait sans doute beaucoup de temps devant elle. Beaucoup d'années, beaucoup de descentes et de montées, de trajets qui serpentent et qu'elle ferait le souffle court et le sourire aux lèvres. Elle avait changé de parcours, maintenant que le printemps se pointait le bout du nez, elle prenait plutôt par le petit sentier qui longe la rivière, parce qu'il n'était plus aussi enneigé ni aussi glissant qu'il l'avait été au cours des derniers mois. Ce qui restait, par contre, c'étaient de grandes plaques de glace à la surface de la rivière. Ce qui restait de l'hiver emprisonnait encore l'eau, mais aussi les sons. D'ici quelques semaines, les bruits, tous les bruits reviendraient dans la vallée : les oiseaux seraient de retour, avec leurs chants de printemps, et l'eau libérée des glaces ferait entendre son ruissellement cristallin.

::

Éric, avant de sortir, regarda son appartement quasi vide. Il avait presque tout vendu, donné, jeté. Ne lui restait qu'à faire encore quelques boîtes, et à amener Rita chez Laura. Tout était maintenant possible, et c'était très bien comme ça. Il laisserait ici ses fantômes, sa vie d'avant, la douleur qui l'avait habité pendant des années, ses tentatives pour y mettre fin, et sa peur de vivre pour vrai. Et c'était très bien comme ça.

::

Joe referma la main sur la pièce qu'un passant venait de déposer en lui faisant un petit sourire.

— Merci!

Était-ce parce que le temps se faisait plus clément, que les rayons du soleil étaient plus chauds, ou alors était-ce parce que Joe savait maintenant beaucoup mieux s'y prendre? Quoi qu'il en soit, il était devenu facile de trouver de l'argent. Il pouvait recueillir jusqu'à vingt dollars par jour, les bons jours. Il avait réussi à amasser assez d'argent pour envisager d'acheter un billet de train, bientôt, et pour repartir. Bien sûr, il lui faudrait se rendre au centre-ville, trouver la gare, et acheter ce billet à un comptoir où on le regarderait de travers, mais il n'avait pas le choix. Il ferait ça, il y arriverait. C'était la seule façon de retourner dans le Nord.

L'argent, il ne le gardait pas sur lui quand il allait quêter parce que n'importe qui aurait pu le lui prendre. La rue, c'était la jungle. Il lui fallait surveiller ses arrières constamment. Il n'était pas le seul à quêter. Le soir, parfois, des itinérants se battaient à coups de poing. Joe se tenait loin d'eux. S'il avait transporté son argent sur lui, ça se serait su. Ils auraient été capables de le tuer pour cet argent, les autres. Alors il le cachait. Il avait caché tout ce qu'il avait patiemment amassé dans un trou creusé à même le sol, au pied d'un des géants, comme il s'amusait à appeler les pylônes. Le soir, quand il revenait à la tente, la première chose qu'il faisait c'était de creuser le trou, pour vérifier si l'argent y était toujours, et pour y ajouter ce qu'il avait fait dans la journée.

Puis il comptait et recomptait, et ensuite il s'enroulait dans le sac de couchage et tentait de dormir. Il était si proche de son but qu'il se sentait fébrile. Bientôt, il sortirait de cette misère, et de l'humiliation quotidienne, et rentrerait chez lui. C'était tout ce qui important maintenant.

Dans la réserve, on ne le reconnaîtrait pas, tellement il avait changé. Il avait maigri, il n'avait pas bu une goutte d'alcool depuis des lunes. Dans sa tête aussi, il avait changé; il faisait des plans désormais. Et il s'y tenait. Il était devenu discipliné. Tous les jours, il se levait tôt. Quel que soit le temps. Ensuite, invariablement, il se rendait à l'entrepôt, où le Chinois lui donnait de quoi manger, après quoi ils bavardaient un peu.

— Belle journée, aujourd'hui.

— Oui, le Chinois, il va faire très beau.

— Toi faire attention.

— Merci. Toi aussi.

De temps en temps, le Chinois laissait Joe entrer pour qu'il puisse se laver sommairement au lavabo du petit réduit, puis Joe se rendait dans les grandes rues, sur les boulevards, où les gens allaient et venaient dans un mouvement incessant. Il y avait tant de monde dans ces rues, que Joe ne voyait jamais deux fois le même visage. Il ne revenait jamais avant la fin de l'après-midi. Quand il rentrait à la tente, il faisait noir.

L'hiver avait été dur. Chaque nuit, il avait grelotté. Il avait eu froid à en pleurer, à penser qu'il allait en mourir. Il avait eu froid et faim. Au point où, quelquefois, il se sentait comme une bête, avait l'impression que toute humanité avait disparu, de lui. Plus jamais, s'était-il dit, un nombre incalculable de fois au cours de ces journées interminables, plus jamais il n'aurait faim ni froid.

::

En passant près des pylônes, Laura jeta un coup d'œil à l'immeuble d'Éric, qui s'élevait au loin. Il avait vendu son appartement et il s'apprêtait à emménager chez elle. Ensuite? Ensuite, ils verraient. Partir était une bonne idée. Aller voir le monde. Changer d'air. Tout était possible, ils étaient libres. Un baladeur, cent vingts chansons, et un vélo: voilà qui constituait pour eux l'essentiel, maintenant. Le reste n'était rien. Que de chemin parcouru!, se dit Laura.

Une drôle de question lui vint à l'esprit: est-ce que Thomas aurait aimé Éric? Sans doute, se dit-elle, il l'aurait sans doute aimé. À ce moment, elle ressentit la petite douleur caractéristique qui montait, juste sous le sternum. «C'est normal, ça va aller, maman», lui aurait dit Thomas. «Tout va bien, maman, tout va bien.» Elle sourit, essuya une larme qui roulait sur sa joue, et accéléra le pas. Il lui restait à se rendre au bout du sentier, à faire demi-tour puis elle rentrerait chez elle. «Je t'aime, maman», crut-elle entendre.

— Je t'aime, mon fils, murmura-t-elle, seule sur le sentier humide.

::

Il ne restait presque plus de neige au sol. Joe aperçut les pylônes. Il était si habitué à vivre à leurs pieds, maintenant, qu'ils étaient comme une présence réconfortante. Il glissa de nouveau la main dans la poche de son pantalon aux genoux troués et tâta les pièces de monnaie. Au rythme où les choses allaient, il serait en mesure de partir bientôt, et donc d'arriver à temps pour l'été, là-haut dans le Nord.

Il avait déjà tout prévu: d'abord il achèterait des vêtements propres avant de partir, comme ça il aurait l'air d'un voyageur comme les autres. Ensuite, il couperait ses cheveux, se débarrasserait de son éternel bandana. Presque plus rien ne le distinguerait.

Il deviendrait anonyme, un voyageur parmi d'autres. Il passerait sous le radar. C'était ainsi que les policiers aimaient les gens. C'était ainsi que les villes du Sud aimaient les gens. Plus tard, arrivé dans le Nord, il laisserait ses cheveux repousser et il retrouverait sa vie d'avant. Que garderait-il en souvenir de son équipée? Un goût de poussière dans la bouche et l'impression d'avoir continuellement du sang sur les mains. Des regrets, ça c'était sûr, et un sentiment de culpabilité qui lui monterait à la gorge de temps à autre comme un reflux gastrique.

Il bifurqua à gauche et quitta le sentier. La nuit était tombée, maintenant, il pouvait rentrer dans sa tanière. Jamais Joe n'aurait creusé le trou en plein jour. Il était toujours extrêmement prudent, toujours sur le qui-vive. On ne sait jamais qui peut vous suivre, vous épier. Tout à coup, alors qu'il approchait de son abri, il eut la sensation que quelque chose clochait. Il ne comprit pas tout de suite quoi, au juste, mais il savait que ça n'allait pas. Il s'arrêta, pencha la tête pour mieux regarder les pylônes électriques. Ils étaient bien là, comme d'habitude. Il se retourna pour voir le sentier, plus loin. Il était bien à bonne distance. Comment se faisait-il, dans ce cas, qu'il n'aperçoive pas sa tente? Son cœur se mit à cogner dans sa poitrine, son estomac se contracta. Joe allongea le pas, une sourde angoisse montant du fond de ses tripes, et il finit par courir, courir comme un fou pour arriver sur le site le plus vite possible. Ce qu'il découvrit lui donna un choc et il s'arrêta, hors d'haleine, les jambes en coton. Détruite! Piétinée! Sa tente avait été complètement démolie. Il n'en restait que des lambeaux de nylon bleu éparpillés dans un rayon d'une dizaine de mètres, et les poteaux brisés. Hébété, Joe regardait autour de lui, bras ballants, bouche ouverte, sans qu'un son sorte de sa gorge, un terrible sentiment d'impuissance logé dans ses tripes. L'endroit ressemblait à un champ de bataille.

— Et mon sac de couchage? demanda-t-il à voix haute.

Visiblement, son sac de couchage avait disparu.

— Pourquoi?

Brusquement, il comprit : quelqu'un était venu ici, quelqu'un qui cherchait quelque chose et ça ne pouvait être que son argent. Joe se rua, affolé, vers sa cachette, et tomba à genoux devant un trou béant : quelqu'un avait creusé et avait volé tout ce qui y était caché. Tout. Il ne restait plus rien. Cette fois, Joe hurla. De désespoir. De rage et de colère. De cette colère qui venait d'éclater en lui aussi soudainement qu'éclate un orage, un soir d'été. Puis il se leva, emportant sa colère avec lui, ce poison qui courait dans ses veines depuis si longtemps, et dont il n'arrivait pas à se débarrasser, cette colère qui l'aveuglait et lui faisait perdre la tête.

Joe, à ce moment, ne voyait plus rien, n'entendait plus rien que la rage qui criait dans sa tête. Il reprit le petit sentier, marchant d'un pas saccadé, rapide. Il avait envie de frapper, frapper sur n'importe qui, sur n'importe quoi. Il aurait cogné les arbres, les pylônes, tout ce qui se trouvait sur son chemin, et tant pis s'il se faisait mal à lui-même. Il ne ressentirait probablement pas la douleur, de toute façon. Et qu'est-ce que la douleur physique quand on vient de vous enlever tout espoir? Après un tournant, Joe vit quelque chose bouger devant lui. L'esprit embrouillé, il mit plusieurs secondes à comprendre ce que c'était : c'était une femme, des écouteurs sur les oreilles, dont on voyait les fils dépasser de chaque côté de sa tête. Elle portait des vêtements bien coupés, élégants. Est-ce que c'était elle qui lui avait volé son argent? Joe, sans savoir pourquoi, détesta instantanément cette femme et elle devint, tout simplement parce qu'elle était à cet endroit, à ce moment, l'objet de sa colère. Il se mit à la suivre.

::

Laura sentit son dos se cambrer, et se retourna brusquement, presque par réflexe, ayant l'impression que quelqu'un la suivait tout à coup. Elle enleva ses écouteurs. Elle pouvait entendre quelqu'un souffler, non loin. La lune jetait sur toute la vallée un éclairage qui, bien que grisâtre, était assez puissant pour lui permettre, même enfoncée dans les sentiers, de bien distinguer les formes, les objets. Laura plissa les yeux, resta sans bouger un instant et vit une silhouette apparaître devant elle. C'était celle d'un homme. Il était très grand, costaud. Elle comprit qu'il fonçait sur elle. Elle reprit sa course en direction de la rue Pottery, mais se rendit vite compte que l'homme accélérait, et qu'il la rattraperait rapidement. Elle se mit à courir plus vite; il y avait encore assez loin avant d'arriver à la rue. Sans ralentir, elle tournait la tête de temps en temps pour mieux voir cet homme et tenter de deviner ses intentions. Qui était-il? Était-il jeune? Vieux? Elle n'aurait su le dire. Qu'est-ce qu'il voulait? De l'argent, sans doute.

— Qu'est-ce que tu veux? finit-elle par lancer, d'une voix tremblante.

Il ne répondit pas. Elle regretta immédiatement d'avoir posé la question. Mieux valait ne pas le brusquer. Elle ralentit, le regarda encore. Il soutient son regard. Elle remarqua que son visage était dur, qu'il avait les cheveux très noirs. Elle sentit l'adrénaline qui se répandait en elle. Il fallait qu'elle sache à qui elle avait affaire. Ce n'était pas un Asiatique, ni un Noir, ni un Blanc. Qui était-il? Ah… un Amérindien, voilà. Son cerveau venait de faire les connexions. C'était un Indien. C'était sans doute un de ces sans-abri qu'elle voyait régulièrement quêter dans Danforth. Elle n'avait pas d'argent sur elle. Laura se dit que c'était un problème parce que s'ils n'obtiennent pas ce qu'ils veulent, ces gens-là, même s'ils ne sont habituellement pas dangereux, peuvent être imprévisibles. Elle en avait déjà vu un se mettre à crier, dans la rue. Il devait être soûl. Des policiers avaient dû intervenir.

Elle s'efforçait de garder son calme, et de ne pas paniquer. La peur ne réglait rien. Il ne fallait pas avoir peur, il fallait être en colère, plutôt; de quel droit cet homme la suivait-il? La colère lui donnerait de la force, du courage. Comment faire pour qu'il s'en aille? se demanda-t-elle. Elle voyait bien qu'il avançait vite, et que bientôt, il arriverait à sa hauteur. Elle sortit discrètement son portable de la petite poche dissimulée dans sa manche. C'était le moment d'appeler à l'aide. On aurait dit que son cerveau fonctionnait à la vitesse grand V. Les questions se bousculaient. Que faire maintenant? Ne pas lui donner de signe de faiblesse, ne pas s'enfuir, ne pas lui tourner le dos.

Elle jeta un coup d'œil autour. Il n'y avait personne, et elle était encore trop loin de la rue pour que des automobilistes puissent voir quoi que ce soit. Elle composa le 9-1-1.

— Hé! cria l'homme à cet instant.

Est-ce qu'il voulait lui voler son cellulaire? Qu'il le prenne, se dit Laura. Au moment où la voix répondit, l'homme arrivait à sa hauteur.

— Service d'urgence 9-1-1: je peux vous aider?

— Il y a un homme qui me suit… il veut m'attaquer, je crois.

Ce disant, Laura aperçut un bras qui s'élevait dans les airs et elle eut à peine le temps de crier, dans l'appareil:

— Pottery Road!

Puis elle vit un poing s'abattre, son téléphone virevolter, alors qu'une douleur vive explosait dans sa tête. Elle comprit que l'homme l'avait frappée. Elle cria. Sa voix était haute, forte. Elle la reconnaissait à peine. On aurait dit quelqu'un d'autre.

Joe lança le portable à bout de bras, mais le geste n'eut pas pour effet de calmer sa colère. La femme criait. L'avait-il frappée? Il ne savait pas trop. Le son qui s'échappait d'elle était strident, intolérable. Elle allait alerter tout le monde. Il fallait l'empêcher de crier. Joe remarqua alors un autre objet dans les mains de la femme. Est-ce qu'elle avait un autre portable? Un sifflet, peut-être? Ou alors un de ces trucs qui vous jette du poivre de Cayenne au visage?

Laura, chancelante, porta la main à la tête. On aurait dit qu'un marteau cognait sur le dessus de son crâne et que la douleur lui faisait perdre l'équilibre. Sa vue s'embrouillait. Elle se demanda si elle était blessée, si c'était grave. Elle vit son portable retomber par terre, éteint, sans qu'elle sache si son appel avait été entendu, s'ils avait bien compris, au bout du fil, que c'était urgent. Les questions fusaient dans sa tête. Elle réfléchissait à toute vitesse, prise de panique et en même temps étonnamment calme. Laura regarda l'homme dans les yeux. Il ne semblait pas intéressé par l'appareil. Que voulait-il alors? Elle le vit jeter un coup d'œil à son baladeur. C'était donc ça... c'était son baladeur qu'il voulait? Il voulait sa musique? La musique de Thomas? Quelque chose en elle se révolta. Non, il n'en était pas question, pas ça. Jamais elle ne se séparerait de la musique de Thomas. Plutôt mourir. Elle était prête à se battre s'il le fallait, à frapper, à recevoir d'autres coups, mais jamais elle ne lui laisserait son baladeur.

L'adrénaline s'était libérée en elle comme gicle un geyser et elle n'était maintenant plus que colère.

— Espèce de pourri, si tu crois que tu vas l'avoir, tu peux toujours courir.

Elle fit un pas en arrière. Il avança. Elle se remit à courir et entendit les pas derrière elle comme une cavalcade. Elle accéléra, mais elle savait que c'était peine perdue. Elle s'entendit crier de nouveau, eut l'impression que sa voix se perdait quelque part entre les arbres. Puis elle sentit des mains l'agripper. Elle se débattit. Il n'aurait pas sa peau.

Pourquoi Joe avait-il l'impression que tout se brouillait devant lui, qu'il ne voyait plus rien, qu'il ne sentait plus rien? Il entendait des cris, des mots incompréhensibles. Il voyait bien que la femme se débattait. Il fallait qu'elle arrête de crier.

Laura vit passer les phares des autos dans la petite rue. Elle n'était plus très loin, maintenant, si elle arrivait à alerter un automobiliste, juste un, ça irait. Elle se dit qu'il fallait continuer à crier même si les sons résonnaient dans sa tête, amplifiant la douleur, mais tout à coup une main énorme, nauséabonde et sale, se plaqua contre sa bouche. Laura eut un haut-le-cœur puis soudain un vertige la saisit et elle réalisa qu'elle ne tenait plus sur ses jambes, que son corps, tout son corps était en train de basculer sans qu'elle puisse faire quoi que ce soit, comme si elle en avait perdu la maîtrise, comme s'il ne lui appartenait plus. Elle mit une seconde ou deux pour comprendre que le sans-abri venait de la soulever de terre et qu'il la tenait à bout de bras.

Elle se sentit ensuite propulsée comme si elle n'était qu'une chose sans consistance. Puis elle atterrit au sol et, pendant un moment qui lui parut durer une éternité, elle eut le sentiment de tourner sur elle-même, de rouler, précipitée dans une chute qui ne semblait jamais vouloir finir. Quand ça s'arrêta, Laura avait perdu tous ses repères, elle ne savait plus où était le ciel, où était la terre et encore moins à quel endroit elle avait abouti. Son corps en entier lui faisait mal. On aurait dit que la douleur irradiait dans sa nuque, son dos, ses jambes, qu'elle n'arrivait pas à bouger, d'ailleurs. Elle resta donc immobile. Elle leva les yeux, aperçut la lune, bien à sa place, au-dessus d'elle. Elle était donc étendue sur le dos, sur une surface qui semblait dure et froide. Elle pouvait distinguer les troncs nus des arbres, plus loin, puis ce qui semblait être des parois enneigées. Était-elle au fond d'un ravin ? Elle voulut se soulever sur les coudes, mais la douleur la cloua sur place. Elle ferma les yeux, serra les mâchoires.

C'est à ce moment qu'un craquement lugubre retentit, tout près, suivi d'un léger bruit de cascade, comme si le printemps lui chuchotait à l'oreille : « Me voilà, je suis revenu. » Laura sut alors à quel endroit sa chute l'avait menée : sur la rivière glacée. Elle avait été projetée directement vers la rivière et elle ne savait pas comment elle arriverait à se sortir de là. Elle se demanda un instant si l'homme aurait le cœur de lui venir en aide, puis se dit qu'il devait avoir détalé, qu'il devait déjà être loin. Tout à coup, elle sentit un mouvement sous son corps et la panique s'empara d'elle immédiatement, parce qu'elle savait ce que c'était : la glace s'ouvrait, elle se brisait, se rompait, et elle allait céder sous le poids de son corps d'un instant à l'autre. Paralysée par la peur, elle n'osait faire le moindre geste, sa respiration saccadée lui paraissait étrangement bruyante dans le silence de la vallée. La douleur devenait moins intense et on aurait dit que son corps s'engourdissait, alors que tous ses sens étaient en alerte. Elle sentait très bien le froid sur ses joues, et entendait distinctement l'eau qui avait commencé à bouillonner autour d'elle puis à jaillir par les trous dans la glace, et son cœur bondissait comme s'il voulait sortir de sa poitrine, s'envoler comme un oiseau. Elle perçut même le son des sirènes, au loin. Les policiers arrivaient.

::

Il y avait une bonne quinzaine de minutes qu'on entendait les sirènes de police, sans arrêt. Éric tendit le cou pour mieux voir la vallée. Au loin, dans Pottery, près de Bayview, on pouvait voir les lumières rouges et bleues scintiller. Il se passait quelque chose, un accident, sans doute. C'était exactement sur le trajet de Laura. Éric sentit une pointe d'inquiétude monter au fond de lui. Il arrivait que des coureurs se fassent heurter par des autos, surtout le soir. Il composa le numéro de Laura, juste pour vérifier, juste pour calmer l'inquiétude. Il savait qu'elle portait maintenant son téléphone sur elle, il se souvenait très bien de la discussion qu'ils avaient eue sur le sujet, il n'y avait pas si longtemps.

— Tu devrais au moins prendre ton portable, Laura.

— Tu t'inquiètes pour rien. Il n'est jamais rien arrivé, dans la vallée. La seule fois où j'ai vraiment eu peur, c'est quand tu es venu tourner derrière moi !

— S'il te plaît. Fais-le pour moi.

Laura avait soupiré.

— O.K., O.K.

— On ne sait jamais, avait-il insisté.

La sonnerie n'en finissait plus de sonner, puis Éric entendit le petit déclic habituel et la voix enjouée de Laura : « Je suis sans doute partie courir. Laissez un message… »

Contrarié, son inquiétude grandissante, il raccrocha. En bas, il y avait au moins cinq voitures de police arrêtées près du petit pont et la circulation devait être bloquée car il y avait un bon moment déjà qu'il ne passait plus d'autos. Éric composa le numéro de nouveau et tomba encore une fois sur le répondeur. Il ne voulait pas céder à la panique, mais il irait quand même voir de ses propres yeux. Il attrapa un manteau, et sortit.

::

— Non ! ! !

Joe hurla au moment où la glace fendait sous le corps de la coureuse. Il vit très bien une ligne se dessiner d'une rive à l'autre, et la rivière se déchirer comme une feuille de papier. Il vit une flaque de sang rouge vif se répandre sur la glace. Qu'allait-il se passer maintenant ? Il y eut d'autres craquements. La femme ne bougeait plus. Elle avait les yeux tournés vers le ciel et de la buée s'échappait de sa bouche. Elle était vivante, Dieu merci, elle était vivante, mais elle pouvait à tout moment être emportée par le courant. Et alors… alors, qu'arriverait-il ? Joe se demanda s'il ne devait pas descendre vers la rivière, tenter de s'approcher d'elle, mais la glace céderait sous son poids, c'était évident.

Il tomba sur les genoux, ses jambes ne le portaient plus. La colère avait été plus forte que lui, plus forte que tout, mais il n'avait pas voulu faire de mal à cette femme, pas plus qu'il n'avait voulu la mort du sans-abri, au Centre. La tête entre les mains il n'entendit pas les sirènes des voitures de police qui se rapprochaient, mais il entendit la voix de sa mère : « Qu'est-ce que t'as fait, Joe Wapachi ? Qu'est-ce que t'as encore fait ? »

20

— Là !

Un policier tendit le bras, et tous les autres qui étaient déjà descendus de leur auto, c'est-à-dire quatre ou cinq de ses collègues, se mirent à courir sur le petit sentier qui longeait la rivière, le faisceau de leurs lampes de poche se croisant comme des épées. Quand ils arrivèrent à la hauteur de l'homme qui se tenait toujours à genoux, ils s'arrêtèrent et braquèrent sur lui un éclairage brutal. L'homme leva vers eux un visage ingrat, où des yeux hagards clignaient dans la lumière. On aurait cru qu'il allait dire quelque chose, mais il ne s'échappa de sa bouche entrouverte qu'un filet de bave laiteux. Il ne prononça pas un mot. Un des policiers s'écarta des autres pour s'approcher du cours d'eau, se pencha et regarda la surface, au cas où il s'y serait passé quelque chose.

— Oh, *shit !*, laissa-t-il tomber.

Sur la rivière, on pouvait voir des traces de sang. Le policier chercha dans les alentours, mais il n'y avait personne. Il remarqua plusieurs fissures à la surface. On pouvait entendre de l'eau courir. La rivière était en train de dégeler. Se pouvait-il que... se pourrait-il... Un collègue vint le rejoindre et écarquilla les yeux en apercevant à son tour les taches rouges sur la neige blanche.

::

Éric arriva au pas de course. Près du petit sentier, plusieurs voitures de police étaient garées, et une autre s'amenait, sirènes hurlantes. Trois de ces autos bloquaient la rue Pottery. Des agents en uniforme étaient postés à plusieurs endroits aux alentours. Essoufflé, le cœur battant la chamade, Éric s'engagea dans le sentier.

— Pouvez pas passer, l'informa un agent qui, le voyant s'approcher, était sorti d'une auto sans même prendre la peine de refermer la portière.

— Qu'est-ce qui se passe? demanda Éric. Je cherche... je cherche quelqu'un.

— Qui cherchez-vous, monsieur?

Il n'eut pas le temps de répondre. Un mouvement se fit plus loin dans le sentier. Il étira le cou pour voir déboucher un petit groupe de policiers, quatre ou cinq, entourant un homme menotté. L'homme, vêtu d'un vieux manteau et d'un pantalon troué qui retombait sur des bottes recouvertes de boue, marchait tête baissée, ses longs cheveux sur ses épaules, le visage fermé. Éric se fit la réflexion que cet homme avait l'air à la fois triste et inquiet.

:::

Joe Wapachi ne résista pas aux policiers quand ils lui passèrent brutalement les menottes après lui avoir placé les mains derrière le dos, ni quand ils l'emmenèrent vers leur auto. Tout ce temps, il garda les yeux rivés au sol, incapable de regarder les gens en face, incapable de lever la tête. Son cœur était comme un tambour au fond de sa poitrine, cognant de plus en plus fort, de plus en plus vite, résonnant dans tout son corps, alors qu'il tremblait de peur. « Qu'est-ce qui va se passer, maintenant? » ne pouvait-il s'empêcher de se demander. Et tandis qu'il remontait le sentier vers la rue, des policiers à ses côtés, il ne savait plus combien, il

revoyait les images défiler dans sa tête, s'intercalant, se super-
posant, se mêlant les unes aux autres. D'abord, la femme avait
crié, lui semblait-il. Oui, c'était bien ça, la femme avait crié et Joe,
saisi, avait eu l'impression que ce son strident se répercutait dans
toute la vallée. Que s'était-il passé ensuite ? Ensuite… ensuite elle
était retombée sur la glace, voilà, et elle avait arrêté de crier et de
bouger. Elle avait regardé le ciel, les yeux grands ouverts. Elle ne
semblait pas souffrir, elle regardait là-haut tout simplement. Elle
respirait à ce moment-là, Joe en était sûr et certain. De la buée
sortait de sa bouche, blanche comme la neige, blanche comme la
lune qui, ronde, pleine, lumineuse, surplombait la vallée. « Après,
Joe, qu'est-ce qui s'est passé après ? », lui demandait maintenant
sa mère, sans arrêt. « Quoi ? T'es pas foutu de te souvenir de ce
que t'as fait, Joe Wapachi ? » Alors Joe, tête baissée, continuait à
fouiller dans sa mémoire. Après, il y avait eu ce bruit lugubre, ce
craquement qui provenait de sous le corps de la femme, puis ce
sang, tout ce sang qui se répandait sur la neige. Ensuite… ensuite
la glace s'était déchirée, la rivière s'était éventrée, était devenue
une plaie béante… une… une plaie qui s'était agrandie encore
et encore et, quelques secondes après, tout avait basculé, de l'eau
avait giclé, et la glace avait… « Dis-le, Joe, dis-le ce qui s'est passé.
Dis ce que t'as fait à cette pauvre femme. » La glace avait cédé et
la femme avait été engloutie, comme si la rivière l'avait voulue
pour elle, comme si elle l'avait tirée vers elle, et la coureuse avait
été emportée par le courant, disparaissant dans les eaux noires.

Si Joe avait été chanceux, elle aurait survécu ; elle se serait
accrochée à un tronc d'arbre, ou à un objet quelconque, elle aurait
été repêchée par les policiers et elle en aurait été quitte pour une
bonne frousse, mais Joe Wapachi savait bien que la chance n'existait pas pour lui, qu'elle n'avait jamais existé. Il savait, au fond
de lui, que cette femme, cette coureuse n'avait pas tenu le coup ;
elle avait sans doute heurté le sol trop durement, son crâne avait

dû s'ouvrir comme l'avait fait ensuite la rivière, mêlant l'eau et le sang et précipitant la coureuse vers la mort.

Il n'oublierait jamais ces yeux bleus tournés vers le ciel ; il se demanderait pour le reste de sa vie ce qu'elle avait bien pu voir juste avant que la rivière ne s'ouvre pour l'emporter. Il n'oublierait jamais non plus les gyrophares qui projetaient leur faisceau sur les arbres nus ni les sirènes hurlantes des voitures de police qui allaient l'emmener vers une prison d'où, il le savait bien, au fond, il ne sortirait jamais. Avait-il jamais été vraiment libre, de toute façon ? L'image de la cabane dans les bois surgit dans son esprit, tandis qu'on le forçait à s'asseoir sur une banquette, dans une auto de police, et qu'on refermait la portière derrière lui. À ce moment, il avait été libre, là-bas, dans la cabane au milieu des bois, pour une fois dans sa vie, pour un instant, un tout petit instant, il avait été libre. Libre et heureux.

::

Au lieu de s'en aller comme le lui avait demandé l'agent, Éric prit par un autre chemin pour se rendre sur le sentier. Les policiers, trop occupés, avaient oublié sa présence, de toute façon. Il s'arrêta quand il aperçut quelques-uns d'entre eux qui éclairaient une portion de sentier et la rivière, comme s'ils cherchaient quelque chose. Dissimulé dans les buissons, Éric les observa. Que cherchaient-ils ? Un des policiers était descendu tout près de la surface et, penché, tentait d'attraper un objet sur un morceau de glace. Quand un de ses collègues vint l'aider, et qu'il éclaira la scène à son tour avec sa lampe de poche, Éric put voir distinctement une grande tache rouge sur la glace et un objet qu'il reconnut tout de suite parce qu'il le connaissait bien, qu'il l'avait même tenu dans ses mains : un baladeur. Le baladeur de Laura. Son estomac se contracta, et il eut soudainement envie de vomir. Il ne savait pas ce qui s'était passé, exactement, ce soir dans la vallée, mais il savait que les policiers cherchaient un corps, c'était évident. « S'il fallait… » pensa Éric, avant de tenter de se calmer et de faire taire cette petite voix au fond de lui.

Sans attendre, il sortit du boisé, les jambes chancelantes. Il entendit quelque part, quelqu'un crier :

— Ici ! Ici, je pense que j'ai vu quelque chose !

: :

Il faisait humide et froid, au fond de la vallée. Dans un des sentiers qui longeaient la rivière, un groupe de journalistes, de caméraman, de photographes, se pelotonnaient en faisant les cent pas pour tenter de se réchauffer. Ils se tenaient derrière un ruban jaune sur lequel il était écrit : « *crime scene* ». Ils restaient sagement à l'extérieur de la zone délimitée par les policiers. De temps en temps, un téléphone sonnait. Tous les médias de la ville étaient là. Ils avaient entendu la nouvelle sur les ondes de police, que les salles de rédaction balayaient religieusement. C'était une grosse nouvelle. Une femme, une coureuse, avait été agressée dans la Don Valley et on recherchait maintenant son corps. Les policiers détenaient un suspect, un homme qui venait du nord de la province.

Des camions de retransmission étaient garés un peu plus loin, à l'écart du groupe. Certains reporters avaient déjà fait des interventions en direct, expliqué ce qu'on savait, c'est-à-dire peu de chose : une femme avait été précipitée dans la rivière et la glace avait cédé sous son poids. On ne connaissait pas les motifs du présumé assassin. Depuis deux bonnes heures, les policiers ratissaient le secteur, suivant la petite rivière Don vers le sud.

Tout à coup, un sifflet retentit. Le groupe se précipita, certains tentèrent de passer sous le ruban jaune.

— On ne va pas plus loin, leur intima un policier costaud, en leur barrant le passage.

Un jeune caméraman, un surnuméraire, qui trépignait depuis une bonne heure parce qu'il n'arrivait pas à filmer les images qu'il voulait, se faufila en passant par le boisé, assez loin pour échapper à la vue des policiers. La journaliste qui l'accompagnait lui lança un regard chargé de reproches, mais ne fit rien pour l'en empêcher. Il était déterminé. S'il arrivait à filmer quelque chose d'intéressant, on le prendrait enfin au sérieux dans la boîte et peut-être finirait-on par lui offrir un poste. Il s'avança à pas de loup, redoublant de prudence parce qu'il y avait un policier à tous les cent pas, et se retrouva à un endroit où il put distinguer un enquêteur agenouillé près de la rive, là où la Don était encore plus sinueuse. Le caméraman s'approcha en silence et, quand il fut tout près, il s'arrêta, posa sa caméra sur son épaule, et se prépara à filmer. C'était difficile d'y voir quoi que ce soit, parce qu'il faisait nuit, et aussi parce que là où était posté le policier, on discernait mal la rivière ; il y avait des pierres, un amas de roches et toutes sortes de détritus charriés sans doute pendant des mois et qui refaisaient surface avec la fonte de la neige. Le jeune caméraman savait que, dès qu'il allumerait, le policier foncerait sur lui et lui ordonnerait d'arrêter. Il n'avait donc que quelques secondes pour filmer ce qui, s'il y arrivait, serait sans aucun doute les meilleures images du jour, voire de l'année. Il ne pouvait pas faire d'erreur.

21

Éric raccrocha. Voilà, il avait avisé tout le monde, en commençant par Ian et Lyne. Puis ses parents. Ça n'avait pas été facile, mais il avait tenu le coup. Il avait expliqué ce que les policiers lui avaient dit il y avait quelques heures à peine. Ils avaient retrouvé le corps de Laura près de la rivière. Ils détenaient un suspect. Il paierait. Ils feraient tout ce qui était en leur pouvoir pour qu'il passe le reste de sa vie en prison. Éric n'en avait rien à cirer. Ça ne changeait plus rien.

Il regarda encore une fois l'appartement vide, les lumières de la ville qui entraient dans la pièce par les fenêtres sans rideaux, et les gyrophares qui éclairaient encore dans la nuit, puis referma à clé. Curieusement, en cet instant, il se sentait apaisé. Calme. Tout semblait simple, maintenant. Des mots s'imprimèrent dans sa tête au moment où il franchissait le corridor: « Attendez-moi. » Puis il crut voir des champs de tournesols dans la lumière de septembre, quand le soleil s'incline, que les ombres s'allongent, une route qui s'étend, droite, devant.

Il appuya sur le bouton de l'ascenseur qui l'emmènerait vers le toit en se demandant si, en arrivant en bas, il aurait les yeux fermés, le visage tourné vers le ciel.

::

Quand son portable se mit à sonner, Michel s'en voulut de ne pas l'avoir éteint; dans l'énervement, il avait complètement oublié. Une infirmière le regarda, sourcils froncés, lèvres pincées. Il faillit ne pas répondre, puis, constatant que l'appel venait de Lyne et Ian, il s'éloigna dans le corridor. Mélissa était entre bonnes mains de toute façon, puis le travail avançait lentement, il pouvait bien la laisser un instant.

Il décrocha et, dès qu'il perçut la voix chevrotante de Lyne, il sut que quelque chose se passait. Elle pleurait et elle arrivait à peine à articuler à travers ses sanglots. Il y eut un silence, puis la voix d'Ian se fit entendre, faible et grave.

— C'est Laura, Michel.

— Qu'est-ce qui se passe?

— Il y a eu un... un accident. En fait, quelqu'un l'a jetée dans la rivière. Elle est morte, Michel. C'est fini.

Ian lui donna d'autres détails, ce que les policiers avaient dit, ce qu'ils avaient, ce qui s'était probablement passé, mais Michel n'entendait plus. C'était comme si les sons étaient devenus sourds. Il répondit quelque chose, il ne se souvenait déjà plus quoi, exactement, puis il raccrocha. Il resta un instant immobile, abasourdi comme s'il venait de recevoir un coup de poing en plein visage, puis se laissa tomber sur une petite chaise en bois dans le corridor, alors que, dans les haut-parleurs, des voix demandaient un médecin ou un patient. Michel sentit son corps se plier en deux, et il se mit à pleurer sans se soucier de ce que les gens qui passaient devant lui pouvaient penser.

Au bout d'un moment les larmes cessèrent et il se redressa, reniflant, soupirant, passant sur son visage des mains tremblantes, des paumes moites, tentant maladroitement d'essuyer ses joues trempées. Il n'avait pas pleuré comme ça depuis... depuis la mort de Thomas. Il arriva finalement à se relever, et, avec l'impression de peser une tonne, se dirigea vers la chambre. Il devait s'occuper de Mélissa qui était sur le point de donner naissance à leur premier enfant.

D'un pas mal assuré, il traversa le corridor sans vraiment s'en rendre compte, en ayant cet étrange sentiment que tout son passé venait d'un coup de s'effacer, comme s'il n'avait jamais existé.

::

Revenu au bureau, le jeune surnuméraire, assis devant un ordinateur, se frottait les mains. Il avait drôlement gelé, un peu plus tôt, dans la vallée. Restait à voir, maintenant, si ça avait donné quelque chose. Il appuya sur une touche du clavier, cliqua sur le dossier en se croisant les doigts et attendit que la petite fenêtre s'ouvre. Il avait pris la peine de bien cadrer avant d'allumer son projecteur, visant directement le policier penché sur le corps. Puis, il avait mis le moteur de la caméra en marche, et avait allumé en priant pour que tout fonctionne. Au moment où la lumière avait jailli, le policier, surpris et aveuglé, avait regardé dans sa direction, la main en visière, comme si ça pouvait l'aider à discerner quelque chose, puis, quand il avait compris de quoi il s'agissait, il s'était levé et avait couru vers lui. Dans la lumière, le caméraman avait eu le temps de voir et de filmer le corps sans vie sur la berge.

Le dossier s'ouvrit et le jeune caméraman put visionner les images tournées à la hâte. Il avança tout de suite vers la fin et, le cœur battant, regarda défiler sur l'écran ce qu'il avait filmé : le corps de la femme qui reposait sur le sol, les cheveux étalés autour de son visage pâle comme la lune, les yeux grands ouverts tournés vers le ciel. Il recula sur sa chaise, pencha un peu la tête de côté, regarda attentivement : on aurait cru qu'elle souriait. Il se dit qu'elle avait l'air de regarder un ange.

REMERCIEMENTS

Je tiens à remercier du fond du cœur toutes les personnes que j'ai la chance d'avoir dans ma vie, qui non seulement font de moi une femme comblée mais encore qui m'encouragent à me lancer, chaque fois, dans cette folle aventure qu'est l'écriture d'un roman. Celui qui partage ma vie, Fabrice Brasier, mon premier lecteur, même parfois malgré lui. Mon fils Simon, ma fierté et mon inspiration. Normand de Bellefeuille, qui a cru en cette histoire. La merveilleuse Anne-Marie Villeneuve, directrice littéraire de la collection Reliefs, pour la justesse de ses propos et son amour évident pour la littérature et les auteurs d'ici. Et Patrick, mon indéfectible agent, pour son efficacité, et son amitié.

CATHERINE LAFRANCE

J'ai voulu, avec ce roman, mettre en scène des personnages qui avaient à composer avec ce qui est sans doute la chose la plus difficile au monde : faire le deuil d'êtres aimés. Je les ai plongés au cœur de cette souffrance pour voir comment ils allaient s'en sortir, surmonter l'épreuve. Le résultat c'est que si certains arrivent à se reconstruire, d'autres s'enfoncent davantage. Parce que même devant la mort nous ne sommes pas tous égaux. Les laissés-pour-compte, les marginaux, ceux qui portent leur misère tout au long de leur vie, les sans-papiers, les sans-espoir, ceux qu'on a blessés, stigmatisés, écartés, ceux devant qui l'on passe sans les voir, les invisibles à nos yeux... ceux-là n'ont pas de deuxième chance.

ACHEVÉ D'IMPRIMER EN SEPTEMBRE 2015
SUR DU PAPIER 100 % RECYCLÉ
SUR LES PRESSES DE MARQUIS IMPRIMEUR
QUÉBEC, CANADA